설롱 新무협 판타지 소설

死神
사신

사신 8

설봉 新무협 판타지 소설

초판 1쇄 찍은 날 § 2002년 8월 30일
초판 1쇄 펴낸 날 § 2002년 9월 10일

지은이 § 설봉
펴낸이 § 서경석

편집장 § 문혜영
편집책임 § 장상수
편집 § 박영주 · 김희정 · 권민정 · 이종민
마케팅 § 정필 · 강양원 · 김규진 · 안진원

펴낸곳 § 도서출판 청어람
등록번호 § 제1081-1-89호
등록일자 § 1999. 5. 31
어람번호 § 제2-0123호

주소 § 경기도 부천시 원미구 심곡1동 350-1 남성B/D 3F (우) 420-011
전화 § 032-656-4452 팩스 § 032-656-4453
http://www.chungeoram.com
E-mail § eoram99@chol.net

ⓒ 설봉, 2002

값 7,500원

ISBN 89-5505-348-7 (SET)
ISBN 89-5505-465-3 04810

※ 파본은 본사나 구입하신 서점에서 교환하여 드립니다.
※ 저자와 협의하여 인지를 붙이지 않습니다.

설봉 新무협 판타지 소설

死神
사신

8 천한야장(天寒夜長)
길기만 한 차가운 밤

도서출판
청어람

◇ 목차

第七十八章 은공(隱功)	/ 7
第七十九章 한계(限界)	/ 27
第八十章 마의(痲蟻)	/ 57
第八十一章 실공(失攻)	/ 93
第八十二章 의벽(蟻壁)	/ 125
第八十三章 충인(衝人)	/ 153
第八十四章 살고(殺高)	/ 185
第八十五章 삭혼(索魂)	/ 217
第八十六章 비광(悲光)	/ 239
第八十七章 숙적(宿敵)	/ 263
第八十八章 계주(繼走)	/ 285

◆第七十八章◆
은공(隱功)

광부는 정직하고 순박한 사람이었다.

적어도 염왕채 사내에게 걸려들어 노름을 하기 전까지는 오직 땅밖에 모르던 농사꾼이었다.

아내와 자식이 질질 끌려가던 날 피눈물을 흘렸다.

처음으로 세상 사람들이 미워졌고, 모두 때려죽이고 싶었다.

자신에게 싸움꾼 기질이 있다는 것을 안 건 한참 뒤의 일이다.

하더니 되더라. 싸우니까 이기더라. 물러서지 않고 악착같이 덤벼드니 살아남더라.

광부의 싸움 성향(性向)은 정해졌다.

두 번 맞더라도 한 번 때릴 각오로 덤빈다. 얼굴이 묵사발되고 오장육부가 끊어질 정도로 아파도 독기를 품고 덤벼든다. 한 가지는 분명히 알려준다. 이기려면 죽여야 한다는 것. 죽이지 않고는 싸움이 끝나지 않을 것이라는 것.

　아내와 자식의 생사(生死)조차 모르는 아비가 살아서 무엇하랴.

　비웃는 자, 멸시하는 자…… 모두 죽도록 흠씬 두들겨 팼다.

　싸움 기술은 점점 늘었다.

　싸움에도 기술이 필요하다는 것을 알았고, 흠뻑 빠져들었다.

　그럴수록 그의 싸움은 치열해졌다. 사람을 병신도 만들어보았고 죽이기까지 했다.

　사태는 점점 악화되었다.

　사람을 죽이니 병기를 찾게 되고, 검이나 도를 들었다가 종내에는 더욱 잔인한 도끼를 잡았다.

　부법(斧法)도 배웠다.

　"소문은 익히 들었다. 싸움을 아주 잘한다고? 돌아가라, 우린 싸움꾼은 필요없다."

　"거둬주십시오. 세상을 돌아다녀야 합니다. 아내와 자식을 찾아야 합니다."

　"우린 짐을 지키는 파수꾼이다. 싸움꾼은 도적이지. 도적에게 짐을 맡길 수야 없지."

　"거둬주신다면 싸움을 하지 않겠습니다."

　"결정적으로 네 싸움 실력 정도로는 아무 도움이 안 돼. 네 딴에는 표사가 우습게 보일지 몰라도 넌 여기 있는 사람 중 한 명도 당할 수 없어."

　"모두 이길 수 있습니다."

　"모자라는 놈이군."

　"주워들은 말인데 문답무용(問答無用)이라는 말이 있답디다. 붙여주십시오."

"하하하! 몸 성할 때 돌아가."

광부는 체격이 다부져 보이는 표사를 지목했다.

"저자와 붙어보겠습니다."

광부는 똑똑히 보았다, 모두의 얼굴에 조소가 스쳐 가는 것을.

그가 지목한 표사는 전기(全杞)라는 자였다.

정통으로 무공을 배웠고 표국에서도 다섯 손가락에 꼽힐 만큼 강한 무공 고수다.

광부가 그런 내막을 알 리 없다. 황가표국(黃家鏢局)에 발을 들여놓은 것도 우연이었다. 표사가 되면 세상 소식을 빠르게 접할 수 있다는 말을 들었고, 제일 먼저 눈에 띄어 들어왔을 뿐이다.

그가 강해 보였고, 그래서 지목했다.

전기를 상대로 광부는 젖 먹던 힘까지 모두 쏟아 부었다.

비호처럼 날랜 몸, 누구든 피투성이로 만들어 버리던 도끼.

하지만 전기는 달랐다. 여태껏 통용되던 그의 도끼질이 허공만 난자했다. 지금쯤 피투성이가 되어 쓰러졌어야 옳은 전기가 싱겁기 이를 데 없다는 듯 실실 웃음을 흘린다.

광부는 한 시진 동안 몰아세웠지만 맞을 듯 맞을 듯하면서도 미꾸라지처럼 빠져나가는 전기의 몸뚱이를 잡지 못했다.

광부는 그제야 알았다.

전기가 자신을 놀리고 있다는 것을. 그가 작심했으면 자신은 벌써 큰대자로 뻗어버렸다는 것을.

싸움이 끝나지 않았는데 도끼를 거두기는 그때가 처음이었다.

광부는 도끼를 거뒀다. 그리곤 뒤도 안 돌아보고 표국을 걸어나가기 시작했다. 그때.

"하하! 그놈 참… 막무가내 싸움이지만 볼 만하군. 꼭 미친놈처럼 날뛰었어. 미친 도끼, 광부(狂斧)… 좋아, 광부. 하하하! 돌아와라, 거둬주겠다. 조금만 다듬으면 아주 좋은 재목이 되겠어. 세상에서 가장 무서운 사람이 목숨을 생각지 않는 사람이지."

무엇이 황가표국 국주 황완(黃宛)의 마음을 움직였을까?

광부는 황가표국 표사가 되었고 이 년 동안 부법을 전수받았다, 국주 황완에게.

황완의 안목은 정확했다.

이 년이 지난 후 광부는 황가표국 제일고수가 되었다.

무공을 전수한 국주 황완조차도 광부의 적수가 되지 못했다.

무공을 배운 후 그는 더욱 공격적으로 변했다.

광부는 무공을 막무가내로 배운 자신의 싸움 기술을 발전시키는 정도로만 생각했다. 무인의 정신이라든가 협의(俠義) 정신 같은 것은 개나 물어갈 일이다.

그는 무공을 익혔지만 자신을 무인이라고 생각한 적은 한 번도 없다. 자신은 개망나니 싸움꾼이지 무인이 아니었다.

당연한 귀결이겠지만 광부의 싸움 경향은 변하지 않았다.

황완에게 전수받은 부법은 그의 미친 도끼를 더욱 날카롭게 다듬어주었다.

그는 여전히 목숨을 도외시한 채 달려들었고, 무모하기까지 한 그의 공격은 늘 공포스러웠다.

표사로 전전할 때는 그런 성향 때문에 손도끼 두 자루를 들고 날뛰는 모습이 양 떼 무리 속에 뛰어든 호랑이와 같다고 해서 양중호(羊中

虎)라고도 불렀다.

 싸움을 시작한 이래 지금까지 변하지 않았던 싸움 경향.
 기다리고 기다리다, 완벽한 기회가 생길 때까지 숨죽이고 기다리다가 '가능하다'도 아니고 '십 할 승산 있다'도 아니고 '죽을 수밖에 없다'는 기회가 생길 때까지 기다려서 일격을 가하는 이런 공격은 그와는 맞지 않다.
 싸움이 시작되었다고 느끼면 마음부터 흥분하는 것이 문제다.
 몸이 들뜨고 손이 근질거린다.
 당장이라도 달려나가 통쾌하게 싸우고 싶어진다.
 광부는 참았다. 끈기있게 기다렸다.
 '이것도 재미있는데.'
 하루 종일 손가락 하나 움직이지 않고 기다린다는 것은 엄청난 고역이었다. 하지만 그 속에서 즐거움을 찾으면 그 또한 재미있다.
 재미는 밖에서만 찾는 게 아니라 안에서도 찾을 수 있다.
 개미가 지나갈 때까지만 참자. 개미가 지나갔네. 참을 수 없나? 조금 더 참아보자. 해가 중천에 떠 있으니 조금 기울어질 무렵까지만. 해가 기울어졌구나. 그만 참을까? 아냐, 목에 칼이 들어온다고 생각하면 참아야지. 오줌이 마렵구나. 그만 참을까? 목숨하고 맞바꿀 정도로 참을 수 없나? 조금만 더 참아보자……
 마음속 자신과의 극기(克己) 싸움은 처음에는 고통스럽지만 시간이 지날수록 재미있다. 상당히 재미있다.
 하지만 참는 것만이 능사가 아니다. 결정적인 기회가 왔을 때 최상의 공격을 펼칠 수 있도록 몸 상태를 가꿔놓아야 한다. 정작 기회가 왔는데 참는 데 주력하느라 손발이 마비되어 움직임에 지장을 준다면 끝장이다. 참은 보람이 무엇인가.

진기의 흐름을 놓치지 말아야 한다.

진기를 끊임없이 유통시켜 혈맥이 막히는 것을 막아야 한다.

시야가 넓으면 집중력이 약화된다. 내가 보고 싶은 것만 볼 줄 알아야 한다. 많은 것을 들으면 사심(邪心)이 생긴다. 듣고자 하는 것만 들어라.

눈을 반개(半開)하고 목표에 청각을 집중하고…….

호흡은 가늘고 길수록 좋다.

가늘고 긴 호흡을 하라는 말은 무공에 갓 입문한 풋내기들이 제일 처음 듣는 말이지만 광부는 다시 그 말을 좇았다.

내공을 배울 때, 내공을 운용할 때보다 훨씬 더 길고 가는 호흡이 필요하다.

신체의 모든 기능을 죽일 정도가 되어야 한다. 살아 있으되 시신(屍身)과 다름없어야 한다.

시마공(屍魔功).

종리추가 창안한 내공법이다.

도가(道家)의 도인법(導引法)에 기초를 둔 내공법으로 무공을 모르는 사람이 사부 없이 익혀도 주화입마(走火入魔)의 우려가 전무(全無)한 양생법(養生法)이다.

시마공은 위험 부담이 없는 만큼 위력도 크게 기대할 수 없다.

무인이 시마공에서 얻을 수 있는 것은 귀식대법(龜息大法) 정도에 불과하다.

그것이다. 종리추는 귀식대법을 노리고 시마공을 창안했다.

"도가에서는 약물(藥物), 식이법(食餌法), 호흡법(呼吸法), 연금술(鍊金術) 등을 이용하여 양형(養形:몸 기르기)한다. 시마공의 제일 근본은 양형이다. 불사(不死)의 신체라고 할 만큼 단단하게 단련하지 않고는 시마공을 이룩했다고 할 수 없다."

"양형은 육신을 오래 지탱할 뿐이다. 육신을 지배하는 신(神)이나 정령(精靈)은 끊임없이 육신을 벗어나려고 한다. 조금씩 조금씩 벗어나 끝내 모두 벗어나고 나면 인간은 죽음을 맞이한다. 신이나 정령을 체내에 머무르게 하는 것이 양신(養神)이다."

"도가 양신법은 내관(內觀)에서 시작한다. 내관은 초보적인 단계이나 신과 연관을 맺는 근본이다."

무림에 출도한 무인치고 양형이나 내관을 신경 쓰는 사람은 없다.

그들은 제각기 나무랄 데 없을 만큼 단단하게 양형을 이룩했고 내관을 훌쩍 뛰어넘어 진기를 자유자재로 운용할 수 있는 경지에 이르렀다. 삼류무인이라 해도.

종리추는 다시 초심으로 돌아가 내관을 중시했다.

진기의 흐름에 힘을 가하지 않고 제삼자가 되어 지켜보는 것.

흐름이 끊이지 않도록 끊임없이 지켜보는 것.

내관만으로는 힘을 얻을 수 없다. 당연한 말이지만 몸속에 흐르는 진기도 평범한 사람들과 마찬가지로 미약해져 갔다.

시간이 흐르고 진기의 흐름을 더욱 자세히 들여다보았을 때 강하고 빠른 진기의 흐름이 능사가 아니란 것을 알았다.

진기를 보통보다 훨씬 늦게 돌리는 것도 가능했다.

신(神), 기(氣), 정(精)의 흐름이 늦어지니 육신의 기능은 그만큼 떨어진다. 호흡이 느려지고 오장육부의 기능이 마비되어 간다.
　그럴수록 더욱 내관에 집중해야 한다. 마치 의식의 끈을 놓치지 않으려고 발버둥 치는 사람처럼 진기의 흐름에 집중하다 보면 믿을 수 없게도 미약하게나마 진기는 끊임없이 흐른다.
　그것이 육신의 감각을 살려준다.
　귀식대법은 인체의 활동을 최대한 억제시킨다. 효능은 커서 내력에 따라 적게는 사나흘, 길게는 칠 주야 정도를 죽어 있을 수 있다. 귀식대법을 펼치고 있는 동안에는 피의 흐름조차도 느려져서 평소의 일 할 정도밖에 되지 않는다.
　인체의 모든 기능을 죽이고 감각만 깨워놓는다.
　그런 상태에서 정상으로 돌아오려면 시간이 필요하다.
　역시 내력 정도에 따라 한 시진에서 서너 시진까지 소요된다.
　살수들은 깨어나자고 마음먹은 즉시 깨어나야 한다.
　사나흘씩 죽어 있을 필요가 없다. 기껏해야 반나절, 길게 잡으면 하루나 하루 반이 필요할 뿐이다. 깨어날 때도 즉시 깨어나야 효용 가치가 있지 서너 시진씩 걸린다면 목표는 이미 십 리 밖으로 벗어나 유유히 술잔을 기울이고 있을 게다.
　귀식대법처럼 오래 지속시킬 수는 없지만 깨어나고 싶을 때 즉시 깨어날 수 있는 기공(奇功). 죽어 있을 때는 귀식대법처럼 완전히 죽어 시신이 되는 기공.
　시마공을 수련하기는 쉽지 않다. 절정기공을 익히는 것만큼이나 어렵다. 육신에 가해지는 고통을 이겨야 하고 마음에서 일어나는 조급함을 억눌러야 한다. 멀쩡한 육신을 빈사 상태에 이르게 하면서 정신만은 일깨워 놓아야 하니 쉬울 리가 없다.

  시마공을 수련할 수 있느냐 없느냐, 어느 경지까지 이끌어 올리느냐는 오로지 개인의 의지에 좌우된다.

  시마공은 극기의 내공법이다.

  광부는 시마공에 익숙해졌다.

  처음에는 참는 것이 무척 힘들었지만 하루하루 시간이 지날수록 자신이 죽었는지 살았는지조차 구분이 되지 않았다.

  정신이 깨어 있으니 살아 있기는 한 것 같다.

  극도의 쾌감이 밀려왔다. 자신을 이긴다는 것은 여색(女色)을 탐하는 것보다 더 큰 쾌감을 안겨준다.

  공부만 하는 공부벌레를 샌님이라고 부른다. 샌님들은 주색잡기(酒色雜技)도 멀리하고 오로지 서적 속에 파묻혀 산다. 오죽하면 몸에 책 냄새가 배일까?

  샌님들에게 즐거움은 없어 보인다.

  천만에! 그들이야말로 세상에서 가장 큰 즐거움을 맛보고 있다. 자신이 즐겨하는 곳에 몰두하다 보면 사람들이 상상할 수 없는 종류의 쾌감이 전신을 에워싼다.

  샌님에게는 새로운 진리를 깨우칠 때마다, 시마공에서는 자신을 이길 때마다.

  광부의 싸움과는 전혀 다른 싸움이지만 광부는 색다른 쾌감에 몸을 떨었다.

사삭! 사사삭……!

잠자듯 죽어 있는 영혼이 깨어났다.

귀를 기울이고 있지 않았으면 잡아내지 못했을 미미한 소리가 귓전을 울렸다.

광부는 서둘지 않았다.

시마공을 연마하면 침착성까지 늘어난다.

사람들은 그를 보고 '미친 도끼' 라고 불러댔지만, 이제는 달리 불러야 할 것이다.

무조건 달려드는 광부가 아니니까.

숨 쉴 틈 없이 몰아쳤을 때 승산이 있는가? 과연 공격할 시기인가? 무공은 어느 정도인가? 모든 것을 면밀히 생각한 후에 도끼를 들 만큼 마음의 여유가 생겼으니까.

사삭! 사사삭……!

소리가 무척 경쾌하다.

소리의 주인이 신법을 펼치고 있는 것이라면 굉장히 날렵한 자일 것이다.

사삭! 사사삭……!

소리는 끊임없이 들렸다. 더욱 크고 명확하게. 거리를 추측해 보면 일 장 정도 떨어져 있다.

'잡을까?'

또다시 자신과의 싸움이 시작되었다.

소리는 하나밖에 들리지 않으니 한 명이다. 신법이 경쾌하니 고수다. 거리는 무척 가깝다. 규칙적으로 들리는 소리로 미루어 적은 아직 자신을 발견하지 못한 듯하다.

'잡자!'

광부는 결정을 내렸다.

그의 몸은 신속히 반응했다.

시마공을 거둠과 동시에 폭혈공(瀑血功)을 운용했다.

폭혈공은 강맹한 진기다. 전신 혈도를 막강한 기운으로 타통(打通)시켜 활기를 불러일으킨다. 진기가 강맹하니 피의 흐름이 기운차게 변한다.

내관에서 본신 내공법으로 전환하는 과정이다.

종리추가 시마공과 함께 몸 상태를 최대한 좋은 상태로 이끌기 위해 준비한 내공법이다.

광부의 몸은 활기로 가득 찼다.

손에 들고 있는 벽력사부에도 진기가 고였다.

그와 벽력사부는 촌각 만에 죽음에서 깨어났으며 일체(一體)가 되었다.

이것이 시마공에 이은 폭혈공의 장점이다.

귀식대법 같았으면 깨어나야 한다는 생각을 가졌어도 몸을 움직일 수 있는 상태로 쉽게 돌아오지 못했으리라.

귀식대법은 적에게 발각되면 죽을 수밖에 없다.

최상의 은신처에서 두더지처럼 몸을 숨기는 대법이지만 역시 살수에게는 어울리지 않는다.

쉬익!

광부의 신형이 번개처럼 날아올랐다.

목표는 미리 선정되어 있었다. 시마공을 펼치면서 잡아두었던 소리의 근원지는 시마공을 거두고 폭혈공으로 전신을 일깨우는 가운데도 끊임없이 추적했다.

쒜에엑……! 퍼억!

벽력사부가 허공을 찢는다 싶더니 곧 살과 뼈를 으스러뜨리는 파육음(破肉音)이 터져 나왔다.

붉은 피가 광부의 눈앞에 어른거렸다. 순간,

'잘못됐어!'

광부는 위기를 느꼈다.

이렇게 쉽게 당할 적이 아니다. 아니, 그것보다 파육음이 다르다. 손에 전해지는 느낌이 다르다.

광부가 눈으로 확인하기 전에 육감으로 전해진 위험이었다.

광부는 자신이 잘라낸 것을 확인하지도 않고 뒤로 신형을 물렸다. 아주 신속하게, 아주 빠르게.

종리추는 말했다.

"위험을 감지했을 때는 무조건 피해라. 피할 곳이 없더라도 반 발짝이라도 물러서라. 병기와 병기를 맞대는 일이 있어서는 안 된다. 무공으로 겨뤄서 이길 수 있다는 자신이 들더라도 무조건 피해라"

절체절명의 상황에서까지 문주의 말을 좇을 수는 없다. 문주도 그럴 양으로 한 말은 아니다.
문주는 철저히 암살자를 키우고 있다.
암살자로서 기본적인 행동법을 가르치고 있다.
쒜에엑……!
위기 예감은 현실로 드러났다.
뒤로 물러선 광부의 신형을 좇아 날카로운 예기가 밀려들었다.
한 군데가 아니다. 동서남북 네 군데서 동시에 밀려들었다.
'치잇!'
광부는 벽력사부를 들어 올렸지만 날카로운 예기는 벌써 그의 몸에 닿아 있었다.
"광부 사(死)."
나지막한 음성이 바로 뒤를 이었다.
"알았소! 치사하게 대형(大兄)까지 나서다니."
"후후. 치사하다니, 그 무슨 섭섭한 말씀. 광부, 솔직히 말해 봐. 그쪽에서는 대야(大爺)가 나서지 않았나?"
광부의 등 뒤에서 말을 던진 사람은 그들의 대형 유구였다.
그에게 병장기를 쏘아온 사람은 유구를 비롯하여 구류검수, 후사도,

혼세천왕이었다. 그런데 두 사람이 보이지 않는다. 혈영신마와 유회. 그들도 같이 공격해 왔어야 하는데.

"어? 혈영신마와 유회 형님이 보이지 않네? 아!"

광부는 무엇인가 생각난 듯 손바닥으로 이마를 툭 쳤다.

"같이 움직일 때는 동시에 나서는 일을 삼가라. 일부는 살공을 펼치고 일부는 엄호를 해줘야 한다. 목표가 미끼라면 공격하는 쪽이 급습을 받는다."

'우리는 개별적으로 움직였는데 대형은 같이 움직이고 있어. 쳇! 각개격파(各個擊破)당하겠군. 진 싸움이야.'

대야 모진아는 왜 각자 행동하자고 했을까?

광부는 땅바닥에 털썩 주저앉았다.

죽은 사람이 취하는 행동이다. 그는 싸움이 모두 끝날 때까지 자신이 죽은 위치에서 벗어나서는 안 된다. 옛날, 백전을 수련할 때부터 지켜온 행동이다.

그런데 숨어 있어야 할 혈영신마와 유회가 불쑥 일어섰다.

그들의 표정은 곤혹스러움으로 가득했다.

"기습이닷! 피햇!"

유구가 사태를 짐작하고 소리쳤지만 이미 늦었다.

구류검수의 가랑이 사이로 작은 비수가 불쑥 솟구쳤다. 유구의 두 다리가 방절편으로 친친 감겼다.

모두의 얼굴에 곤혹스러움이 떠오를 때 혈영신마의 등 뒤에서 작고 볼품없는 사람이 불쑥 일어났다.

모진아다. 그가 말했다.

"광부, 너무 성급했어. 소리의 종류를 잘 파악했어야지. 바보 같으니라구! 사람 소리하고 여우 소리하고도 구분하지 못하나!"

광부는 얼떨떨한 표정으로 갑자기 나타난 사람들을 쳐다보았다. 그리고 그제야 무엇인가 깨달았다.

"대야! 그럼 내가 미끼……? 이, 이런!"

"이런이고 저런이고 넌 죽은 귀신이야!"

모진아의 표정은 사나웠다.

유구 쪽에서는 여우를 잡아 입에 재갈을 물려 소리를 죽였다. 여우 몸뚱이에 끈을 묶어 행동을 제약했다. 그리고 사람 대신 여우를 앞세워 조심스럽게 들어왔다.

여우는 시마공을 깨기 위한 미끼다.

광부가 시마공을 펼친 이상 그 누구도 광부의 종적을 발견할 수 없었고, 광부 스스로 움직이도록 만들어야 한다.

광부의 얼굴이 일그러졌다.

실전이라면 자신은 이미 죽은 시신이 되어 있을 것이기에.

―공격할 때는 사둔보(四遁步)로.

사둔보는 시마공처럼 기척을 죽이는 데 초점을 맞춘 신법이다.

일둔보는 자연 속에 숨는다.

땅속에, 나무 뒤에, 바위 뒤에, 물속에…… 내가 자연 속에 숨는 것이 아니라 자연이 나를 흡수하게 만든다. 자연의 성질을 정확히 꿰뚫는 지식을 익혀야 한다.

이둔보는 그림자 속에 숨는다.

세상은 밝음과 어둠이 있다.

낮과 밤의 구분은 물론이고 대낮에도 어둠은 존재한다.

밝음 속에서 어둠을 찾는 것이 이둔보다. 주마간산(走馬看山) 격으로 흘겨본 지형지물에서도 밝음과 어둠을 찾을 수 있어야 한다.

주변에서 흔히 보는—너무 흔해서 무심히 지나치는 물건들—풍경들을 내 편으로 끌어들이는 과정이다.

삼둔보는 소리를 죽인다.

소리는 물체와 물체가 부딪쳤을 때 흘러나온다.

인간의 발과 땅이 부딪쳤을 때 발자국 소리가 나오며, 바람과 옷이 부딪쳤을 때 옷자락 펄럭이는 소리가 새어 나온다.

소리를 완전히 죽일 수는 없다. 하지만 인간의 귀에 들리지 않을 정도로 조심할 수는 있다.

조심성이 몸에 배어야 한다. 무심히 길을 걸을 때도 몸에 배인 조심성이 우러나와야 한다. 어깨를 나란히 하고 걸어도 옆에 사람이 있는지조차 모를 정도로 소리를 죽여야 한다.

사둔보는 기척을 죽인다.

운기(運氣)로 호흡을 길고 얕게 한다. 몸 밖으로 빠져나가는 기도(氣道)를 안으로 갈무리한다.

사둔보는 시마공의 변형이다.

시마공처럼 내관에만 의존하는 것이 아니라 본신 내공을 운용하되 인위적으로 운용하지 않고 스스로 흐르는 것을 지켜보는 것이다.

종리추는 일반 내공법에 금종수의 무리(武理)를 심었다.

중단(中丹), 마음의 밭을 단단히 지키면 고요한 평원에 바람이 불 듯 진기가 흐른다. 내관법에 의한 육체 본연의 진기가 아니라 하단전에서 끌어올린 내공이 바람처럼 흐르게 된다.

사둔보 역시 시마공처럼 큰 위력을 발휘할 수는 없다.

시마공이 은신하는 내공법에 불과하다면 사둔보는 이동하는 내공법일 뿐이다. 사둔보는 종적이 발각되지 않았을 때, 시간이 넉넉할 때만 사용할 수 있다. 하지만 사둔보를 완벽하게 수련하면 초일류고수의 이목도 속이고 근접할 수 있다.

시마공이 방패라면 사둔보는 창이다.

살문 살수들에게 대야(大爺), 큰 어른이 된 모진아는 유구와 유회 등도 나무랐다.

"네놈들은 정신이 있는 거야 없는 거야! 겨우 한 놈 죽이자고 우르르 몰려나가다니! 광부를 죽이는 데는 한 명이면 족했어! 나머지는 뒤를 봤어야지! 정신머리없는 놈들… 쯧!"

모진아의 질책에는 무공으로 모진아와 동수를 이룬 혈영신마도 고개를 숙이고 들었다.

무공으로 싸우는 것이 아니다. 살수로서 싸우는 것이고, 두말할 여지없이 지고 말았다. 무공이 아무리 높은들 무엇하랴. 암습으로 찔러 오는 검도 육신을 저미기에 충분한 살검인 것을.

은공(隱功) 25

◆第七十九章◆
한계(限界)

　소원진(邵原鎭)은 산서성과 하남성 경계에서 하남성 쪽으로 약 오십 리 정도 떨어진 곳에 위치한다. 산서성과 하남성의 경계를 이루는 옥옥산(玉屋山) 산자락에 위치한 자그마한 도읍으로 특산물도 없고 지형도 척박해서 크게 번창하지 못한 도읍이다.
　산서성과 하남성을 잇는 길목인지라 도읍이 형성되기는 했지만 크게 주목받는 도읍은 아니었다.
　소고는 마차를 타고, 배로 갈아타고, 또 마차로 갈아타고 소원진에 이르는 동안 한마디 말도 하지 않았다.
　빙옥(氷玉).
　그녀는 얼음으로 깎아놓은 조각상처럼 찬서리를 풀풀 피워냈다.
　묵월광 살수들에게 한마디도 던지지 않았다. 살혼부 살수들이 옛이야기를 나눠도 잠자코 듣기만 했다. 청면살수가 말을 건넬 때는 대답할 법도 하건만 그때도 벙어리가 된 양 입을 열지 않았다.
　소원진에 도착한 소고 일행은 한낮 같으면 도읍이 환히 내려다보일, 도읍을 지척에 둔 야산으로 숨어들었다.
　밤이 깊을 대로 깊어 삼경(三更)에 이를 무렵이었다.
　비로소 소고의 입이 열렸다.
　"여기서 헤어져. 한 사람씩 반 각 여유를 두고 떠나는 거야. 약도는 모두 외웠을 줄 알아. 만약 아직도 몸에 약도를 소지하고 있다면 지금 버려."
　묵월광 살수들이 침묵을 지켰다.
　약도는 벌써 태워 버렸고 약도에 그려진 내용은 머리 속에 단단히 각인되어 있다.
　"명심해. 아무도 만나서는 안 돼. 누구와도 말을 나눠서도 안 되고. 만약 그런 경우가 발생한다면 성을 빠져나와 은신했다가 하루나 이틀 후에 다시 들어오도록 해."
　모두의 생사가 걸린 일이다.
　소고가 굳이 다짐을 하지 않더라도 비밀만은 무덤 속까지 지니고 갈 요량이다. 무림인에게 그만큼 당했으면 됐다. 아직도 천음곡에서 죽어 가던 동료들의 비명이 귓전에 쟁쟁하다.
　"나흘 동안 있을 거야. 나흘 안에 합류하지 못하겠거든… 합류할 생각은 하지 말고 제 갈 길을 찾아서 가도록 해."
　그동안의 침묵처럼 냉기가 풀풀 피어나는 음성이었다. 말의 내용도 삭막하기만 했다.
　소고는 자기 할 말만 한 후 질문이나 기타 의견을 들어볼 생각도 하지 않고 자리를 떴다.

비정상적인 몰골을 한 살혼부 살수들이 소고의 뒤를 조용히 따랐다.

"충격이 크긴 컸던 모양이군."
적사가 나직이 중얼거렸다.
소고와 살혼부 살수들의 모습은 보이지 않고 조용히 달그락거리는 마차 소리만 한밤의 정적을 깼다. 야산을 내려가 마차를 타고 소원진으로 향하고 있는 소고 일행의 모습이 선명하게 그려졌다.
"그러는 너는 괜찮아?"
소여은이 적사의 말을 받았다.
그녀의 음성에는 맥이 빠진 듯 힘이 실려 있지 않았다.
"……"
적사가 대답을 하지 못했다.
검 한 자루, 도 한 자루에 목숨을 건 무인들이니 상대하기 벅찬 강자를 만난 것 정도는 감수할 수 있다. 그로 인해 목숨을 잃는다 해도 하등 아쉬울 것이 없다.
목숨에 연연하는 시기는 지났다.
소고 역시 묵월광이 와해되었다거나 살문이 예상외로 강하게 성장한 모습에 놀란 것은 아니다. 물론 놀랍기는 하다. 적으로 돌아선 무림 문파들을 상대할 것도 걱정되고 팔부령에 고립되어 있는 살문이 염려스럽기도 하다.
하지만 그것이 마음을 좌절의 늪으로 밀어넣을 만큼 강한 충격이 되지는 않는다.
문파를 이끌다 보면 존립 위기를 느낄 때가 한두 번이 아니다.
무인이 강한 상대를 만나 승부를 점칠 수 없을 때처럼, 문주는 전혀 생각하지도 않았던 복병에 모든 것을 잃는 경우가 허다하다.
 소고, 적사, 소여은을 충격으로 몰아넣은 것은 살수의 한계다.
 살수들의 꿈은 사무령이다. 꿈이 아니라 전설이다.
 묵월광 살수들은 이제야 왜 과거의 살수들이 그토록 말도 되지 않는 사무령이란 꿈에 연연했는지 절실히 피부로 느꼈다.
 죽으라면 죽고, 일어서라면 일어서고, 싸우고 싶어도 눈짓 한번 받으면 꾹 눌러 참아야 하고, 싸우기 싫어도 싸우라고 하면 목숨을 걸고 제 싸움이 아닌 곳에서도 싸워야 하고…….
 모순되게도 죽음의 손을 가진 살수들은 중원무림의 노예에 지나지 않는다.
 살수문은 사악한 악인들의 집단이다. 그런고로 중원무림문파와는 물과 기름처럼 섞일 수가 없다. 살수 문파와 중원무림문파는 견원지간처럼 만나면 싸운다.
 하지만 이것이 겉으로 나타난 현상이다.
 속으로 들어가면 상황은 전혀 다르다.
 청부가 들어오면 죽여도 좋은지 눈치를 살펴야 한다. 만약 잘못된 판단을 하면 십망이라는 처벌을 받는다. 죽일 사람들… 그들은 중원무림문파가 살수문을 존속시키는 이유보다 커서는 안 된다.
 이것이 당금 살수 문파의 한계다.
 "종리추가 부럽군."
 적사가 툴툴 웃었다.

 과거 살혼부는 중원 곳곳에 여든한 곳의 비막(秘幕)을 두었다.
 잠시 묵월광의 총단으로 활용했던 천의원도 여든한 곳 비막 중 하나로 살혼부 최후의 은신처다.

청면살수는 십망을 당하면서도 단 한 곳만 활용했다.

오채산 암동.

적사, 야이간, 적각녀, 종리추를 가둬놓은 암동.

소고는 여든한 곳 중 또 한 곳의 비막을 들춰냈다.

공지장은 이곳을 설명해 줄 때 단 하루 머물 수 있는 곳이니 절대 하루 이상 머물지 말라고 신신당부했다.

"정말 이곳에서 나흘이나 머물 생각이냐?"

청면살수를 등에 업은 공지장이 힘들게 가파른 언덕을 올라서며 물었다.

사람 한 명이 걸으면 꽉 찰 만큼 좁은 길이다. 무릎이 가슴에 닿을 정도로 가파른 길이며 구불구불해서 앞을 분간하기 어렵다. 그런데도 이곳 사람들은 용케도 집을 지어놓고 산다.

소고는 대답 대신 부지런히 걸음을 떼어놓았다.

그녀는 거적때기로 이어 붙여 간신히 비바람이나 피할 초라한 집 앞에서 걸음을 멈췄다.

말이 집이지 토굴이나 다름없었다.

이곳을 비막으로 정한 이유는 겉보기와는 다르게 효용 가치가 크기 때문이다.

안에 들어가서 살펴보면 사방이 한눈에 들어온다. 워낙 높은 고지대에 자리 잡은 집이니 당연하다.

그러면서도 의심받지 않는다.

하남성에서 소원진을 거쳐 산서성으로 넘어가려면 팔부령과 같은 대산(大山)을 넘어야 한다. 그렇지 않으면 배를 타고 강을 건너야 한다.

겨울에는 둘 다 쉽지 않다.

산에는 눈이 얼음처럼 단단히 얼어붙어 산짐승도 넘나들기 힘들고 강은 꽁꽁 얼어 배를 띄우는 날이 손에 꼽을 정도다.

어쩔 수 없이 발이 묶인 사람들은 객잔에서 겨울을 보내거나 객잔에 들 여유가 없는 사람들은 소고 일행이 머문 곳 같은 움집을 찾아 한겨울을 지낸다.

임시로 거처하는 곳이니 집이라고 손볼 필요도 없고 집에 대한 애착도 없다.

공지장은 그중 한곳을 구해놨다. 후일 쓸모가 있겠지 싶어서.

거적때기를 들추고 들어서자 안은 의외로 넓었다.

넓게 판 토굴처럼 방 하나로 이루어져 더 넓게 보이는지도 몰랐다.

예상했던 퀴퀴한 냄새는 나지 않았다. 오히려 향긋한 향 내음이 콧속으로 스며들었다. 훈훈한 온기도 느껴졌다. 방 한가운데에는 화로(火爐)가 놓여 있고, 회로에서 솟구친 뜨거운 열기가 차가운 바람을 밀어냈다.

방금 전까지만 해도 누가 머물렀음 직한 흔적이 곳곳에 남아 있다.

놀랄 일은 아니다. 살혼부가 멸문한 지금에도 살혼부 고간자(固間者)들은 꾸준히 비막을 관리하고 있다.

고간자는 엄밀히 말해서 살혼부 살수가 아니다.

그들 대부분은 무림인이 아니며, 또 살혼부에 빚을 지고 있다는 공통점이 있다. 한 가지 덧붙인다면 빚을 갚기 위해 비막을 지키지만 마음에서 우러난 자발적인 행동이라는 것이다.

"고맙습니다. 이제 죽어도 여한이 없습니다. 죽을 때까지 그곳을 돌보겠습니다."

"내 집이라 생각하고 돌보겠습니다. 필요하실 때는 언제든지 기별만 넣어 주십시오."

소원진 비막도 그들 중 한 명이 관리하는 곳이다.

미리 연락을 취해두었으니 변심(變心)만 하지 않았다면 작은 준비를 해둔 것은 이상할 게 없다.

아니다. 이상한 점이 있다. 움집을 정갈하게 청소하고, 화로에 숯을 피워놓고, 향긋한 냄새가 감도는 음식을 준비해 놓고… 그런데 정작 사람은 보이지 않는다.

살혼부 살수들이 기민하게 움직였다.

불구가 되어 예전 같지는 않지만 그래도 구파일방의 추적을 뿌리치고 십망을 벗어난 그들이다.

살혼부 살수들은 움집으로 들어서는 즉시 이상한 점을 느끼고 예전 감각을 되살렸다.

한쪽 다리에 의족을 한 소천나찰은 검을 뽑아 들고 집 밖으로 나갔다. 미행자가 있는지 살펴보려는 게다. 오면서 충분히 조심을 했지만 그래도 이상이 생긴 이상 다시 한 번 살펴보지 않을 수 없다.

두 다리가 잘린 비원살수도 검을 뽑아 들고 입구를 경계했다.

그나마 얼굴을 상했을 뿐 사지가 멀쩡한 미안공자가 움집 구석구석을 뒤져 나갔다.

그는 조심했다.

발걸음 한 발자국 움직이는 데도 살얼음판을 걷듯이 조심스러웠다. 발자국 소리도 들리지 않고 옷자락이 부스럭거리는 소리도 들리지 않았다.

미안공자는 옛 살혼부 살수 시절로 돌아가 움집을 살펴 나갔다.

넓다고는 하지만 방 하나로 이루어진 집이 크면 얼마나 크겠는가.

일목요연(一目瞭然)하니 방 안 정경이 한눈에 들어온다. 굳이 살피고 자시고 할 것도 없다. 하지만 단 몇 명이라도 사람을 죽여본 살수라면 이런 곳에서도 얼마든지 숨을 공간을 찾을 수 있다.

투박한 돌이 깔려진 바닥, 허름한 거적으로 덮어놓은 지붕, 탁자가 있는 곳, 침상……. 미안공자는 생전 처음 보는 물건을 대하듯 방 안 집기들을 살펴 나갔다. 도저히 사람이 숨어 있으리라고 생각할 수 없는 곳까지 꼼꼼히.

소고는 미안공자의 그런 행동을 잠시 지켜보다가 대담하게 뚜벅뚜벅 발걸음을 떼어놓았다.

"지, 지금 뭐 하는……!"

공지장이 놀라 몇 마디 외쳤을 때는 이미 늦었다.

소고는 방 안을 가로질러 주방 대신으로 사용하는 듯한 곳까지 걸어간 후였다.

불을 지필 수 있는 아궁이가 있고 그 위로 조잡한 선반이 삼층으로 걸려 있었다. 선반 위에는 이빨 빠진 그릇들이 가지런하게 놓여 있어 없는 살림이지만 정갈한 주인의 마음이 드러났다.

소고는 식탁 앞에서 걸음을 멈췄다.

식탁에는 아낙이 일 나간 서방을 기다리며 정성스럽게 준비해 놓은 듯 크고 작은 그릇들이 식탁보에 덮여 있었다.

"다행히 손을 탄 것 같지는 않은데……."

미안공자가 중얼거렸다.

소고의 행동이 마땅치는 않지만 그녀에게 뭐라고 할 수는 없었다.

소고는 식탁 앞에서 넋 나간 사람처럼 멍하니 서 있었다.

식탁보만 들춰내면 맛있는 음식들이 모습을 드러낼 터인데 식탁보를 걷지 않았다. 이런 상황에서 당연한 말이겠지만 음식 때문에 식탁으로 온 것은 아닌 게 분명했다.

공지장이 등에 업고 있던 청면살수를 내려놓았다. 밖을 살피러 나갔던 소천나찰도 돌아왔다.

소고는 여전히 움직이지 않았다.

식탁을 앞에 두고 멍하니 선 채로 안색만 파랗게 질려갔다.

미안공자는 이상한 예감을 받았다.

살수의 예감으로 미루어 집 안에는 죽음이 있다.

죽음이 있을 때만 풍기는 야릇한 비린내가 풍겨난다.

소천나찰도 공지장도, 두 다리와 한 팔이 잘린 비원살수도 눈빛을 번뜩였다.

미안공자가 식탁에 덮여 있는 식탁보를 확 걷어냈다.

"음……!"

공지장이 작은 신음을 흘렸다.

비원살수는 재빨리 검을 입에 물고 신형을 돌려세워 밖을 경계했다. 낯선 자는 단 한 걸음도 집 안으로 들여놓지 않겠다는 듯이.

미안공자는 식탁을 확인하는 순간 번개같이 신형을 날려 집 안 곳곳을 뒤졌다.

이미 살펴본 집 안이다. 모든 집기를 한눈에 볼 수 있는 넓지 않은 집이다. 집이라고 할 수도 없다. 바닥재가 깔려 있지 않아 그렇지 방이나 다름없다.

본 것을 다시 한 번 확인해 볼 만큼 식탁에 놓여 있는 물건은 놀라웠다.

허기를 달래줄 야채와 고기들이 하나 가득 차려져 있었다.

국에서는 아직도 뜨거운 김이 모락모락 솟아나고 있다.

음식을 마련한 지 얼마 되지 않았다.

그러나 한가운데…… 큰 사발에 담긴 눈알만은 오래되었다.

그렇다. 식탁 한가운데에는 큰 그릇이 놓여 있고 그 안에는 사람 것으로 짐작되는 눈알들이 가득했다.

방 안을 돌아본 미안공자가 다시 식탁으로 다가왔다.

"소고, 이건……."

미안공자는 말을 잇지 못했다.

죽음이라면 실컷 보았다. 살수행을 전전하느라 풍습이 판이하게 다른 고장도 많이 가봤다. 하지만 눈앞에 펼쳐진 현실처럼 눈알을 사발에 담아 경종을 울리는 일은 겪어보지 못했다.

사발에 담긴 눈알의 의미도 짐작할 수 없었다. 사람의 것으로 짐작되기는 하지만 누구의 눈알인지도 모르겠고.

소고가 흙벽에 등을 기대고 쭈그려 앉았다.

묵월광 살수들은 소고의 명령을 충실히 수행했다.

야산에서 각개로 흩어진 살수들은 반 각 이상의 여유를 두고 한 사람씩 재집결했다.

워낙 상세하게 숙지시켜 놓은 탓인지 비막을 찾는 일도 수월했다고 한다.

하지만 그들 모두 사발에 담긴 눈알을 보는 순간 침묵 속으로 침잠했다. 흙벽에 등을 기대고 쭈그려 앉아 있는 소고와 묵묵히 고개를 떨구고 앉아 침묵을 지키고 있는 살혼부 살수들의 묵직한 분위기가 웃고 떠드는 것을 용납하지 않았다.
 밤이 지나고 새벽이 다가오자 소고가 일어섰다.
 "배고프네요. 뭐 좀 먹어야죠?"

 조용한 일과가 시작되었다.
 누구도 사발에 담긴 눈알에 대해서는 말을 꺼내지 않았다. 사라진 고간자의 행방도 탐문하지 않았다.
 모든 것을 알면서도 모르는 척, 혹은 그런 일조차 없었던 듯 천연덕스럽게 하루 일과를 맞이했다.
 "가파른 길인 줄은 알았지만 이렇게 가파를 줄은 몰랐네요. 어멋! 이걸 어째? 옷에 흙탕물이 다 튀었네."
 화령 살수 한 명이 방금 도착해서 호들갑을 떨었다.
 따스한 햇볕이 처마 밑에 달린 고드름을 녹였다.
 빙판이나 진배없던 눈길도 많이 녹아 본연의 흙 모습을 드러냈다.

 삼 일째 되는 날 정오, 소여은이 도착했다. 그리고 그로부터 한 시진이 경과했을 때 적사가 들어섰다.
 적사는 얼음에 담긴 눈알들을 보고도 별반 놀라는 기색을 보이지 않았다.
 "먼저 갔군."
 그의 입에서 나온 말은 간단했다.
 "마흔두 개야."

소고의 얼굴은 얼음장처럼 차가웠다.
"마흔둘…… 다행이군. 천운이거나."
그렇다. 그들은 이미 눈알의 주인이 누구인지 짐작하고 있다. 눈알을 보는 순간 그들이 생각나지 않는다면 둔해도 한참 둔한 사람이다. 자신들이 공격을 당했는데 뿌리라고 무사할까.

다행? 다행이다. 이십팔숙 중 일곱 명이나 살아 있다는 것은 다행을 넘어 천운이다, 적사의 말처럼. 이십팔숙이 한날한시에, 거의 동시에 급습을 받았을 텐데 일곱 명이나 액운을 피했다니.

"호호! 잘됐네. 이제는 숨어 다닐 필요 없잖아?"
소여은이 화사하게 웃으며 말했다.
"음……!"
적사가 신음을 토해냈다.
소여은의 말이 놀랍다기보다 그녀의 말하는 모습에 심신(心身)이 진탕했기 때문이다.

소여은은 날이 갈수록 청순한 면모를 드러냈다. 가냘프고, 애처롭고, 속세의 더러운 때가 전혀 묻지 않은 순박한 산골 처녀의 모습, 그러면서도 부용보다 화사한 얼굴.

사내라면 반하지 않을 수 없는 여인이 되어갔다.
여인의 얼굴이 하루가 다르게 변할 수 있을까? 변할 수 있다. 얼굴 자체는 변하지 않았지만 그녀가 풍기는 분위기는 얼굴 모습마저도 다르게 느끼도록 만들었다.

미인계(美人計).
소여은은 자신이 가진 무기 중 가장 강한 무기를 생각했다. 그것은 그녀의 무공이 아니라 얼굴이었으며 몸이었다.

'사내가 반하지 않을 수 없는 여자가 되어야 해. 반하게 만들려고 노력해서는 안 돼. 날 보는 순간 반하게끔 만들어야 해.'

그런 그녀의 노력은 웃는 표정 하나, 손가락의 움직임 하나까지도 요사한 마력이 깃들게 만들었다.

소여은은 지금도 요사한 요녀(妖女)다. 그리고 그녀는 더욱 발전하고 있다.

"그래, 이제는 더 이상 숨어 다닐 필요 없어."

소고의 전신에서 얼음꽃이 풀풀 피어났다.

"우리는 종적을 발각당했어. 알아내야 할 것이 있어. 이십팔숙은 죽였으면서 왜 우리는 내버려 두고 있는지. 저들이 원하는 것이 뭔지. 분명히 있어. 원하는 것이 있으니까 우릴 살려두는 거야. 그걸 얻으면 우린… 죽은 목숨이겠지."

"……."

"시험을 해봐야겠어. 우리에게 얻어낼 것이 얼마나 중요한 건지."

"……?"

모두의 눈에 이채가 떠올랐다.

소고는 무엇을 하려는 것일까?

야이간도 살수의 한계를 똑똑히 보았다.

살문과 묵월광이 당하는 모습은 약과에 불과하다. 다른 살수 문파들이 당하는 모습은 완전히 개죽음이다.

무림인들은 쉬쉬하고 있지만 야이간은 협곡에서 죽은 자들이 살수들인 것을 의심치 않았다.

'여기서 완전히 탈바꿈해야 돼. 이들 속에 섞이지 않으면 죽음뿐이야. 개죽음!'

야이간은 검을 버렸다.

군웅들 틈에 있으면서 그들에게 경원의 대상인 자가 검을 차고 있다면 경계를 누그러뜨릴 수 없다.

그는 분심분광검법의 상징이자 곤륜파 보물 중 하나인 사부의 보검을 미련없이 부러뜨렸다.

떠엉……!

보검은 죽으면서도 기묘한 울림을 토해냈다.

"하늘의 도리를 모르는 검은 사검(死劍). 그 이치를 이제야 깨닫다니."

야이간의 중얼거림은 지극히 낮아 곁에 있는 사람도 듣지 못할 정도였다.

그는 알고 있었다, 자신을 지켜보는 눈이 있다는 것을. 그리고 그자는 자신의 중얼거림을 분명히 들었을 것이라고. 듣지 못해도 상관없다. 애검을 부러뜨렸다는 사실만으로도 충분하다. 중얼거림을 듣고 하후 가주에게 전해주면 금상첨화겠지만.

하지만 하후가의 무인들은 동요하지 않았다.

그들의 눈길은 냉담하다 못해 싸늘했다.

야이간은 군웅들의 마음을 어떻게 움직여야 자신에게 유리할지를 계산했다.

'아무래도 고생 좀 해야겠군.'

결정을 내린 야이간은 커다란 바위 위로 신형을 날렸다.

쉬익!

그의 신형은 물찬 제비처럼 부드럽게 날아올랐다.

허공에서 신형을 아홉 번 뒤집을 수 있다는 곤륜파의 비전절학 운룡대구식이다.

"음……! 운룡대구식!"

누군가 감탄을 터뜨렸다.

'됐어, 본 사람이 한 명이라도 있으면. 이제 내 신분은 드러난 게고…… 고생만 남았군.'

자신이 살수라는 사실을 아는 사람은 몇몇 사람에 불과하다.

하후가의 무인들, 그리고 장로 몇몇. 그들을 제외하고는 그가 살수라는 사실을 아는 사람은 없다.

만약 그런 사실이 알려졌다면 사단이 났어도 벌써 났으리라. 살문의 살겁 때문에 군웅들의 분노는 구천에 이르고 있으니.

바위 위에 올라선 사람은 살수가 아니라 곤륜파의 제자여야 한다.

야이간은 바위에 가부좌를 틀고 앉았다.

그의 눈은 이글이글 타올랐다. 눈길이 향하는 곳은 팔부령, 살문이 있는 곳이다.

"이틀째 저러고 있는데…… 곡기를 끊었어."

"무언의 항의지 뭐. 정말 뭐 하고 있는지 모르겠어. 아! 이렇게 산 밑에 죽치고 있으려고 그 먼 길을 달려왔나."

군웅들은 오래전부터 불만에 가득 차 있었다.

그들이 존경하는 무림명숙들이 앞을 이끌고 있어 마음속에 있는 말을 꺼내놓지 못했지만 살수 몇 명을 잡지 못해 진을 치고 있다는 현실이 만족스러울 리 없었다.

이름난 고수들이 많이 죽었다.

정정당당하게 싸워서 죽었다면 할 말이 없겠지만 비겁한 암습에 목숨을 잃었다.

그렇기에 더욱 분노한다.

확실히 암습에는 뛰어난 능력을 지닌 자들이지만 그런 게 무서웠다면 무공을 익히지도 않았으리라.

군웅들은 무림명숙들의 느릿한 행보가 답답하기만 했다.

야이간은 군웅들의 마음속을 잘 헤아렸다.
그는 그 속에서 활로(活路)를 찾았다.
'후후! 언제 어떤 상황을 접하든 빠져나갈 구멍은 있는 법이지. 사람 사는 세상인데 사람이 해서 안 되는 일은 없는 거야. 후후!'

야이간이 바위에 앉아 바위의 일부분이 된 지도 사흘이 넘어갔다.
춥고, 배고프고, 졸립고… 그런 상황에서도 꿋꿋하게 앉아 원한에 불타는 의혈인(義血人)이 된다는 것은 여간 어렵지 않았다.
운공(運功)을 하면 심신이 한결 가뿐하겠지만 그럴 수도 없었다.
이번 싸움에 무공을 섞어서는 안 된다. 순수한 의지만으로 싸워야 한다. 눈속임 같은 것은 꿈도 꾸지 말아야 한다. 팔부령에 모인 사람들 치고 무공에 일가견을 갖지 않은 사람이 없으니.
야이간은 아랫입술을 잘근잘근 씹어 흐트러지려는 정신을 가다듬었지만 육신은 점점 감각을 잃어갔다.

"단사(丹砂)란 참 묘한 돌이다. 일반적으로 돌을 불에 구우면 석회가 되는데, 이놈의 단사란 놈은 석회가 되지 않고 수은이 된다. 이렇게 단사에서 수은으로, 수은에서 단사로 완전히 성질이 한 번 바뀌는 것을 일전(一轉)이라고 한다. 성질이 한 번 바뀐 단사를 복용하면 삼 년 안에 신선이 될 수 있으며 두 번 바뀐 단사를 복용하면 이 년 안에 신선이 될 수 있다. 최종 단사는 성질이 아홉 번 바뀐 것으로, 이것을 복용하면 삼 일 안에 신선이 된다."

갑자기 왜 사부의 허황된 말이 떠오른 것일까?
도가(道家)라고 하면 모두 제일 먼저 떠올리는 것이 연금술(鍊金術)

이겠지만, 사실 도가에서는 연금술을 사용하지 않는다.

연금술을 부정하는 것은 아니다.

연단(鍊丹)이 너무 어렵기 때문이다.

상상할 수 없을 정도로 막대한 은자를 쏟아 부어야 하는 것도 문제지만, 비책이 적힌 비급을 지니고 있어도 옆에서 지도해 주는 사람이 없으면 성공하기 어렵다.

현재 연금술은 맥이 끊겼다.

중원천하에 기인이사가 많다지만 도가의 연금술을 알고 있는 사람은 없다. 그들이 한다는 연단이란 것은 고작 의원이 환단을 만들듯이 약효 좋은 단환을 만드는 것에 불과하다.

'지고지순한 단(丹)을 만들려면 구전(九轉)해야 한다. 성질이 아홉 번 변한 단사야말로 가장 순수한 단이다.'

"붉은 단사가 하얗게 변할 수 있다는 걸 믿어야 한다. 확고한 신념이 없으면 연단술에 들어갈 수 없다."

사부 광운 진인도 연금술을 모른다.

그에게 일러준 말은 과거에는 이런 것도 있었다는 견문(見聞)에 지나지 않는다.

야이간도 흘려들었다.

그에게는 사람을 죽이는 무공이 필요했지 뜬구름 잡는 연금술 따위는 필요치 않았다.

그런데 왜 그런 말이 이제 떠오르는 것일까?

'믿어야 해, 나 자신을, 내 몸을, 내 정신을. 이대로 죽는다 해도 버

텨내야 해.'

 운기를 하고 싶은 욕망은 여인을 탐하는 사내의 욕정보다도 심했다. 몸이 불길 속에 들어간 듯 활활 타올랐다. 단전에서는 억눌린 진기가 꿈틀거렸다.

 '운기를 하면 아무 효과가 없어. 육신의 힘만으로……'

 정도인으로의 완전한 변신.

 구파일방의 장문인들도 그를 제거할 수 없을 만큼 확고한 아성을 구축하는 길.

 '이 사람들은 내가 묵월광 살수였다는 것을 몰라. 이들은 여전히 날 광운 진인의 제자로만 알고 있지. 여기서 활로를 찾지 못하면 끝장나는 거야.'

 지금과 같은 상황에서 그 길은 의외로 간단한 곳에 존재했다. 결코 쉽지는 않지만.

 이번 일을 기화로 변신에 성공한다 해도 위험은 상존한다. 그가 묵월광 살수였다는 것을 아는 사람들은 결코 그를 용서하지 않으리라. 특히 자식 셋을 모두 살문 살수들에게 잃었으며 자신의 정체를 알고 있는 하후 가주는.

 하지만 그마저도 감복시킬 방책이 있다.

 이번 일이 성공하기만 하면.

 '빌어먹을! 살문을 빨리 찾아야 이 고통이 끝나는데……'

 야이간은 진기를 휘돌리고 싶은 욕구를 꿀꺽 삼켰다.

 야이간의 생각대로 그의 행동은 군웅들의 주의를 끌었다.

 이것은 분명 무불신개나 옥진 도인 또는 하후 가주의 뜻을 거스르는 돌출 행동임에 분명했다.

 야이간이 광운 진인으로부터 하사받은 보검을 부러뜨렸다는 소문은 살을 보태 널리 퍼져 나갔다. 팔부령에 모인 군웅들치고 그 소문을 듣지 못한 사람은 없게 되었다.

 운기도 하지 않은 상태에서 단식 좌정.

 어쩌면 무림말학이 권위무쌍한 무림원로들에게 할 수 있는 최대한의 항의일지도 모른다.

 "일개 살수 놈 자식이!"

 하후 가주는 뒤통수라도 얻어맞은 듯 야이간을 노려보았다.

 야이간이 좌정한 바위는 그가 있는 곳에서도 환히 보였다.

 그는 군웅들이 모두 볼 수 있는, 단식 좌정을 하기에는 더없이 적절한 장소를 선택했다.

 임의로 죽이는 것도 불가능해졌다.

 야이간의 뜻을 짐작한 군웅들이 그의 몸 상태를 염려하여 낮이고 밤이고 눈을 떼지 않는다.

 이제 와서는 그가 살수였다는 과거도 설득력이 없어져 버렸다.

 그런 사실을 밝힌다면 오히려 곤경에 처하는 사람은 하후 가주와 무림원로들일 것이다. 살수를 치러 왔는데 살수를 옆에 두고 있었다면 정보를 캐기 위해서라는 어설픈 변명을 늘어놓을 수는 있다. 하지만 광명정대한 행동을 규범으로 삼는 정도인으로서는 있을 수 없는 일이다.

 야이간의 목숨은 하후 가주의 손아귀에 움켜져 있었으나 지금은 벗어나 버렸다.

 인정해야 한다.

"역시 살수 놈들은 믿을 놈이 없어. 특히 저놈……."
하후 가주의 눈가에 살기가 일렁거렸다.

영원히 머물 것 같던 혹한의 겨울도 때가 되니 슬금슬금 물러섰다.
날씨가 포근하게 풀리면서 파란 새싹이 돋아나기 시작했다.
날짜로 보면 군웅들이 팔부령에 모인 지 한 달도 안 되는 짧은 기간에 일어난 변화이지만 겨울이 가고 봄이 오는 속도는 무척 빨랐다.
구파일방이 살문 십망을 선포한 이후 팔부령은 창살 없는 감옥이 되었다.
들짐승이나 하늘을 나는 새들조차도 중원무림인에게 출입 허가를 받아야 넘나들 수 있을 만큼 삼중, 사중의 거미줄이 쳐졌다.
싸움은 예상외로 길어졌다.
모두들 겨울을 넘기지 않을 것이라고 생각했지만 겨울이 지나고 봄이 와도 싸움이 끝날 기미는 보이지 않았다.
"놈들… 이미 빠져나간 것 아냐?"
"그럴 리 없어. 빠져나갔다면 발각되지 않을 수 없지."
"종리추란 놈 신출귀몰하다던데?"
"신출귀몰이 아니라 귀신 껍데기를 뒤집어썼다 해도 안 돼. 이런 포위망을 흔적없이 빠져나간다면 내 손에 장을 지지지."
"그렇긴 하지만……."
군웅들은 답답했다.
그러나 군웅들보다 더욱 답답한 사람은 구파일방에서 파견한 장로들이었다.
살문은 팔부령을 벗어나지 못했다. 수색을 해보면 한 시진, 아니, 반

각만 일찍 발견했어도 조우(遭遇)했을 것이라고 예상되는 흔적들이 여기저기서 발견되고는 한다.

그런데도 정작 근거지는 찾아낼 수 없다.

넓디넓어서 산신도 길을 잃으면 헤어나지 못한다는 팔부령을 이 잡듯이 뒤졌건만 살문 살수들은 땅을 파고 들어간 듯 감감했다.

그런데 야야간이 불을 지피고 있다.

그의 단식 좌정은 벌써 십 일이 넘어서고 있다.

운기를 해도 이만한 단식 좌정이면 원정(元精)에 손상을 입을 터인데 그는 운기도 하지 않고 있다.

그는 마치 시간을 재고 있는 듯하다.

내가 죽으면 너희가 지는 것이다라고.

현재 팔부령에는 중원무림의 절반이라고 해도 과언이 아닐 만큼 많은 고수들이 운집해 있다.

소림의 백팔나한, 그들은 이름 하나만으로도 무적이다. 화산파의 매화검수도 대거 팔부령을 누비고 있다. 매화검수. 화산파의 차기 장문인이 될 재목들이지 않은가.

개방에서도 오대호법을 추가로 파견해 왔다. 과거 흑봉광괴와 함께 적지인살과 종리추를 추적했던 바로 그 사람들이다.

이번에야말로 완벽한 십망. 빠져나갈 수 없는 천라지망이다.

바깥 세상도 조용하지만 작고 초라한 움막은 더욱 조용했다.

움막 주위는 개방 문도들이 물샐틈없이 경계하고 있지만 서로 잡담 한마디 나누지 않았다.

무림기인 현운자가 머무는 거처다.

천우진의 실체를 본 무림군웅들은 치를 떨었다.

만약 현운자가 아니었다면 팔부령 싸움은 무림 대참패라는 오욕스러운 싸움터가 되었을 게다.

이겨도 지는 싸움이었다.

살문 살수들 몇 명 죽이는 것은 문제가 아니었다. 피해가 될수록 적어야만 승리가 빛을 발하는 싸움이다.

벌써 많은 무인들이 죽었다.

현운자는 많은 피해를 줄여줄 수 있는 유일한 사람이다. 무공도 모르는 사람이지만 모두들 현운자의 심기를 거슬리지 않으려고 노력하는 이유가 그것이다.

구파일방에서 파견한 장로들은 현운자의 움막에 모여들었다.

일면에서는 팔부령을 뒤진다. 현운자는 은닉이 용이한 장소를 선정해 준다. 이 둘은 절묘한 조화를 이루어 현운자가 장소를 선정하면 개방 문도가 뒤지고, 뒤져서 얻은 결과를 보고해 주면 그것을 참고로 다시 장소를 선정했다.

결과는 나타났다.

현운자가 짚어준 장소를 뒤져 보면 살문 살수들의 흔적이 발견되곤 했다. 언제나 한 걸음 늦어 흔적밖에 발견하지 못했지만.

개방 문도가 먼저 찾아내느냐, 현운자가 먼저 찾느냐…….

정도 무인들 간에도 알지 못할 미묘한 자존심 싸움이 전개되는 중이었다.

움막 안은 발 디딜 틈도 없었다.

사람이 많아서는 아니다. 방 안에는 발을 들여놓지 못할 만큼 큰 기물이 놓여 있었다.

방 하나를 가득 채우고도 남을 모형 산.
흙과 돌로 윤곽을 만들었으며 솔잎으로 나무를 대신했다.
팔부령이다.
모형 산은 팔부령과 흡사해서 깎아지른 듯한 절벽은 조약돌을 깎아 면을 만들었다.
솔잎은 녹음이 우거진 곳을 확실하게 보여준다.
모형 산을 만드는 데만도 몇 달 세월이 소모될 만큼 간단치 않은 작업이었다.
개방은 단 나흘 만에 모형 산을 만들어냈다.
살문 문도가 어디 숨었는지는 찾아내지 못하고 있지만 그들이 수집한 정보는 여타 문파는 짐작도 하지 못할 만큼 치밀하고 완벽했다.
개방은 이미 팔부령에 대한 모든 것을 수집해 놓은 상태였다.
"그래! 이곳이야! 허허, 나도 늙었군. 까막눈이 되다니. 이렇게 환히 드러난 곳을 이제야 보다니."
카랑카랑하면서도 정정한 현운자의 음성이 가늘게 새어 나왔다.
다른 소리는 들리지 않았다.
현운자의 움막에는 적어도 대여섯 명이 자리를 잡고 앉아 있지만 누구도 현운자의 말을 가로막지 않았다.
"이곳 뒤져 봤나?"
움막에 모여 숨죽이고 지켜보던 사람들은 일제히 현운자의 손가락을 쫓았다.
"그곳은 이미……."
개방 장로 분운추월이 대답했다.
개방에서는 무불신개와 분운추월을 교체했다.

이번 팔부령 싸움에서 개방이 맡은 몫은 군웅들의 눈과 귀였다. 그런 면에서 중원제일의 경공 대가인 분운추월이 무불신개보다는 효율적이라는 생각이었다. 또 분운추월은 종리추와 모종의 연관이 있고 곱지 않은 소문이 개방 내에 퍼지고 있는 터라 이 기회에 분분한 소문을 일소하라는 방주의 뜻도 포함되었다.

현운자가 못마땅하다는 눈빛으로 분운추월을 쳐다봤다.

"놈들은 이곳에 숨어 있어. 아니라면 내 목숨을 걸지."

다른 때와는 달리 너무도 확고한 말이었다.

그러나 이미 뒤져 보지 않았는가.

현운자가 지목한 곳, 대래봉 정상은 살문이 청부를 받은 곳이다. 은밀하기 이를 데 없으며, 청부를 받으면서도 암중에 숨어 받았다.

제일 먼저 그곳을 뒤지지 않을 리 없다.

개방 문도뿐만이 아니라 화산파에서도 무당파, 아미파 제자들도 대래봉 정상을 한 번씩은 디뎌봤다.

한데 현운자는 대래봉 정상을 지목하고 있다.

모두들 마음속으로는 부정하면서도 현운자가 너무 확고하게 단언하는 바람에 대놓고 아니라는 말을 하지 못했다.

"이곳이야. 틀림없이 이곳에 있어. 그렇지! 청부를 받을 때 모습을 드러내지 않았다는데… 허허! 정말 늙었군. 왜 지금에야 이런 생각이 떠오르는지."

현운자는 고개를 숙이며 손으로 이마를 짚었다. 그러나 눈길만은 대래봉 정상에 고정되어 활활 불타올랐다.

그는 살아났다.

천우진을 깰 때처럼, 젊은 장정들이 불끈 치솟는 혈기를 이기지 못해 파닥파닥거리는 것처럼 현운자의 늙은 몸이 생기를 되찾고 있다.

'확실하다! 대래봉 정상이야!'

이쯤 되면 장로들도 의심을 할 수가 없었다.

"모습을 드러내지 않는 방법은 한 가지뿐이지. 숨어 있는 것. 자, 볼까? 이곳에 숨어 있을 만한 곳이 어디 있는지."

그것 역시 생각하지 않은 것은 아니다.

하지만 찾을 수 없었다. 대래봉 정상으로 올라가는 길은 바위가 삭아 나무 한 그루 자랄 수 없는 산등성이다. 청부자들이 순서를 기다리던 곳, 검을 풀어놓는 해검지, 그리고 돌아앉은 부처상이 있는 곳까지 모두 한눈에 들어온다.

살문 살수들이 숨어 있을 곳은 없었다.

땅속도 생각해 봤다.

땅속에 굴을 파놓고 숨어 있는 것이 아닐까?

하지만 대래봉 정상을 샅샅이 뒤져 보고 어떤 곳은 검으로 찔러보기도 했지만 바위가 삭은 정상답게 바닥은 돌이었다.

'기가 막힌 놈들!'

감탄은 새어 나왔지만 지금은 그게 그리 중요하지 않았다.

지금은 적어도 십여 명이 훨씬 넘는 사람들이 숨어 있는 장소를 찾아내는 것이 중요했다.

훤히 드러난 대래봉 정상보다 동굴이며, 숲 속이며… 팔부령에는 뒤질 곳이 너무도 많았다.

살문 살수들이 어디에 숨어서 청부를 받았을까? 그것은 아직까지 풀리지 않은 숙제다.

현운자가 쳐다보는 대래봉 정상은 작은 조약돌이었다.

조약돌을 반으로 갈라 한쪽은 절벽을 만들고 다른 쪽은 정상으로 올라가는 돌 비탈길을 만들었다.

"숨어 있다. 숨어 있다. 숨어 있다……."

현운자는 같은 소리를 연이어 반복했다.

열 번, 스무 번, 서른 번…….

소리가 반복될수록 현운자의 눈길은 반짝반짝 빛났다.

"돌아앉은 돌부처… 포복(抱腹)하는 청석(靑石)… 회공음(回空音)… 회공음? 회공음!"

눈길이 반듯하게 깎아놓은 절벽에 고정되었다.

현운자는 나무 대신으로 꼽아놓은 솔잎을 빼 들어 절벽 윗부분을 짚었다.

"이곳이야! 목숨을 걸지."

현운자의 눈빛이 포근하게 가라앉았다.

싸움이 끝났을 때 나타내는 눈빛이다.

◆第八十章◆
마의(痲蟻)

종리추는 살문 살수들의 특성을 최대한 이끌어내는 데 주력했다.

똑같은 무공을 익혀도 사람마다 성취도가 다르다. 무재(武才)라 일컫는 사람들이 같은 문파에 입문해도 선호하는 무공은 달라지기 마련이다.

그들 개개인이 자신에 맞는 무공을 찾은 결과다.

살법(殺法)도 마찬가지다.

유구와 같은 경우는 남만에서 자란 사람답게 독물을 취급하는 데 탁월한 재능을 지녔다. 반면 유회는 같은 남만인이라 해도 독물보다는 신력(神力)에 의존한다.

혈영신마는 살법을 배울 것도 없는 초절정무인이다. 그가 정도문파 출신이면 후기지수라고 추앙받았을 것이다. 그의 선택이 정도무림을 겨냥한 것이었기에 십망까지 받았지 않은가.

그는 현재 살문에 몸을 담고 있다.

무공으로만 논하자면 그 역시 사무령에 도전할 자격이 있다.

그도 다른 살수들과 마찬가지로 종리추의 살법을 배웠다.

"싸워서는 안 된다. 살수이기 때문이다. 살수는 죽이는 자(者)이지 싸우는 자가 아니다. 무공으로 싸울 생각을 버려라. 수단 방법을 가리지 말고 죽이면 그만이다."

종리추는 사도(邪道)를 택했다.

오직 죽음만을 선호할 뿐 명예나 협(俠)은 찾아볼 수 없다. 살수에게 그런 것을 찾는 것 자체가 모순일지 모르지만.

혈영신마의 살법은 독특하게 발전했다.

표적을 찾고 은신해 접근하는 것까지는 다른 살수들과 다를 바 없지만 마지막에 이르러서는 꼭 혈영신공을 펼친다.

상대방의 목숨을 빼앗는 최대 비기로 자신의 무공을 선택한 것이다.

혈살편복은 편공(鞭功)의 달인이다. 그에게는 방절편이라는 뛰어난 병기도 있다. 하지만 혈살편복은 혈영신마와 다르게 자신의 무공을 최대한 아낀다. 그는 거미가 거미줄을 쳐놓고 먹이를 기다리듯, 강태공이 빈 낚시를 드리우고 세월을 낚듯 상대가 완벽하게 걸려들 때까지 기다리고 또 기다린다.

종리추가 살법을 전수했으나 받아들인 것은 각기 달랐다.

살문 살수들이 공통적으로 수련한 것은 시마공이나 폭혈공 같은 내공이 전부다.

종리추는 하루의 대부분을 살수들과 보냈다.

수하들이 편을 나눠 싸우는 모습을 지켜보았고, 그들이 마음껏 싸움을 즐길 수 있게 경계를 서주기도 했다. 물론 싸움이 끝날 때마다 미비한 점을 지적하는 것도 중요 일과 중 하나이다.

수하들을 양성하는 것과 더불어서 직접 살행에 나서지 않는 사람들의 특성도 개발했다.

어린을 따라 홍리족을 떠나온 비부, 그가 개발한 특성은 신안공(神眼功)이다.

무인들이 의념(意念)을 단전에 모으는 것과는 달리 비부는 의념을 천령혈(天靈穴)에 모은다. 천령혈에서 받아들인 우주(宇宙)의 기운은 양 눈에 집중된다.

비부는 홍리족 전통 무예인 권투를 죽은 역석 다음으로 잘했다. 역석이 죽은 지금에는 홍리족 제일의 용사라고 할 수 있다.

무공의 기본을 어느 정도 이해하고 있었기에 신안공을 받아들이는 속도도 그리 느리지 않았다.

비부가 하는 일은 경계다.

팔부령에 모인 군웅들의 움직임을 감시하는 것이 그의 몫이다.

모든 팔다리가 잘리고 눈과 귀가 막힌 살문에게 비부가 맡은 일은 존망을 좌우할 만큼 중요했다.

비부는 오곡동 입구에서 무인들보다도 훨씬 넓은 안공으로 사위를 살폈다. 독수리가 구만리창천을 나는 와중에도 지상에 기어가는 조그만 토끼를 놓치지 않듯 대래봉으로 접근해 오는 무인들을 세밀하게 살폈다.

비부는 칡뿌리를 씹었다.

맡은 일은 중요하다 하지만 하루 종일 똑같은 광경만 주시한다는 것은 일면 지루한 감도 없지 않았다.

칡뿌리는 나른한 하루를 지탱해 주는 좋은 군것질거리였다.

"퉤!"

질겅질겅 씹고 있던 칡을 뱉어냈다.

근 반 각 넘게 씹고 있던 터라 단물이 다 빠져 입만 아프던 터였다.

그가 손을 뻗어 칡을 잡아가던 찰나 그의 양 눈이 부릅떠졌다.

'저, 저건! 보통 이동이 아냐!'

심상치 않은 움직임이 잡혔다.

대래봉으로 올라온다 하더라도 보통 같으면 약간은 무질서한 면이 있다. 그런데 지금은 그런 게 느껴지지 않는다. 어쩐지 질서정연하고 꽉 짜인 느낌이다.

'나를 버리고 밝음을 얻는다. 육신을 비우면 빈 그릇이라 한 호흡에 우주의 기운이 들어온다. 느낌이 없는 가운데 평온한 마음으로. 삼천육백 행동 가운데서도 그렇게. 아홉 단계를 밟아 올라 십이경맥(十二經脈)이 진동하나 나는 나를 볼 뿐. 신안공이라 명칭하나 실상은 심안공(心眼功)이라……'

비부는 신안공의 심결(心訣)을 외웠다.

심신이 차분히 이완되었다. 활짝 열린 천령혈에서 우주의 기운이 물밀듯 밀려들었다.

비부는 외기(外氣)를 도인(導引)하여 양 눈에 집중시켰다.

무인들의 움직임이 꿈속의 한 장면처럼 몽롱하게 잡혔다.

'나는 나를 볼 뿐……'

세상을 보는 것이 아니다. 보는 사람도 없고 보고자 하는 사람도 없다. 육신의 일부인 눈은 사물을 보지만 나는 한발 뒤로 물러서 눈을 본다.

무인들의 움직임에는 절도가 있다.
서둘지 않으면서 경계를 늦추지 않는다. 아련하게나마 긴장도 느껴진다.
'대래봉…… 이건 수색이 아니다! 공격이야!'
비부는 신안공을 풀고 일어섰다.
"삐…… 찌륵, 찌륵, 찌르륵……!"
비부의 입에서 기이한 울림이 터져 나왔다.

언젠가는 있을 것이라고 생각했던 공격이다.

"살수들이 몰살하는 것을 봤으니 쉽게 공격해 오지는 않겠지. 공격해 온다면… 우리 은신처가 발각당했을 때야. 오곡동이 드러난 거지."

종리추는 그렇게 말했었다.

"개방을 무시해서는 안 돼. 개방이라면 아무리 은밀한 곳도 찾아낼 사람들이지. 거기에 현운자까지 있어. 현운자와 개방이 손을 잡는다면 예상외로 빨라질 거야."

삼현옹은 오래 버티지 못한다고 못 박았다.

'이 소리는… 공격? 공격!'

이해하지 못할 명령을 수행하던 구류검수는 느닷없이 들린 산새소리에 바짝 긴장했다.
'이걸 어떻게 해야 하나?'
구류검수는 난감했다.
나흘 전에 내린 종리추의 명령은 아무리 생각해도 납득이 되지 않았다. 문주의 명만 아니라면, 문주의 냉철한 두뇌를 믿지 못했다면 입이 한 사발은 튀어나올 명령이었다.

나흘 전, 종리추는 살문 살수들에게 술병 하나와 붓 한 자루, 그리고 지도 한 장씩을 나눠 주었다.
"지도에는 구역이 정해져 있어. 오늘부터 맡은 구역별로 가서 그려진 선을 따라 붓 칠을 해. 풀이 있으면 좋고 풀이 없으면 나뭇잎에라도 칠을 해. 칠을 한 간격이 반 장을 넘어서면 안 돼. 반 장을 넘어서지 않도록 꼼꼼히 칠하고… 명심할 점은 칠한 곳에는 들어가지 마."
"이 안에는 뭐가 담겨 있습니까?"
술병 안에 담긴 것이 무엇일까?
좌리살검이 엄지와 검지로 코를 막으며 말했다.
종리추가 술병을 가지고 들어서는 순간부터 그리 작지 않은 동혈은 생선 썩는 냄새로 가득 찼다.
냄새가 너무 고약해서 두통까지 치밀 정도였다.
종리추는 웃기만 했다.
살문 살수들은 혹 삼현옹이 알까 싶어 그에게 시선을 주었지만 삼현옹은 여전히 무뚝뚝하기만 했다.
그는 종리추가 하는 일이나 살문에 관한 일은 관심없는 듯했다.

그의 관심사는 오직 하나, 현운자가 깨지 못할 천우진을 만드는 데 있었다.

벽리군도, 어린도, 모진아도… 모두 종리추가 넘겨준 술병에 든 것이 무엇인지 궁금해했다.

하지만 아무도 아는 사람이 없었다.

"문주님, 지금 개방 문도가 팔부령을 이 잡듯 뒤지고 있는데 밖으로 나갔다가 종적이라도 발각되는 날에는……."

벽리군이 염려스러운 듯 말했지만 종리추는 씩 웃는 것으로 대답을 대신했다.

웃음이 싱그럽고 맑았다.

이십 대 초반의 건강한 웃음이 담뿍 배어 나왔다.

"쯧! 여태껏 파리 잡으려고 그 고생 했남. 장담하건대 살문 살수들의 종적을 발견해 낼 자는 손에 꼽을 거야. 팔부령에 모인 놈들 중에는 겨우 한두 놈? 그런데 그놈들은 고생하지 않으려고 편안한 곳에 디비져 누워 있단 말이야. 걱정하지 않아도 될 거야."

모진아가 벽리군의 염려를 덜어주었다.

하지만 그렇게 말하는 모진아도 종리추가 건네준 술병을 연신 들여다보는 것이 안에 무엇이 들었는지 궁금한 듯했다.

누리끼리한 물.

생선 썩는 냄새보다 더 지독한 냄새가 풍기는 물.

무엇인가 썩은 물인 것 같기는 한데 그것이 무엇인지 알 길은 없었다. 종리추가 말을 해주지 않는 이상.

술병에 든 것이 무엇이든 상관없다.

문주가 명을 내렸으니 따라야 한다. 그리고 그렇게 어려운 일도 아니다.

문제는 무림군웅들의 동태가 심상치 않은데, 부쩍 수색하는 무인들이 늘어나는 판인데 아무리 은신에는 자신있다고 하지만 굳이 위험을 무릅쓰고 하찮아 보이는 일을 할 필요가 있다는 말인가. 그럴 시간이 있으면 무공 수련을 한 번 더 하든가 하다못해 마음껏 휴식이라도 취하는 것이 좋지 않은가.

종리추는 침묵했고 살문 살수들은 어쩔 수 없이 움직였다.

벌써 나흘째.

반 장 이상 간격이 벌어지지 않게, 그리고 지도에 그려진 선을 따라 붓 칠을 해 나간다는 것은 여간 지루한 작업이 아니었다. 더군다나 술병에 붓을 집어넣었다가 꺼낼 때마다 지독한 악취가 콧속으로 파고드니.

이제는 아예 악취가 몸에 밴 듯 잠자리에 누웠어도 악취가 풍길 지경이었다.

그런 판에 비상 신호가 들려온 것이다.

구류검수는 어떤 행동을 해야 할지 망설였다.

오곡동으로 돌아가야 할 것인가, 종리추가 내린 명령을 마저 수행할 것인가.

그가 맡은 지역은 오곡동 밑이었다.

일직선으로 펼치면 백 장 정도 되는 지역에 술병에 든 물을 칠해야 한다. 풀에, 나뭇잎에… 돌과 같이 죽어 있는 것이 아니라 생명이 살아 있는 것에.

구류검수는 오곡동을 올려다봤다.

오곡동의 모습은 보이지 않았다. 대신 삼백여 장에 이르는 깎아지른 절벽이 커다란 벽이 되어 굳건히 버티고 서 있다.

오곡동으로 돌아가려면 절벽을 기어오르거나 아니면 절벽을 우회하여 빙 돌아서 가야 한다. 전자는 불가능하다. 봄이 되었다고는 하지만 얼어붙은 절벽은 빙벽을 능가할 만큼 매끄럽다.

돌아가려면 결국 빙 둘러 가야 한다.

다른 살수들에 비해 오곡동과 가장 가까운 거리에 있지만 움직일 거리는 가장 먼 셈이다.

'하찮은 일……. 그래, 하자. 문주가 이 일을 시킨 데는 다 이유가 있는 거지. 꽃이나 피우려고 이 짓을 하는 건 아니니까.'

구류검수는 다시 붓 칠을 하기 시작했다.

후사도가 말했었다.

"이거 꼭……."

"이거 꼭 뭐?"

"수꽃에서 화분(花粉)을 받아 암꽃에 칠해주는 기분이 들어서요."

비부가 비상 신호를 터뜨렸어도 오곡동으로 돌아온 살문 살수는 한 명도 없었다.

삼현옹을 도와 오곡동에 기관 장치를 하던 적지인살과 배금향이 제일 먼저 달려왔고 그 다음으로 구맥과 어린이 입구로 다가와 바깥 동정을 살폈다.

비부는 군웅들이 움직이는 곳을 손가락으로 가리켰다.

"난 잘 안 보이는데 저게 보인단 말야?"

구맥이 비부를 보며 물었다.

마의(瘋蟻) 67

"음……!"

적지인살이 신음을 토해냈다.

눈에 진기를 주입한 후에야 간신히 볼 수 있는 사람들을 무공이 그보다도 못한 비부가 발견해 냈다는 것은 기막힐 노릇이었다. 하기는… 종리추가 경계를 맡겼으니 어련하련만.

"올라오는 쪽은 각기 달라도 모두 이쪽으로 모여드는 것 같지 않아요? 그렇죠?"

비부가 호들갑스럽게 말하며 여기저기를 가리켰다.

그가 가리키는 곳마다 상당수의 무인들이 개미 떼처럼 꿈틀거렸다.

'추아와 삼현옹 말대로 오곡동이 드러났어.'

대거 움직이기 시작한 무인들.

팔부령에 모인 군웅 모두가 움직이는 것은 아니지만 상당한 수가 움직이고 있었다. 결코 수색하는 모습은 아니다.

빠져나갈 길도 없다.

저들이라고 자신들이 드러날 경우를 예상하지 않았으랴.

한눈에 세상을 굽어보는 위치에 있는 오곡동이다. 사각 지대가 있을 수는 있지만 움직임 자체를 숨길 수는 없다.

아마도 무인들은 실수에 대한 대비책을 충분히 세워놓았을 게다. 암습에 대한 대비책을 세워놓은 다음 움직이고 있다.

물샐틈없는 포위망을 구축하는 것은 기본이다.

앞에 적이 있으니 뒤로 물러서겠다는 안일한 생각은 더욱 비참한 최후만 맞이하게 된다.

적지인살의 경험이 비추어보면 이런 경우 선택할 수 있는 길은 하나뿐이다.

죽음.

문득 종리추와 함께 실망을 받아 쫓기던 때가 떠올랐다.

어려운 일이 무척 많았다. '간발의 차이'를 그때처럼 온몸으로 느껴본 적도 없다.

특히 천음산에서 흑봉광괴와 다섯 호법에게 둘러싸였을 때는 꼼짝없이 죽는 줄 알았다.

쥐 떼… 쥐 떼가 없었다면…….

또 한 번 그런 기적이 일어날 수 있을까?

말을 하지는 않았지만 적지인살은 종리추가 답답했다.

군웅들이 모여들었을 때 팔부령을 버리고 다른 곳으로 옮겨갔어야 했다. 녹림도와 다름없는 신세가 되어버렸으니 굳이 '터전'이라는 것을 고집할 필요가 없었다.

중원무림과 맞서면 죽음뿐이다.

두 손으로 하늘과 맞서 어찌하겠다는 건가.

두 번째 기회도 있었다. 소고 일행이 팔부령을 빠져나갈 때 같이 빠져나갔어야 한다. 그때만 움직였어도 지금과 같은 곤경에는 처하지 않았으리라.

세 번째 기회도 흘려보냈다.

군웅들이 오곡동을 찾지 못해 움직이지 못하고 있을 때 살며시 팔부령을 빠져나갔어야 한다. 당시에 길을 찾자면 전혀 없었던 것도 아니다.

인피면구를 사용해도 괜찮고 살문 살수들이 익힌 은신 비기를 사용해도 가능성이 있었다.

종리추는 모든 기회를 흐르는 강물에 던져 버렸다. 흘러흘러 멀리 떠나도록.

이제는 정말 기회가 없다.

오곡동 기관 장치를 믿고 방어한다는 것은 중원무림을 너무 얕본 한심한 생각이다.

무림은 그들의 피해를 최소화하려고 노력할 뿐 이쪽의 멸살에 대해서는 의심치 않는다. 실제로 그런 상황이 전개될 것이고.

"들어갑시다. 추아가 알아서 하겠지."

적지인살은 배금향의 등을 다독거렸다.

그는 동혈 안쪽에 두고 온 자신의 검을 생각했다. 그리고 보니 한동안 검을 들 기회가 없었다. 무공을 사용할 기회는 더 더욱 없었다.

'혈염도법. 후후, 한참 후에나 사용할 줄 알았더니 빨리 다가왔군. 그래, 마지막으로 신나게 펼쳐 보는 거야.'

십망에서 몸 성히 중원을 빠져나간 사람은 자신뿐이다.

육신 중 열 군데를 손상당한 청면살수, 한쪽 다리를 잘린 소천나찰, 두 다리와 한 팔이 잘린 비원살수, 얼굴이 처참하게 일그러진 미안공자……

살아 있어도 살아 있는 사람들이 아니다.

"추아는 뭐 하고 있는데 나와보지도 않는지 모르겠네요."

배금향이 여전히 걱정스런 표정으로 말했다.

"수련 중이에요. 수련할 때는 하늘이 무너져도 꼼짝 않잖아요."

어린이 생긋 웃으며 대답했다.

어린은 더욱 화사하게 피어난 꽃이 되었다.

아마도 오곡동에서 가장 근심 걱정 없는 사람을 꼽으라면 단연 어린이 꼽힐 것이다. 죽으면 아부타라는 전신(戰神) 곁으로 간다는 암연족처럼 홍리족도 고한마(孤欄驎)라는 신녀(神女) 곁에 머문다고 생각하고 있다.

그런 생사관(生死觀) 때문인지 암연족이나 홍리족 부족민들은 죽음에 대해 별다른 감정을 갖지 않는다. 그들에게 죽음은 또 다른 세상으로 가는 과정에 불과하다.

거기에 어린은 종리추의 곁에만 있으면 만족했다.

부귀공명 같은 것은 애당초 바라지도 않았다. 중원에 와서 많은 문물을 접했지만 그녀를 변화시키지는 못했다.

그녀는 풀죽 한 그릇을 먹어도 종리추만 곁에 있으면 세상에서 가장 행복한 여인이었다.

"내가 호법을 서도 되는데……. 하기는 저녁에는 내가 차지하니까 낮에는 이부(二婦)에게 양보해야지. 그런데 난 왜 아기가 안 생기지?"

어린은 천연덕스럽게 말했다.

중원인의 입장에서 보면 이들 모녀, 구맥과 어린은 위험한 면이 있다. 이런 면에서. 아니다, 이들 모녀뿐만이 아니라 모진아, 유구, 유회도 위험한 구석이 있다. 모르는 사람이 들으면 철이 없다고 할 만큼. 그들은 이런 면에서는 중원인들이 입에 담기 꺼리는 부부간의 비밀스런 일도 스스럼없이 말한다.

'쯧!'

적지인살은 얼굴이 화끈거렸다. 한두 번 겪은 일도 아니면서.

좌리살검도 비상 신호를 들었지만 동요없이 지시받은 일을 처리해 나갔다.

맡은 영역을 모두 칠하려면 밤이 늦어서야 끝날 것 같다.

술병을 오른쪽 허리춤에 매달고 왼팔로 붓을 들었다.

'내가 붓을 다 들다니.'

생각해 보니 붓을 들어본 기억이 없다.

상승무공을 익히기 위해서는 학문도 뛰어나야 하지만 그는 글을 배운 적이 없다. 표사가 되어 위명을 떨친 무공도 수많은 죽음의 고비를 넘어선 다음에야 익히게 된 실전무공이다. 일 초식 일 초식이 모두 생명이 담보된 초식들이다.

붓을 술병에 담갔다 꺼내자 역한 냄새가 훅하니 밀려와 머리 속 깊이까지 파고들었다.

'윽! 이놈의 냄새는 평생 적응하지 못할 거야. 도대체 뭐가 썩은 거야?'

헝겊을 둘둘 말아 코를 막아보기도 했다. 붓을 꺼낼 때는 숨을 멈춰보기도 했다. 하지만 일 다경 이상 지속되는 고약한 냄새는 토악질까지 치밀게 만들었다.

술병 마개를 닫아놓지 않는다면… 생각만 해도 끔찍하다.

좌리살검은 잎사귀 하나에 꼼꼼히 붓 칠을 했다.

풀이 돋은 곳에 칠을 할 경우에는 네다섯 포기씩, 잎사귀에 할 경우에는 한 나무에 열 군데 이상 칠을 했다.

거리도 반 장 이상 벌리지 않기 위해 아예 삼 척 간격으로 칠했다.

희한하게도 일 다경 정도 시간이 흐르면서 그렇게 고약하던 냄새가 씻은 듯이 사라졌다.

그러나 그게 좌리살검에게 득이 되는 점은 전혀 없었다. 그때쯤이면 붓도 말라 있으니까.

좌리살검은 무공을 익히는 것 못지 않게 고통스런 작업을 쉬지 않고 했다.

종리추의 명은 신의 명령이다.

그는 종리추보다 절반 이상을 더 살았지만 종리추보다 뛰어난 사람을 만난 적이 없다.

선견지명(先見之明)이라 해도 좋을 만큼 종리추는 앞날을 잘 예견한다. 신이 내린 무당도 아니고 앞날을 볼 수 있는 능력을 타고난 것도 아니다. 그가 예견하는 것은 모두 정보를 파악한 후 앞뒤 정황을 세밀하게 살핀 결과다.

과거와 현실을 명확하게 안 다음 미래를 추정하는 것이다.

흔히들 과거는 흘러갔다 해서 등한시한다. 현실을 명확하게 파악하는 사람도 드물다. 사람들은 거의 대다수가 현실을 파악하기보다는 미래의 꿈을 쫓는다.

종리추는 미래로 나아가지 않는다.

과거 속에서 행동 유형을 추정해 내고 현실을 냉정하게 파악한다.

미래는 아무도 모른다. 수천 가지 가능성 중에 현실로 내게 닥칠 가능성이 어떤 것일지 아는 사람은 아무도 없다.

종리추도 그중 하나를 선택할 뿐이다. 단지 보통 사람들보다 냉철히 현실을 파악한 덕에 가능성이 좀 더 좁혀졌을 뿐.

그게 종리추가 뛰어난 점이고 다른 사람과 다른 점이다.

"얼마나 남았나?"

등 뒤에서 낭랑하지만 힘이 실린 음성이 들렸다.

'주공.'

좌리살검은 등 뒤에 사람이 나타난 것을 진작 알았다.

상대는 발걸음을 숨기지 않았다.

좌리살검이 뒤돌아보지 않은 것은 발걸음 소리로 상대를 파악하고 싶었기 때문이다.

그것 역시 살수들이 수련해야 할 공부 중 하나.

좌리살검은 상당한 경지에 이르렀다고 자부했지만 종리추가 말을 던지기 전까지 발걸음 임자를 추측해 내지 못했다.

종리추의 발걸음은 특이했다. 가벼운 듯하면서 무겁고, 일정한 듯하다가도 불규칙하게 변했다. 뭐랄까… 자유롭다는 표현이 옳을 게다.

좌리살검은 비로소 등을 돌려 종리추를 본 후 허리를 숙여 인사하며 말했다.

"반 나절은 더 칠해야 합니다."

"반 나절…… 꽤 남았군."

"주공, 비상 신호는……."

"무인들이 오는 모양이야."

"역시……."

"서둘 건 없어. 무림인들도 준비를 해야 할 테니까 공격을 하더라도 내일쯤이나 시작될 거야."

"밤이라도……."

"그러기에는 위험 부담이 너무 크지. 그물에 걸린 고기를 잡는데 그런 위험 부담까지 떠안을 필요는 없잖아?"

종리추는 마치 남의 일을 말하듯 태연하게 말했다.

그런 면이 좌리살검의 마음을 끌어당기게 만든다.

종리추를 믿고 따르는 데는 단지 무공만 높아서가 아니다. 처음에는 비무로 시작된 약속이고 개인적인 숙원(宿怨)도 풀어야겠기에 그의 제안을 받아들였지만 속마음에 굴종 따윈 전혀 없었다.

문주로 인정하고 따라주되 너와 나는 별개.

이것이 좌리살검의 생각이었다.

좌리살검은 자신이 잘못 생각했다고 깨닫는 데 그리 오래 걸리지 않았다.

종리추는 사내다. 나이를 떠나 사내가 사내를 홀릴 수 있는 매력적인 사내다. 뛰어난 지모, 담력, 무공… 어느 것 하나 흠잡을 데 없는 매력적인 사내다.

지금처럼 코앞에 위험이 닥쳤어도 조급해하지 않는 모습이 좋다. 믿음직하다.

종리추는 사내가 어떻게 세상을 살아야 하는지 몸소 보여주는 듯하다. 그런 인간적인 매력이 그의 무공, 지략 등등보다 한결 좌리살검을 끌어당긴다.

세상에서 의형제를 맺고 싶은 사람을 단 한 사람만 꼽으라면 종리추다.

아마도 이런 생각은 살문 살수들 모두가 같을 게다.

시작이 같았으니.

"주공, 손에 든 것은……?"

좌리살검은 그제야 종리추가 무엇인가 들고 있다는 것을 알아챘다.

팻말이다.

팻말은 팻말인데…….

"이곳을 빨리 벗어나는 게 좋아. 사람이 다닐 수 있는 길이거든."

동문서답(東問西答).

종리추는 말하면서 들고 있던 팻말 중 하나를 꾹 눌러 박았다.

"내일은 부지런히 움직여야 할 테니 빨리 끝내고 돌아와."

종리추는 올 때와 마찬가지로 발걸음을 숨기지 않고 걸어갔다.
좌리살검은 팻말을 봤다.

출입자사(出入者死).

'들어오면 죽는다?'
글을 모르는 좌리살검은 팻말에 쓰인 글씨가 무슨 자(字)인지 모른다. 하지만 내용은 안다. 이런 글씨가 무엇을 뜻하는지.
'주공은 도대체 무슨 생각을 하고 있는 거지?'
좌리살검은 고개를 갸웃거렸다.
꼭꼭 숨어도 모자랄 판에 '들어오면 죽는다'라니.
좌리살검은 일정한 보폭으로 두 걸음 옆으로 이동한 다음 술병 마개를 열었다.
어김없이 역한 냄새가 코를 찔러왔다.

대래봉 정상은 봄이 왔어도 쓸쓸하기만 했다.

살문이 청부를 받을 적에는 사람 발길이 끊이지 않던 곳이나 무림이 팔을 걷어붙이고 나선 다음에는 언제 그랬냐 싶게 뚝 끊겼다. 하기는 미치지 않은 다음에야 이런 와중에 청부를 하러 올 리가 있을까.

아직은 옷깃을 여미게 하는 차가운 바람이 불었다.

대래봉 정상은 한여름에도 두꺼운 옷을 입어야 할 만큼 춥다.

"시원하군."

종리추가 확 트인 사방을 둘러보며 말했다.

군웅들이 팔부령으로 스며들었다.

그들은 지금 이 순간 산속 어디선가 내일 있을 결전을 준비하며 몸과 정신을 가다듬고 있을 게다.

수많이 무인들이 스며들었다고 하기에는 팔부령이 너무 조용하다.

불빛도 비치지 않고 죽음과 같은 정적만이 산을 에워쌌다.
"주공, 싸움은 아무래도……."
모진아가 살문 살수들을 대신해서 말을 꺼냈다.
암연족. 싸움에 임해서는 물러서지 않는 부족이다. 싸우다 죽으면 아부타 곁으로 불려가 영생을 보장받는다고 믿는다. 특히 모진아는 태어나면서부터 싸움꾼이다.
그런 모진아도 고작 이십여 명에 불과한 살문이 무림군웅들과 싸운다는 것은 버마제비가 달리는 수레바퀴에 뛰어드는 꼴로만 보였다.
모두 그렇게 생각하고 있었다.
싸움이 두려운 것은 아니지만 만약 싸움이 벌어지면 누구도 살아남지 못하리라고 생각한다.
피할 방도가 있을까?
전 같으면 몰라도 지금에 이르러서는 그마저도 쉽지 않다. 하나 그렇다고 결과가 뻔한 격전을 치를 필요가 없지 않은가. 지금이라도 다른 방도를……
"불을 피워."
"옛?"
모진아는 자신이 잘못 들었나 싶어 되물었다.
"우리야 괜찮지만 여긴 노인장도 계시니까."
삼현옹과 용금화를 일컫는 말이다.
"주공, 여기서 불을 피우면……."
"하하하! 어차피 오곡동은 드러났는데 뭘 더 숨기나. 설마 아직도 모르고 지나쳐 주기를 바라는 건 아니겠지? 불을 피우도록 해. 오늘은 별도 총총하니 술 마시기 좋은 날이지."

혼세천왕이 불을 피웠다.

유회가 살문 살수들이 취하고도 남을 양의 술을 내왔다. 구류검수가 정성 들여 담가놓은 것을 모두 꺼내온 것이다.

술자리가 준비되고 있건만 모두의 안색은 납덩이처럼 무거웠다.

그들은 혹시나 혹시나 하던 일을 명확하게 확인했다.

싸움.

종리추는 말도 되지 않는 싸움을 하려고 한다.

종리추에게 직접 말을 듣지는 않았지만 그가 취하는 태도와 말을 들어보면 짐작하고도 남는다.

'안 돼. 피해야 돼. 이 싸움은 무모해.'

모진아는 어떻게든 말을 해보고 싶었지만 어떤 말을 해야 할지 생각나지 않았다.

갑자기 옛날 일이 떠올랐다.

암연족 족장을 상대로 당당하게 나서던 꼬맹이.

당시 종리추가 보여준 무공은 놀라웠다. 꼬맹이가 익힌 무공이라고 생각하기에는 너무 놀라웠다. 아니, 그것은 놀라움 정도가 아니라 기적이었다. 모진아에게나 종리추에게나.

'적지인살, 배금향… 당시 그들 심정은 어땠을까? 말도 안 되는 싸움. 그래, 그랬을 거야. 약속을 했으니 싸움을 하기는 했지만 자식을 죽음으로 내모는 심정이었을 거야. 하하하! 내가 똑같은 심정을 느낄 줄이야.'

결국 모진아는 한마디도 하지 못했다.

한 순배, 두 순배…….

살문 살수들은 편하게 앉거나 혹은 비스듬히 누워 술잔을 기울였다.

혼세천왕이 피워놓은 모닥불은 기세 좋게 타올랐다. 뜨거운 열기가 차가운 바람을 몰아냈다.

캄캄한 세상 속에 오직 대래봉 정상만이 대낮처럼 밝았다.

"주공, 궁금한 게 있는데 말해 주시겠습니까?"

혈영신마가 술잔을 기울이며 말했다.

"……."

"우리에게 시킨 일… 그게 도대체 뭡니까? 술병에 든 건 뭐고?"

살문 살수들의 눈길이 일제히 종리추를 향했다.

그들도 그것만은 궁금했다.

"너희가 맡은 영역은 용 장로가 그린 거야."

또 동문서답이다.

"지형에 대해서는 용 장로만큼 잘 아는 사람이 없지."

용금화. 그는 살문의 장로가 되었다.

사람도 몇 명 되지 않는 살문에 장로(長老)가 무슨 가당키나 한 말이겠냐만 용금화에게 배분할 직책은 장로밖에 없었다.

용금화와 살문의 인연은 아주 우연히 시작되었다.

용금화는 지도 제작이 평생 원이었다. 어느 문파, 그 누구도 용금화의 원을 들어주지 않았다.

그는 고독하게 지도 제작에 평생 심혈을 기울였다.

그를 알아준 사람이 종리추다.

그렇다고 해서, 살문에 몸을 의탁하고 지도 제작에 몰두했다 해서 용금화가 살문 문도라고는 할 수 없다.

그는 살문과는 항상 일정한 거리를 두었다.

그런데 그게 아니다. 이제 용금화는 중원에 들어설 수 없다. 그는 자신의 뜻과는 전혀 다르게 중원무림인들로부터 살문 문도로 인식되어 있다.

지도 제작?

중원무림인들은 그런 것을 생각하지 않는다.

용금화의 이상(理想), 뜻… 모든 것이 왜곡되었다.

중원무인들에게 용금화는 단지 살문에 정보를 제공해 주는 두뇌에 불과하다.

"살문이 무너지지 않는 한… 살문이 존속하는 한 지원을 아끼지 않겠습니다."

종리추가 말할 필요도 없었다.

용금화는 선택의 여지가 없다는 것을 잘 알고 있었다.

용금화에 비하면 삼현옹은 조금 나은 편이다.

그는 용금화의 제안을 받는 순간부터 오늘을 예측했다.

그럼에도 불구하고 제안을 받아들인 것은 그가 평생 심혈을 기울인 천우진을 펼쳐 보고 싶다는 욕구 때문이었다.

진(陣)이란 펼친 것만으로는 충분하지 않다.

천우진과 같은 살진(殺陣)의 경우에는 싸움이란 과정을 통해 위력이 돋보여야 한다.

심산유곡(深山幽谷)에 설치하는 것이 아니다. 전인미답(全人未踏)에 설치해 사람 한 명 발길이 닿지 않는다면 진을 설치한 보람이 없어진다. 과연 천우진이 그가 생각한 것만큼 뛰어난 절진(絶陣)인지도 확인할 수 없다.

천우진은 싸움이 있는 곳에 설치해야 한다.

살문은 아주 좋은 싸움꾼이었다. 살수라는 직업상 언젠가는 무림인과 부딪치지 않을 수 없고, 몰살당하리라. 그들은 마지막 발악을 할 것이고 살고 싶다는 욕망은 천우진에 의지하게 만들 것이다.

천우진은 살수들의 마지막 보루다.

무의미하게 무작정 기대기만 하는 살수들은 필요없다. 천우진이 최대한 위력을 발휘하려면 막강한 무공을 갖춘 자들이 빈틈을 보충해 줘야 한다.

많은 살수 문파를 살펴보았지만 살문처럼 마음에 드는 곳은 없었다.

그가 용금화의 제안을 받아들인 것은 우연이 아니다.

용금화와 친분이 두텁기는 하지만 정작 삼현옹이 몸을 숨기고자 했다면 용금화는 죽는 순간까지 그의 그림자조차 찾아내지 못했으리라.

삼현옹이 살문에 주목한 것은 용금화가 살문에 몸을 의탁하는 순간부터였다.

용금화같이 외곬으로 한 길을 가는 사람을 문파에 끌어들일 수 있는 문파가 있다니. 그것도 살수 문파가…….

후일 삼현옹은 살문이 와해되었다는 소문을 들었다.

살문이 폐허로 변하고 살문 살수들은 모두 도륙되었다고 한다.

하지만 세상 소문이란 겉으로 나도는 것이 있고 속으로 나도는 것이 있다.

살문이 와해되지 않았으며, 와해된 것은 껍데기에 불과하다는 속 소문을 들었다. 오히려 살문을 공격한 살천문이 몰살했다. 살천문과 함게 살문을 공격한 공동파도 극심한 타격을 받았다. 공동 육천군 중 사천군이 죽었다.
　삼현웅은 폐허가 된 살문을 찾았다.
　그는 무너진 돌 조각을 통해 싸움이 어떻게 진행되었는지 알 수 있었다.
　'이놈들······!'
　삼현웅은 놀랐다.
　살문은 지금까지 존재해 온 여타 살수 문파들과는 다른 방식으로 싸우고 있었다.
　'몰살하지 않았다면··· 다시 중원에 모습을 드러낸다면······.'
　삼현웅은 그때를 대비해 자신을 노출시켰다.
　용금화가 얼마나 눈치있게 알아챌 수 있을지 모르지만 살문과 같이 있다면 자신을 찾아올 수 있으리라 생각하면서.
　과연 용금화는 연락을 취해왔다.
　살문이 삼현웅에게 제안한 것이 아니라 삼현웅이 살문을 선택한 것이다.
　천우진은 뜻밖에 취약점을 드러냈다.
　직접 싸워보지 않았다면 영원히 몰랐을 취약점이다.
　보완책을 생각했지만 언제 또 천우진을 설치할 수 있을지.
　그는 살문의 제안을 받아들이는 순간부터 자신과 살문과는 떨어지려야 떨어질 수 없는 사이가 될 것을 예상했다. 중원무인들이 그렇게 만들 것이기에.
　용금화와 삼현웅은 살문 장로가 되었다.
　아예 몸을 담글 바에는 미련없이 깊숙이 담가 버리자는 심산이었다.

지금에 와서는 아무 의미도 없는 일이지만.

종리추가 말했다.
"용 장로는 대래봉으로 올라올 수 있는 길이 열다섯 곳은 된다고 했지. 놀랍지 않나? 하하! 이곳으로 올라올 수 있는 길이 열다섯 곳이나 된다니."
"……."
"하지만 지금은 달라졌어. 이곳으로 올라올 수 있는 길은 오직 한 군데뿐이야. 다른 길은 없어."
살문 살수들의 눈가에 이채가 번뜩였다.
문주가 지금 한 말은 모든 길을 봉쇄했다는 말이지 않은가. 무엇으로… 자신들이 한 일…… 단순히 술병에 든 물을 붓에 찍어 바른 일이 그런 봉쇄를 가능케 했다는 말인가?
살문 살수들은 용금화와 삼현옹을 돌아보았지만 그들 눈가에도 놀라움이 역력히 떠올라 있다. 아마도 그들 역시 전혀 몰랐던 일이 틀림없다.
"주공, 그럼 그 팻말이……."
종리추는 고개를 끄덕였다.
"그럼 이곳만이……."
또 고개를 끄덕였다.
출입자사(出入者死) 팻말이 꽂힌 곳은 금지(禁地)다. 정말 그렇다면… 대래봉 정상으로 올라오는 길은 오직 한 군데뿐이다. 그러나 그 길은 작은 소로다. 고작해야 두어 명이 걸을 수 있다. 군데군데 암습할 곳도 많다.

살문 살수들의 눈가에 희망이 일렁거렸다.

정말… 정말 그렇다면 희망이 있다. 무림군웅은 수를 헤아릴 수 없을 만큼 많지만 싸울 수 있는 무인은 몇 명 되지 않는다.

"도대체 무슨 말인가? 자세히 말 좀 해보게."

어지간해서는 입을 떼지 않는 삼현옹도 궁금함을 참지 못했다.

종리추는 품에서 목갑을 꺼내 모진아에게 건네주고 술잔을 집어 들었다.

모진아가 목갑을 열자,

"아!"

깜짝 놀란 듯 눈이 휘둥그레지며 탄성이 터져 나왔다.

"도대체 뭔데…… 어!"

유구는 화들짝 놀랐다.

"뭐야? 뭔데 그래? 엇! 이놈은!"

유회도 기가 막힌 표정을 지었다.

"뭐야? 이거 원, 궁금해서……."

술잔을 기울이던 살문 살수들이 우르르 모여들었다.

그러나 그들은 모진아나 유구, 유회처럼 놀라지 않았다.

"이게 뭐야?"

그들은 오히려 어리둥절한 표정을 지었다.

"허허허! 허허허허허!"

너털웃음을 터뜨린 사람은 삼현옹이다.

"좋지, 좋아! 이놈들이면 천우진 못지 않지. 허허허! 대단해. 정말 대단해! 허허허!"

삼현옹의 영문 모를 말은 살문 살수들의 궁금증을 더욱 부채질했다.

"대형, 도대체 이게 뭡니까?"
혈살편복이 유구에게 물었다.
"보면 몰라?"
"이거 개미 아뇨?"
"개미지."
모진아가 들고 있는 목갑에는 왕개미가 십여 마리 정도 들어 있었다. 밖으로 기어나오지 못하게 망사로 위를 덮었지만 안에 들은 게 개미라는 것은 삼척동자도 알게다.
"정말 이렇게 궁금하게 만들 거요!"
"흐흐흐! 백문이 불여일견이라는 말이 있지, 아마?"
모진아의 눈가에 장난기가 서렸다.
그러자 유구와 유회는 화들짝 놀라 뒷걸음질쳤다.
삼현옹도 은근슬쩍 뒤로 물러섰다.
그러자 살문 살수들도 영문도 모른 채 물러섰다.
모진아의 말뜻은 직접 겪어보라는 말이고, 무엇인지는 모르지만 자신이 대상이 되기는 싫었다.
"그것참! 형님들, 왜들 그러슈. 기껏해야 개미새끼 가지고."
혼세천왕이 한 발 앞으로 쑥 나섰다.
"어디 맘대로 해보슈. 그놈의 개미새끼 밖으로 나오기만 하면 콱 밟아 죽여 버릴 테니까."
"정말?"
모진아가 확인했다.
"정말이오. 콱 밟아 죽여도 괜찮소?"
"능력껏."

모진아는 망사 한 귀퉁이를 살며시 열더니 혼세천왕을 향해 한 번 휘저었다. 그러자,

웨엥……!

파리가 귓전에서 맴돌 때처럼 웽웽거리는 소리가 나지 않은가?

"엇!"

설마 개미가 날 줄은 예상하지 못했던 혼세천왕이 황급히 뒤로 물러섰다. 아니, 무의식 중에 두어 걸음 물러섰다. 그러나,

"헉!"

혼세천왕이 다급한 소리를 토해냈다.

"왜 그래?"

"막내, 왜 그런 거야!"

무슨 일이 벌어졌는지조차 모르는 살문 살수들은 혼세천왕을 주목할 뿐 가까이 다가설 엄두를 내지 못했다.

혼세천왕의 이마에서 굵은 땀방울이 흘러내리기 시작했다.

힘줄이 툭툭 불거지고 두 눈이 시뻘겋게 충혈되었다. 비명을 참으려고 입을 꼭 다물고 있지만 어느새 입술이 벌어져 침이 질질 흘러나왔다.

분명히 무엇엔가에 충격을 받은 모습이다.

걱정하지는 않았다. 생명에 위험을 느낄 것 같으면 모진아가 장난 삼아 시험하지도 않았으리라.

"개, 개미에 물린 거야?"

광부가 물어보며 주위를 둘러봤지만 날개 달린 개미는 어디에도 보이지 않았다.

목갑에서 나오자마자 혼세천왕을 문 다음 어디론가 날아가 버린 것

이다.

눈 깜짝할 순간에 벌어진 일이라 어떻게, 어디를 물리는지도 보지 못했다.

혼세천왕은 걸음을 떼어놓으려고 다리를 꿈지럭거렸지만 푹 주저앉고 말았다.

"아! 아……!"

입에서 신음 아닌 신음이 흘러나왔다. 아픔을 간신히 참는 억눌린 신음이다.

"이거 죽지는 않는 거죠?"

좌리살검이 걱정스러운 듯 혼세천왕에게 다가가 안색을 살펴보며 물었다.

"죽지는 않지만 한 시진 정도 된통 고생할 거야."

"그, 그 개미가 도대체 뭐요?"

후사도가 놀란 표정을 감추지 않고 물었다.

혼세천왕은 천하 역사(力士)다.

그가 낭아추를 꺼내 휘두르면 폭풍이 불어올 때처럼 공기가 뒤흔들린다. 왼쪽 눈을 실명했고 다리를 절룩거리지만 그가 낭아추를 휘두르는 모습만으로도 웬만한 무인들은 기가 질릴 판이다.

검을 맞아도, 도에 팔 하나가 잘려도 신음 한마디 지르지 않고 달려들 역사.

그런 사람이 개미 한 마리에게 물렸다고 쩔쩔매고 있으니.

"비적마의(飛赤痲蟻)라는 놈이지. 남만에만 서식하는 놈으로 사람에게 해를 입히는 몇 안 되는 놈 중 하나야."

삼현옹이 대신 대답해 줬다.

"비적마의? 이건 비적마의가 아니라 저해저(躇邂邸)라는 놈인데?"

유회가 삼현옹의 말에 고개를 갸웃하며 말했다.

"허허, 남만에서는 저해저라고 부르기도 하지. 이놈아, 중원에 왔으면 중원 말을 배우도록 해."

"아니오, 이놈은 남만에만 사는 놈이니 남만 것이오. 중원 사람들이 남만 말을 배워야지."

유회가 지지 않고 대들었다.

"허허허! 그 말도 듣고 보니 그렇네. 그럼 저해저라고 하지. 허허허!"

"저해저인지 비적마의인지… 뭐라고 불러도 좋지만, 이놈에게 물리면 어떻게 됩니까?"

후사도가 연신 혼세천왕의 이마에서 흘러내리는 땀을 닦아주며 물었다.

혼세천왕은 고통이 극심한지 볼 근육이 부들부들 떨렸다.

"그놈처럼 되지. 몸이 마비되고, 피가 뜨거워지고, 심장이 콱 멎는 기분이 들고."

일차 마비, 이차로 경혈을 뒤튼다는 얘기다.

그렇다면 극독 중에 극독이다.

인간 세상에 나도는 극독 중에 경혈을 뒤트는 극독은 많지 않다. 독성이 강렬해 즉사시키는 독은 많지만 인간을 살려놓은 채 경혈만 뒤틀어 고통을 주는 독은……

"주공, 이놈을 언제 가져오셨습니까?"

모진아는 아무리 생각해도 모르겠다는 듯 인상을 찌푸렸다.

개미는 대략 십 년 정도를 산다. 하지만 저해저는 싸움개미로 일 년

밖에 살지 못한다.
　종리추가 남만에서 가져왔다 해도 벌써 죽었어야 한다.
　"후후! 모진아, 그게 저해저 맞나?"
　종리추가 비스듬히 누운 상태로 달을 쳐다보며 말했다. 남의 일처럼 가볍게.
　"예?"
　"그놈은 저해저가 아냐. 저해저와 닮은 놈이지."
　"예엣?"
　종리추의 말에는 삼현옹도 의아한 생각을 금치 못했는지 다시 다가와 목갑을 들여다봤다.
　모진아와 삼현옹은 서로를 쳐다봤다.
　교차되는 두 눈에는 의혹이 가득했다. 아무리 봐도 저해저라는 듯.
　"밤이라서 자세히 볼 수 없으니 그렇겠지. 저해저는 검은 몸통에 붉은 머리를 가지고 있지. 그래서 중원에서는 비적마의라고 부르는 거야. 그런데 그건 일반 수개미보다 머리 하나 정도 더 큰 것 외에는 특이한 점이 없어. 나도 처음에는 그냥 수개미로 알았으니까."
　"그, 그럼……?"
　"이곳 팔부령에 자생하는 개미야. 저해저와 독성이 같고 성격도 난폭해서 같은 종(種)이 아닐까 생각되는데."
　"주공, 이놈이 팔부령 어디에……."
　"소고를 배웅하고 오는 길에 발견했지. 확인은 나중에 했지만. 원래는 결사(決死)를 생각했지만 그놈을 발견하고 나니 생각이 달라지더군. 술병에 담긴 것이 궁금했나? 그건 이놈 먹이야. 이놈들은 먹이를 썩혀서 진액을 빨아먹지. 자기 서식지를 떠나지 않는 놈이지만 먹이가 사방에 널려 있으니…….”

"서식지를 넓혀줬군. 이런 놈은 먹이만 물어가는 게 아니라 아예 눌러앉으니까."

삼현옹의 말에 모진아도 고개를 끄덕여 동감을 표시했다.

저해저에게도 여왕개미가 있다. 여왕개미를 중심으로 일정한 영역에서만 산다. 종족이 많이 불어나도 원래 수명이 짧은 놈들이라 죽는 놈이 많아 좀처럼 분가도 하지 않는다.

저해저 같은 싸움개미가 수명마저 길었다면 세상에 존재하는 다른 개미들은 씨가 말랐으리라.

그러나 종리추가 명한 것같이 새로운 먹이가 즐비한 곳을 만나면 수개미들은 군락으로 돌아가 처녀 여왕개미를 데리고 나온다. 거기서부터 새로운 군락이 형성되는 것이다.

종리추가 명령한 일은 오늘에서야 마쳤다.

아직 새로운 군락을 형성할 시기는 아니다. 하지만 수개미들은 존재하고 접근하는 자는 물리게 된다. 또 시간이 지나면 지날수록, 넉넉잡아 석 달만 지나면 산불을 일으켜 대래봉을 활활 태우지 않는 한 접근할 수 있는 사람이 없으리라.

"그러나저러나 대단하군, 이런 놈을 발견해 내다니. 그래, 어디서 발견했나?"

무공을 말할 때는 끼어들 틈이 없던 용금화도 이런 때는 할 말이 있었다.

"화산파 매화검수를 피해 절벽을 오를 때…….”

종리추가 말을 끝내기도 전에 유구가 끼어들었다.

그는 진중한 성격이다. 남만에서는 잔인한 성격이었으나 중원에 들어오면서 스스로를 많이 억누르고 있다. 더군다나 아내와 아이까지 얻었고 가족을 책임지는 방식이 남만과는 크게 다르기 때문에 더욱 진중해져 갔다.

그런 그도 '주공'의 말허리를 자르며 끼어들었다.

희망이란 그런 것이다. 죽음을 생각했다가 살 희망이 생기자 자신도 모르게 들뜬 것이다.

"그, 그럼 그 절벽에 이놈이 살았단 말입니까?"

"아니, 절벽 밑 땅속에."

"언제 이런 놈을 다 보시고……."

"이제는 조용히 하고 술이나 마시자고. 혼세천왕은 제 스스로 마신 벌주이니 어쩔 수 없지. 달이 참 곱군."

종리추는 팔베개를 하며 드러누웠다.

근 한 시진 만에 몸이 풀린 혼세천왕은 다급히 술부터 찾았다.

그는 사막에서 물을 만난 사람처럼 허겁지겁 술을 들이켰다.

"커어! 휴우……!"

탈진한 듯 털썩 주저앉았다. 아직도 눈가에 잔경련이 이는 것으로 보아 완전히 몸이 풀린 것 같지는 않았다. 그리고 자신이 당한 고통이 믿기지 않는 듯 고개를 설레설레 흔들었다.

◆第八十一章◆
실공(失攻)

개방의 취구환(醉狗丸)은 과연 영약(靈藥)이다.

단 다섯 알밖에 조제하지 못했다는 대취구환(大醉狗丸)에 비하면 약효가 많이 떨어지겠지만 개방 장로들이 가지고 다니는 소취구환(小醉狗丸)만 해도 값을 논할 수 없다.

야이간은 몸이 날아갈 듯 가뿐했다.

취구환을 복용하고 운공조식을 하자 지난 고통이 썰물처럼 사라지고 강건한 활력이 넘쳐 났다.

"일진(一陣)에 넣어주십시오."

"소협은 남으시게, 몸도 성치 않으니."

"원한이 있다고 했잖습니까. 진심입니다. 살문주의 목이 떨어지는 것을 제 눈으로 확인해야겠습니다."

"……"

"하후 가주께서 일진에 나서신 것으로 알고 있습니다."

"……?"

"저를 하후 가주께 넣어주십시오."

하후 가주의 입술이 비틀렸다.

그러잖아도 죽이려고 작심한 놈인데 제 발로 호랑이 굴에 기어 들어오다니.

야이간의 정체를 알고 있는 장로들은 가타부타 말을 하지 않았다.

그들도 하후 가주가 어떤 생각을 하고 있는지 알고 있다. 야이간이 하후 가주와 함께 행동하면 어떤 결말이 생길지도.

야이간은 음흉스런 자다.

그럼에도 취구환을 복용시켜 체력을 회복하게 만든 것은 군웅들의 시선을 의식했기 때문이다.

군웅들에게 야이간은 자신의 소신을 떳떳이 밝힌 의협(義俠)이다.

"그렇게 하도록 하시오."

화산파 옥진 도인이 승낙했다.

그러잖아도 야이간의 처리 문제는 골칫거리였다.

군웅들은 돌출 행동을 한 야이간이 곤륜파 문하임을 알고 있다. 당연히 이번 십망에도 탁월한 무공을 선보이며 활약해 줄 것을 기대하고 있었다.

구파일방으로서는 고민거리가 아닐 수 없다.

다행히 본인이 스스로 하후 가주를 선택했고, 하후 가주와 함께라면 어설픈 행동은 하지 못하리라. 제 스스로 무덤을 파는 격이니까. 어쩌면 하후 가주와 함께하겠다고 말한 순간에 무덤 속으로 들어간 것인지도 모르지만.

야이간은 몸을 일으켰다.

군웅들은 어제 벌써 팔부령으로 들어섰지만 독자적인 행동을 할 사람은 아무도 없다.

그들은 자신들에게 아무런 득도 주지 않는 구파일방의 명령을 충실히 따른다. 겉으로는 협조 형식이지만 야이간이 생각하기에 그것은 분명히 명령이요, 굴종이다.

정작 싸움은 구파일방에서 파견한 장로들이 팔부령에 들어서는 순간부터 시작되리라.

야이간은 무인 두 명이 자신의 뒤를 바짝 따르며 곱지 않은 눈길을 보내고 있었지만 모른 척했다.

'어설프군. 도주하기로 작정했다면 이따위 놈들 가지고는 안 된다는 것을 알 텐데. 모른다면 하후 가주를 잘못 본 거지.'

잘못 보지 않았다.

하후 가주는 적자생존(適者生存)만이 존재하는 무림에서 당당히 일어선 자다. 몸에는 강철을 담고 마음속에는 구렁이 스무 마리쯤 들어 있는 자다.

두 명을 베어내고 도주하는 순간 야이간은 올가미에 걸려들 게다.

'죽이지 못해 안달이군. 후후!'

야이간은 하후 가주를 찾았다.

하후 가주는 새벽 수련 중이었다.

웃옷을 벗어 던져 환히 드러난 알몸에서 젊은이도 따를 수 없는 강건한 근육이 꿈틀거렸다.

가주는 대도(大刀)를 들고 있다. 하지만 소도를 들고 있는 것처럼 작아 보였다. 상대적으로 하후 가주는 엄청난 거인처럼 느껴졌다.

'대단하군!'

야이간은 솔직히 감탄했다.

단지 도를 들고 있다는 것만으로 이만한 위협을 줄 수 있는 자는 흔치 않다.

무인들은 수련 모습을 보이지 않으려고 한다.

초식이 드러나는 것을 꺼리고 내공이 드러나는 것을 꺼린다.

지피지기(知彼知己)면 백전불태(百戰不殆)라.

나를 많이 알리면 알릴수록 싸움에서 질 공산은 높아진다.

하후 가주는 개의치 않았다.

야이간이기 때문이 아니라 누가 찾아와도 마찬가지인 것 같다. 가주를 뵙고 싶다는 청(請)에 당장 수련 장소로 데려온 것만 봐도.

'움직인다!'

야이간은 눈을 부릅뜨고 하후 가주를 직시했다.

아직까지 하후 가주는 요동도 하지 않고 있다. 좌궁보(左弓步)를 밟고 우도(右刀)를 약간 곧추세운 모습이 특이하다. 이것이 기수식(起手式)이라면 중원에서 제일 기이한 기수식일 게다.

야이간은 도가 움직이는 것을 느꼈다.

움직이지 않는 가운데 마음이 움직이고 있다.

도가 앞으로 나아가고 싶어 울부짖는 듯하다.

쉬릭! 쑤에엑……!

처음에는 가볍게, 그러나 채 반 치도 전개하기 전에 폭풍 같은 도풍(刀風)이 일어나며 사방을 도광(刀光)으로 에워쌌다.

'대단하다! 완벽한 방어에 완벽한 공격이다.'

자신이 맞서고 있다면 어떻게 했을까? 아마 물러섰을 게다. 이렇게 완벽한 틈새를 파고들 짬이 없다. 우선 풍차처럼 휘돌며 다가오는 도광부터 피해내야 한다.

'퇴보(退步)에 용조현영(龍爪現影)!'

야이간은 자신도 모르게 초식을 생각해 냈다.

하후 가주의 도공을 피해내는 방법으로는 최적인 듯싶었다.

하후 가주의 도법이 급변했다.

천지양단(天地兩斷)의 기세로 내리꽂혔다가 궁보반당(弓步反撞)으로 휘돌려 친다.

'퇴보에 노룡출수(怒龍出袖)!'

하후 가주는 마치 야이간이 그렇게 물러설 줄 알았다는 듯, 노룡출수를 전개할 줄 알았다는 듯 쾌속하게 달려들었다. 가주의 보법은 우궁보(右弓步)가 되었다. 우도(右刀) 포도(抛刀)가 되어 무거운 것을 집어 던지듯 위로 추켜올려진다.

'이런! 천기신보(天機神步)!'

야이간은 마치 자신이 맞서고 있는 듯한 착각에 빠져 황급히 천기신보를 생각해 냈다. 아니다, 생각한 것에 그치지 않고 실제로 천기신보를 펼쳐 버렸다. 병보(倂步)를 시작으로 무려 여섯 번이나 보법을 밟으며 뒤로 물러섰다.

하후 가주의 도법은 너무 매서웠다.

잠시 시간이 흐르고 사위가 조용해졌을 때서야 야이간은 자신의 경망함을 생각해 냈다.

하후 가주는 비무를 한 것이 아니다. 혼자 수련한 것뿐이다.

실공(失攻) 99

야이간은 하후 가주의 눈꼬리가 꿈틀거리는 것을 놓치지 않았다.

"천기신보군. 견식한 적이 있지."

"추태를 보였습니다."

야이간은 포권지례를 취했다.

"실수치고는 대단한 무골이군. 단지 수련 모습만 보고도 그만큼 빠질 수 있다는 것은 타고난 무골이란 뜻이지. 광운 진인이 탐낼 만한 무골이야, 껍데기는."

"……."

야이간은 노골적인 모욕에도 인상을 변화시키지 않았다.

"수련을 방해드렸습니다. 팔부령에 들어가기 전 드릴 말씀이 있어 찾아뵈었습니다."

'당당해야 해. 무릎은 한 번 꿇은 것으로 족해. 또 한 번 무릎을 꿇으면 이자는… 목을 칠 거야.'

하후 가주의 품성쯤은 이미 파악해 놨다.

그는 복수에 눈이 멀었지만 도 한 자루에 목숨을 건 진정한 무인이다.

"말해."

"이 몸, 실수. 하지만 과거를 버렸습니다."

"흥!"

"가주께서 믿든 안 믿으시든 제게 전초(前哨)를 주십시오."

"……."

말없이, 감정없이 쳐다보는 눈.

'말이 많을수록 좋지 않아. 지금은 이자의 판단에 맡길 때야.'

야이간도 가주를 쳐다보았다.

"좋아. 앞에 서."

하후 가주의 입가에 묘한 웃음이 서렸다. 그리고 야이간은 그 웃음을 놓치지 않았다.

'자칫하면 죽겠군. 마지막 고비인 셈인가?'

야이간은 하후가 무인 다섯 명과 함께 팔부령으로 들어섰다.

그는 팔부령으로 들어서기 무섭게 신법을 펼쳐 쾌속하게 질주했다.

사방을 경계할 필요는 없었다. 군웅들이 길을 닦아놓은 관계로 개미 새끼 한 마리 숨어 있지 않다.

"왔는가?"

네모난 얼굴에 거친 수염을 기른 자가 아는 척했다.

'쇄비수(碎臂手). 네놈이 날 언제 봤다고.'

"살문은 조용합니까?"

"조용하다네. 하후 가주와 함께 움직인다고?"

"예, 하후 가주님의 원한을 조금이라도 풀어드릴 수 있다면 여한이 없습니다."

"하하! 원한있는 사람이 하후 가주뿐이겠는가. 조심하시게. 자네 같은 후기지수는 몸을 아껴야 돼. 이번 싸움은 경험 삼아 나들이 나온 심정으로 지켜보게."

'나들이 나온 심정? 미친놈, 목에 칼이 들어오는데 그런 심정이 되냐.'

"명심하겠습니다."

쇄비수뿐만이 아니었다.

대래봉으로 다가갈수록 많은 무인들이 인사를 건네왔다.

일일이 답례를 하기에도 입이 아플 지경이었다.

야이간은 자신이 생각 밖으로 유명해졌다는 것을 알았다. 그것이 목적이었지만 효과가 상상 이상으로 컸다.

"여기서부터는 조심해야 되네."

붉은 술이 달린 창을 든 자.

'음……! 구전강창(球電剛槍).'

구전강창까지 자신을 알아볼 줄은 생각하지 못했다.

그는 고수다. 일찍부터 팔부령에 숨어든 진정한 고수들 중 한 명이다. 종리추에게 해를 당한 많은 무인들과 같은 부류다. 이름만 듣고도 중소문파에서는 한 수 양보할 정도로 위명이 높다.

"전초를 맡았습니다. 소제가 앞서 나가겠습니다."

"말 들었네. 몸조심하시게."

무인들은 한결같이 호의적이었다.

전초는 군웅들을 이끈다.

전초가 함정으로 들어서면 무인들도 덩달아 함정에 걸리고 만다.

전초로 나선 사람은 무공도 높아야 하지만 눈썰미도 예리해야 한다. 그렇기에 전초는 다년간 추적 부분에 명성을 날린 사람이나 싸움 경험이 많은 고수가 맡게 된다.

야이간과 하후가 다섯 무인이 전초를 맡은 것은 파격적인 대우다.

구파일방 장문인이 이번 십망 책임자로 파견한 사람은 무당파에서 천정궁(天庭宮)을 맡고 있는 현정 도인(玄井道人)이다.

무당파는 혈영신마 십망 때 현학 도인을 망주로 내세웠다가 실패한 경험이 있지만 이번에 또 망주를 맡았다.

침묵을 강요당한 소림사를 대신할 문파는 무당파였다.

현정 도인은 현운자의 충고를 받아들여 대래봉으로 올라갈 수 있는 열다섯 군데 모두 전초를 운용했다.

야이간과 하후가 다섯 무인이 그중 한 군데를 맡았으니 크게 중용된 것이나 진배없다.

야이간의 뒤로는 하후 가주가 따른다. 중초(中哨)다.

하후 가주의 뒤로는 마지막으로 후초(後哨)가 점검을 한다.

무림군웅들은 삼 초(三哨)가 훑고 간 길을 들어서게 된다.

사실 무림군웅이 안전한 길을 찾아 들어섰을 때는 싸움이 끝났을 게다.

삼 초에 포함된 무인들은 강자 중에 강자들이니까.

만약 그들이 끝내지 못했다면 무림군웅은 싸움의 결말을 보는 것이 아니라 호랑이 굴에 들어간 염소 신세가 될지도 모른다.

삼 초는 가장 영민하고 강한 자들로 구성되었다.

목숨을 잃을 가능성도 가장 높다. 특히 삼 초 가운데 전초는 살아 돌아온다는 보장을 하지 못한다. 지금까지 살문이 보여준 위력을 감안한다면.

'살문…… 도대체 무슨 꿍꿍이냐. 도망갔어도 벌써 도망갔어야 옳은 놈들이…….'

야이간은 자신에게는 더없이 잘된 일이지만 솔직히 아직까지 팔부령에서 움직이지 않고 있는 종리추가 이해되지 않았다. 죽음이 빤히 보이는 결전에 곧이곧대로 부딪치는 자는 용기있는 자가 아니라 무모한 자다.

야이간은 잠시 걸음을 멈추고 지도를 보았다.

그가 맡은 쪽은 협곡을 타고 올라가 깎아지른 듯한 절벽을 기어오르는 위험천만한 길이다.

절벽의 높이가 무려 삼백여 장에 이른다.

그와 하후가 다섯 무인은 군웅들이 절벽을 기어오를 수 있도록 길을 다듬어놓아야 한다. 그런 길을 닦기 위해 등에 멘 봇짐 속에는 철정(鐵釘)이 가득 들어 있다.

철정을 박는 도중 암습을 받는다면 십중팔구 죽음이다.

그들이 절벽을 기어 올라가고 있을 때쯤이면 중초가 절벽 밑에 도달해 있을 테니 암습을 당할 리는 없지만 혹 당한다면…….

주위는 너무 조용했다.

살문도 군웅들의 동태를 파악했을 텐데 기분 나쁠 정도로 움직임이 없다.

염려하던 암습도 함정도 없다.

'종리추… 기분 나쁜 놈…….'

그는 소고의 머리 속을 들어갔다 나온 것처럼 읽을 수 있다. 적사도, 적각녀도 모두 알 수 있다. 하후 가주가 어떤 마음인지도 안다.

모르는 사람이 있다면 종리추다. 종리추의 생각만은 읽을 수 없다.

그가 늘 기상천외한 일을 벌이기 때문이리라.

'응?'

야이간은 갓 만든 듯 싱싱한 나무 냄새가 풍기는 팻말을 봤다.

출입자사.

순간적으로 야이간은 위기를 느꼈다.

종리추는 경솔한 사람이 아니다. 경고를 할 때는 반드시 그에 따른 행동이 뒷받침된다.

"물러섯!"

야이간은 소리를 버럭 지르며 뒤로 이 장이나 주르륵 물러섰다.

하후가 다섯 무인들은 일순 어리둥절한 표정을 지었다. 그러다 곧 그들도 야이간이 본 팻말을 봤다.

"이것 때문에 그렇게 악을 쓴 건가?"

하후가 무인의 표정에는 비웃음이 역력했다.

야이간은 대답할 겨를이 없었다.

'무엇인가 있어! 그게 무엇인지 파악하지 않으면 바로 여기가 무덤이야!'

그의 눈동자가 쉴 새 없이 사방을 훑었다.

돌 틈, 나무 뒤, 풀 숲, 땅…….

사람이 숨어 있을 만한 곳은 모조리 훑었다.

'아무도 없어. 이게 도대체…….'

하후가 무인들이 움직였다.

그들 중 한 명이 팻말을 걷어찼다.

'폭약!'

야이간은 소리를 지르고 싶었지만 이미 늦었다. 하후가 무인의 발길에 채인 팻말이 허공을 날아 오 장 너머로 나뒹굴었다.

야이간이 염려한 폭발은 없었다.

"잠깐! 잠깐만! 무작정 들어가서는……."

하후가 무인들은 그의 말을 듣지 않았다. 그들 중 두 명은 야이간을 감시하기 위해 남았고 다른 세 명은 팻말 경고를 무시하고 안으로 쑥

들어섰다. 순간,

"헉!"

하후가 무인 중 한 명이 가슴을 쓸어안고 무너졌다.

그는 땅바닥에 한쪽 무릎을 꿇고 앉아 몹시 고통스러운 듯 식은땀을 흘렸다.

"이…… 음……!"

답답한 비음(鼻音)이 또 터져 나왔다.

먼저 쓰러진 무인을 살피려던 무인이 손목을 움켜쥐고 부들부들 떨었다.

"독! 독이닷!"

같이 들어서던 다른 무인 한 명은 황급히 뒤로 물러섰다. 그러나 그도 무사하지 못했는지 목을 움켜잡고 쓰러졌다.

독이 급속하게 번지는지 전신이 부들부들 경련했다.

'좋군.'

야이간은 뜻밖에도 너무 안전하게, 그리고 빠르게 기회가 다가왔다는 것을 알았다.

그가 전초를 맡은 이유는 위험이 도사리고 있기 때문이다.

전초는 반드시 죽는다고 봐야 한다.

열다섯 전초 중 유일하게 하후가 전초만 살아 돌아온다면 정도무인으로의 변신은 반쯤 성공했다고 봐도 좋다. 그는 당연히 영웅이 될 것이고 심지가 굳은 무인에서 무공도 강하고 지략에도 밝은 무인으로 인정받는 게다.

'하나, 둘, 셋!'

야이간은 독이 퍼져 있다는 것을 알면서도 몸을 사리지 않고 앞으로 치달렸다.
 한쪽 무릎을 꿇고 있는 무인이 먼저였다.
 그가 거리상 다른 무인보다 가까웠다.
 야이간은 무인의 무복을 거머잡자마자 뒤로 날려 버렸다.
 휘익!
 무인의 신형이 허공이 붕 떠오르더니 뒤로 날았다. 떨어지는 것은 염려할 필요 없다. 뒤에 남은 하후가 무인이 받아줄 테니까. 문제는 자신이 독에 중독되는 것인데…… 그런 일만은 당하고 싶지 않았다. 어떤 독인지 파악도 되지 않았고 해독약도 없는 판인데 산속에서 중독되면…….
 야이간은 무인을 집어 던지자마자 운룡대구식을 펼쳐 허공으로 솟구쳤다.
 다른 또 한 명의 무인은 팔을 움켜쥔 채 석상처럼 서 있었다.
 그도 부들부들 떨고 있는 것은 마찬가지였다. 한여름에 뙤약볕에 서 있는 사람처럼 땀을 줄줄 흘리고 가끔 숨이 막히는지 컥컥 신음 소리도 토해냈다.
 야이간은 허공에서 몸을 뒤집어 무인의 뒷덜미를 낚아챘다.
 휘익!
 무인의 신형이 허공에 떠올라 날아갔다.
 '제길!'
 야이간은 땅에 발을 딛기 싫었지만 다시 뒤로 돌아가려면 신형을 정반대로 바꿔줄 발판이 필요했다.
 타악!
 땅을 무사히 박찼다.

그의 신형은 다시 허공으로 둥실 떠올랐고 허공에서 구변(九變)할 수 있다는 운룡대구식이 재차 시전됐다.
'이제 됐군.'
야이간은 안도의 숨을 내쉬었다. 그때,
따금!
야이간은 허벅지에 바늘로 찔리는 것 같은 가벼운 통증을 느꼈다.
'이게 뭐야?'
비침(飛針)쯤으로 생각되었다. 아니, 허벅지에 와 닿는 통증은 비침보다도 훨씬 경미했다. 벌에게 쏘여본 적이 있지만 그때보다도 한결 덜했다.
그러나 야이간은 가볍게 흘려버리지 않았다.
독이 만연해 있는 곳에서 당하는 일은 어떤 일도 가볍지 않다.
과연 그의 생각이 옳았을까?
무사히 땅에 내려선 야이간은 신형을 추스를 틈도 없었다.
멀리를 하는 듯한 울렁거림이 느닷없이 밀려왔다.
'제길! 중독됐군.'
어떻게 할 도리가 없었다.
'독을 빼내야 해.'
독이 침투한 곳은 알고 있다. 허벅지다.
야이간은 소도를 꺼내려고 팔을 움직였지만 울렁거림은 급속하게 호흡 곤란으로 변했다. 숨이 가빴다. 하늘이 노랗게 변하면서 아침에 먹은 것이 기어 올라오는 듯했다.
'이, 이게 무슨 독······.'
생각도 이어지지 않았다. 몸이라도 움직일 수 있으면 어떻게 해보련만 사지가 마비된 듯 손가락 하나 움직일 힘이 없었다. 의지로 어떻게 움직여 보려고 했지만 요지부동이었다.

'지… 진기로… 풀어야… 해…….'

생각은 좋았지만 그것조차도 여의치 않았다.

마음이 일면 몸도 일어난다. 진기를 끌어올리고자 하는 생각이 들면 어느새 일어난 진기는 전신을 휘돌고 있다.

무인들이라면, 이름 석 자가 알려진 무인들이라면 그 정도 경지에 이른 것은 기본이다.

그런데 그렇지 않다. 단전이 응고된 듯 진기가 일어나지 않는다.

야이간은 생각조차 이어가지 못했다.

전신을 친친 옭아맨 듯한 고통은 너무 극심했다.

펑! 펑펑……!

팔부령 여기저기서 폭죽이 솟구쳤다.

요란한 소리를 흘린 폭죽은 허공에 붉은 가루를 뿌렸다.

하늘이 온통 붉은 가루투성이였다.

처음과 나중의 시간 차이는 있지만 곳곳에서 솟구친 붉은 가루는 대래봉 전체를 붉게 물들였다. 황혼과는 다른 혼탁한 붉음이었다.

"몇 군데지?"

"열다섯 개…… 모두입니다."

"음……!"

현정 도인은 침울했다.

열다섯 군데 모두 타격을 입었다면 무려 백여 명에 달하는 무인이 피를 토하고 쓰러졌다는 뜻이지 않은가. 그것도 각기 무공으로 명성을 날리는 사람들이.

 살수 문파를 처리하는 일은 어떤 면에서는 엄청난 마인(魔人)을 제거하는 것보다 훨씬 힘들다. 마인 같으면 힘으로 부딪쳐 올 테니 힘으로 꺾으면 그만이지만 살수들은 쥐새끼처럼 숨어서 공격해 오는 통에 정신이 산란스럽다.

 이런 싸움에서는 고수도 의외로 쉽게 당할 수 있다.

 '겨우 이십여 명……. 이십여 명을 처리하기가 이렇게 힘들단 말인가. 살수에 불과한데…….'

 현학 도인은 기다렸다.

 중초마저 무너질 리는 없다.

 살문 살수들이 전초를 무너뜨렸지만 그들도 상당한 타격을 받았을 게다.

 이런 식이라면 살문에 남은 살수들은 아마 대여섯 명에 불과할지도 모른다. 전초를 맡은 무인들은 그만한 무공이 있다. 경륜도 있다.

 암습은 받았겠지만 알아낸 것도 많다.

 어디서 어떤 방식으로 암습을 펼쳤는지, 노방이 있으면 어떤 노방인지 모든 것을 중초에게 알려줬을 게다.

 중초는 확실히 제거할 수 있다, 살문을.

 '오늘이야. 오늘 살문을 끝내야 돼.'

 현정 도인은 뒷짐을 지고 대래봉을 바라봤다.

 현정 도인의 침묵은 오래지 않아 무너졌다.

 펑펑! 펑펑펑……!

 폭죽 소리가 심란한 마음만큼이나 요란하게 울려 퍼졌다.

실공(失攻)

이번에는 파란색 폭죽이다.

'뭔가 잘못됐어!'

현정 도인은 태을청령진기(太乙淸靈眞氣)를 일으켰다.

몸과 마음이 시원한 물속에 들어간 듯 상쾌해졌다. 마음속에서 일어나는 번뇌와 근심이 한결 수그러들었다.

"몇 군데인가?"

"열… 다섯 군데입니다."

대답을 하는 도인은 이제 서른을 갓 넘었을 젊은 도인이었다.

하양 도인. 현정 도인의 제자이며 무당파 후기지수로 무공이 전대 고수들에 비해 조금도 뒤지지 않는다는 강자다.

무당파는 그에게 하양(蝦揚)이라는 도명(道名)과 함께 무당삼반(武當三磐) 중 일 인이라는 영광을 주었다.

무당삼반은 늘 소림사룡과 비교되곤 한다.

소림사는 여간해서는 무승을 속세에 내보내지 않는다. 소림사의 무공을 볼 수 있다면 속가제자들을 통해서다.

그와는 다르게 무당파는 속세에 깊숙이 개입한다.

소림이 일정한 경지에 이르러야 하산시키는 것에 비해 무당파는 오히려 일정한 경지에 이르면 산으로 돌아가 수도에 전념한다.

같이 무림의 태두로 불리지만 조금은 다른 체제다.

사람들 틈에 섞여 도교의 세를 넓히려는 의도 때문이다.

소림에서 속세에 나와 무공을 선보인 자는 가장 강한 자가 소림사룡이다. 무당파 후기지수 중에는 무당삼반이 가장 강했다.

"이럴 수는 없어."

현정 도인은 고개를 설레설레 흔들었다.

한두 군데서 폭죽이 솟구치는 것은 이해할 수 있다. 하지만 지금처럼 열다섯 군데 모두 폭죽이 솟구친다는 것은······.

불길한 예감이 들었다.

"허! 그것참······!"

붉은 폭죽이 열다섯 군데에서나 터졌다는 소리를 듣고 달려온 현운자도 이해할 수 없다는 표정을 지었다.

"어떤 문파도 그들을 막을 수는 없어. 소림이나 무당이라 해도 지금처럼 막는다는 건 불가능해."

혼잣말처럼 중얼거리는 소리에 절망이 묻어 나왔다.

전초에 이어 중초까지 당했다면··· 마지막 후초에 기대해야 한다.

이거도 졌다.

전초와 중초에는 팔부령에 모인 고수들 중 강하다는 무인들이 거의 대부분 포함되어 있다.

그들이 모두 죽었다면 중원무림은 적어도 십 년쯤 퇴보할 수밖에 없다.

'말도 안 돼! 겨우 이십여 명뿐인데··· 겨우······.'

현정 도인은 태을청령지기를 다시 끌어올렸다.

마음을 차분히 가라앉힐 필요가 있다.

중초를 맡은 사람들이 누군가. 다른 사람은 차치하고 하후 가주만 하더라도 순위를 논할 수 없는 초절정고수이지 않은가.

그런 사람이 당했다는 것은 정녕 믿을 수 없다.

"뿌리를 뽑아야 합니다. 피해가 크다고 물러서면 안 됩니다. 놈들에게 시간을 줘서는 안 됩니다."

하양 도인이 소신을 밝혔다. 그는 여전히 강경 일변도.

"이런 현상은 하나밖에 없지. 진(陣). 저들 속에 삼현옹이 있다는 것을 깜빡했구먼. 아냐, 잊어버릴 리는 없지. 항상 염두에 두고 있었지. 기관을 설치하기에는 너무 짧은 시간이라 무시했을 뿐. 만약 저 일이 삼현옹의 작품이라면…… 후후, 인정해야지. 삼현옹이 나 현운자보다 뛰어난 자라고. 분명히 뭔가 있어. 하지만 암습은 아냐. 확실해. 당금 무림에 무공으로 그 많은 고수를 저렇게 일시에 도륙할 살수 문파는 없지. 암."

현운자는 무엇인가 다른 게 있다고 말한다.

'후초를 기다려야 해.'

현정 도인은 기다렸다.

후초는 소림사가 맡고 있다.

무적이라는 백팔나한과 칠십이단승, 그들이 제일 후미에서 마지막 결전을 준비했다.

그들 손에까지 넘겨질 싸움은 분명 아니었다.

잘하면 전초에서 끝났어야 할 싸움이고 못 되어도 중초에서는 마무리 지어졌어야 한다.

이제 후초 소림사에 살문 십망의 모든 것이 넘겨졌다.

참 이상한 십망이다. 다른 때는 도주하는 놈을 쫓기에 바빴는데 이번에는 가만히 죽치고 앉아 있는 놈조차도 어쩌지 못하다니.

소림사 백팔나한과 칠십이단승.

그들은 무공만 강한 게 아니다. 소림사가 뛰어난 것 중에 하나가 백팔나한과 칠십이단승 같은 무인을 배출한 것이다. 아니, 끊임없이 양성해 낸다.

그들의 무공이 뛰어나다는 점은 거론의 여지가 없다. 혹자는 백팔나한진의 탁월성을 말하기도 한다. 하지만 현정 도인 같은 사람이 보는 관점에서 정작 뛰어난 점은 그들의 경륜이다.

그들은 경거망동(輕擧妄動)이라는 말을 모르는 듯하다. 항상 생각하고 돌다리를 건널 때도 두 번 세 번 두들겨 본 다음에야 건넌다.

서두를 것도 없고 급할 것도 없다.

불도(佛道)를 꾸준히 추구한 결과다.

무당파와 비교한다면 팔십일(八十一) 진검도(陣劍道)와 견줄 수 있다.

이번에는 소림과 무당이 반대로 되었다.

백팔나한은 세속에 나와 무위를 떨친 관계로 널리 알려졌지만 팔십일 진검도는 무당파의 존망이 걸린 문제 이외에는 검을 들지 않는 호파(護派) 무인들이다.

아니다. 그들은 무림과는 연관이 없는, 오로지 득도(得道)에 전념하는 도인들이다. 검을 들기 전까지는.

팔십일 진검도가 나선다 해도 이렇게 불안했을까?

'믿어야 해, 소림승들을……'

태을청령진기가 전신을 휘돌았다.

백팔나한은 백팔나한진을 펼치기 위해 특별한 공부를 수련했다.

백팔 명이 한 조가 되어 펼치는 합격술(合擊術)은 무림제일진(武林第一陣)이라는 명예를 안겨주었다.

백팔나한을 이끄는 사람은 혜명 대사(慧明大師)다.

백칠나한이 각(覺) 자(字) 항렬인 반면 그만이 유일하게 혜(慧) 자(字) 항렬이며 칠십이단승과는 사형제 간이다.

소림 무승이라고 해서 누구나 백팔나한의 수장(首長)을 맡을 수 있는 것은 아니다.

백팔나한의 수장이 되기 위해서는 당연한 이야기지만 백팔나한진에 정통해야 한다.

혜명 대사는 소림에 입문하면서부터 나한의 길을 걸었다.

손에서 봉(棒)을 놓는 날이 하루도 없었으며 밤에 잠을 자다가도 벌떡 일어나 진도(陣圖)를 들여다보곤 했다.

그렇게 살아온 날이 무려 오십 년.

그는 백팔나한진에 대해서만은 장문인보다도 더 정통한 무승이 되었다.

사람들은 십팔나한 여섯 개가 모여 백팔나한진을 구성하는 줄 알고 있다.

하지만 잘못된 생각이다. 소나한진 여섯 개가 모여 백팔나한진을 구성하는 것이라면 일곱 개, 여덟 개가 모였을 때는 더욱 강한 위력이 나와야 한다.

백팔나한진은 백팔 명의 무승이 각기 다른 몫을 완벽히 수행해 낼 때 진정한 위력이 나온다.

혜명 대사는 이렇게 산을 에워싸고 공격하는 방식이 싫었다.

백팔나한이면 어느 지형, 어느 상대하고 싸워도 무적인 줄 알고 있지만 그것 역시 틀린 생각이다.

이런 지형에서는 백팔나한진을 펼칠 수 없다.

백팔나한진을 펼치려면 백팔 명의 무승이 마음껏 봉을 휘두를 만한 공간이 필요하다. 무림제일진이라는 위명을 얻을 만큼 위력이 큰 반면에 제약도 심한 편이다.

지금과 같은 상황에서는 오로지 개인은 진신 무공에 의존하여 싸워야 한다.
혜명 대사는 이럴 경우를 대비해서 사합교진(沙盒敎陣)이라는 독특한 진법을 가르쳤다.
두 명이 펼칠 수도 있고 세 명이 펼칠 수도 있다. 네 명, 다섯 명… 숫자에 관계없이 백팔나한진의 진법(陣法)을 이해하고 있다면 몇 명이든 모여서 펼칠 수 있다.
백팔나한진의 진법에 달통하지 않으면 창안할 수 없는 진법이다.
백팔나한진처럼 나한 개개인이 커다란 고목의 일부분이 되는 진법이 아니라 작은 나무들이 옹기종기 모여 있듯 서로가 서로를 보완해주어 지닌 바 무공을 최대한 발휘하게 만들어주는 진법이다.
후초가 소림에 맡겨지자 혜명 대사는 즉간 칠십이단승과 회합을 가졌다.
백팔나한을 나눌 수밖에 없는 입장에서는 나한보다 훨씬 무공이 고강한 칠십이단승의 보호가 절실했다.
칠십이단승도 그런 취약점을 잘 알고 있었기 때문에 회합은 순조롭게 진행되었다.
백팔나한은 일곱 명에서 여덟 명으로 나눠져 십오로(十五路)로 향했다. 그 곁을 넷, 혹은 다섯으로 나뉜 칠십이단승이 따랐다.
혜명 대사는 여섯 명의 나한과 네 명의 사제를 데리고 하후 가주의 뒤를 쫓았다.
첫 번째 붉은 운무는 예상보다 훨씬 빠르게 솟구쳤다.
'벌써!'
신법을 빨리 전개했어도 지금쯤에야 절벽 밑에 도착했을 터이다.

벌써 폭죽이 터질 리 없다.

도착하자마자 암습을 받았다는 말이지 않은가.

그가 맡은 십이로 전초는 야이간과 하후가 다섯 무인이다.

야이간은 묵월광 살수지만 그것은 그가 한 행동이고 그의 무공은 곤륜파 진신 무공에 기반을 두고 있다.

결코 녹록치 않은 무공이다.

하후가 다섯 무인들도 하후 가주가 야이간을 감시하기 위해 딸려 보낸 자들이니 도법에 상당한 경지를 이루었으리라.

그런데 이렇게 빨리 당하다니.

"예상외로 살심(殺心)이 깊은 중생이로다. 모두들 조심하도록. 아미타불!"

혜명 대사가 사제와 나한들에게 몇 마디 당부를 하고 길을 재촉한 지 일 다경(一茶頃)이 지났을 즈음 두 번째 폭죽이 솟구쳤다.

푸른 연기가 대래봉 정상을 휘어 감았다.

한 군데서 솟구친 폭죽이 아니라 사방에서 거의 동시에 솟구친 폭죽이다.

'하후 가주가!'

이번에는 진정으로 크게 놀랐다.

하후 가주는 이렇게 쉽게 당할 사람이 아니다. 그가 당했다면 자신 역시 승산을 점칠 수 없는 상태가 된다.

'잘못했어. 열다섯씩이나 나누는 게 아니었어.'

후회가 막급했다. 백팔나한과 칠십이단승을 셋 정도로 나눠져 몇 군데만 집중적으로 파고들었으면 지금보다는 수월한 입장이 되었을 게다.

지금은 어떤가? 하후 가주까지 당했는데…… 나아가기도 물러서기도 용이치 않다. 방법은 없다. 오로지 나아가는 길뿐. 전초와 중초의 생사도 확인해야 되지 않는가.

"각해(覺垓), 앞장서라. 육신통(六神通)을 최대한 끌어올려 주위를 경계해라. 각지(覺芝), 각해를 보호해라."

명령은 신속하게 이루어졌다.

이제 세상에서 믿을 사람은 오직 그들 열한 명뿐이다.

전후좌우, 하늘과 땅. 주변을 모두 경계하며 조심조심 걸음을 떼어놓았다.

얼마간이나 이동했을까? 토끼가 부스럭거리기만 해도 봉을 날릴 만큼 긴장한 상태에서 앞으로 나가길 얼마간,

"이상합니다. 사람이 많습니다."

나한 각해가 귀를 쫑긋거리며 말했다.

혜명 대사도 소리를 들었다.

작게 소곤거리는 소리였다.

싸움을 준비하는 사람들의 특색, 음성에 섞인 잔떨림도 느껴지지 않았다.

"진(進)! 진(陣)!"

짧은 명령이 떨어지기 무섭게 여섯 나한이 혜명 대사를 중심으로 모여들고 네 명의 혜 자 항렬 단승들이 전면에 나섰다.

나한들은 들고 있던 봉을 일제히 앞으로 내뻗었다. 혜명 대사까지……

일곱 개의 봉이 부챗살처럼 활짝 펼쳐졌다. 그 앞에서 네 명의 단승이 계도(戒刀)를 추켜올렸다.

실공(失攻) 119

조심조심 앞으로 나갔다.

그러나 얼마 가지 않아 한 사람이 간신히 걸어갈 정도로 좁은 소로를 지나치자마자 소림승들은 멍청해졌다.

변괴를 당한 줄 알았던 하후 가주가 멀쩡하게 서 있었다. 그 옆에는 하후가 무인들이 사방을 경계한 채 가주의 명이 떨어지기를 기다리고 있었다.

하후 가주는 앞을 뚫어지게 주시할 뿐 좀처럼 앞으로 나아가지도 않고 물러서지도 않는다.

"가주!"

"아! 혜명 대사께서 오셨구려. 많이 놀라셨을 줄 알지만 어쩔 수 없었소이다. 한데 이쪽만 그런 게 아닌 모양이구려, 다른 쪽에서도 폭죽이 터진 걸 보면."

"가주, 도대체 무슨 일……."

"대사, 먼저 이리 와서 이걸 보시오."

혜명 대사는 하후 가주가 이끄는 대로 앞으로 나갔다. 그곳에는 중초와 마찬가지로 일을 당한 줄 알았던 전초가 멀쩡하게 살아 있었다. 그리고 또 보이는 것은…….

퍼엉!

노란 폭죽이 솟구쳤다.

"음……!"

현정 도인은 기어이 신음을 터뜨렸다.

그런데 마지막 후초, 백팔나한과 칠십이단승이 물러서겠다는 폭죽을 터뜨려 왔다.

"하양."

"네, 사부님."

"폭죽을 쏘아라."

노란 폭죽이 솟구치는 것을 본 현정 도인은 망설이지 않고 즉각 명을 내렸다.

"안 됩니다, 사부님! 여기서 끝장을 내지 않으면……."

"백팔나한과 칠십이단승을 꺾을 문파는 드물다. 아느냐? 그들은 무적이야."

"사부님, 그러니까……."

"왜 무적인 줄 아느냐?"

"……."

"싸우기는 싸우되 단 한 명도 죽지 않는다. 지난 백 년 동안 그들은 숱한 싸움을 벌였지만 단 한 명도 격살(擊殺)당한 무승이 없다. 전설이지. 그들에게는 그런 힘이 있다. 그런 힘이 어디서 나오는 줄 아느냐?"

'싸우지 않기 때문입니다.'

"……."

하양 도인은 목구멍까지 솟구친 말을 간신히 주워 담았다.

백팔나한과 칠십이단승은 이름만 널리 알려져 있지 실제로 그들이 누구와 싸워 어떻게 이겼다는 풍문은 나돌지 않는다. 무림에 나서지 않기 때문이다.

싸우지도 않으면서 명성만 높다? 상당히 불만스럽던 터이다.

"질 싸움은 하지 않기 때문이다."

'맞는 말입니다. 그들은 싸우지 않죠.'

"어떤 상대도 마다하지 않지만……."

실공(失攻)

'마다하지 않는다고요?'

하양 도인은 고개를 들어 사부를 쳐다봤다.

현정 도인이 말을 이었다.

"상황을 확실히 이기게끔 만든 다음에 싸운다. 그러니 이길 수밖에. 백팔나한과 칠십이단승은 내가 여기 왔어도 어떤 언질도 주지 않았다. 그건 그들이 아직 방도를 찾지 못했다는 거야. 지금도 마찬가지다. 소림승들은 난관을 뚫기 어렵다고 판단하고 있어. 무공으로 밀어붙이는 여타 문파와 소림사는 저런 면에서 다르다."

현정 도인은 좋지 않은 상황인데도 편안해 보였다.

불가에 부동심(不動心)이 있다면 도문에는 일을주(一吃柱)가 있다. 세상에서 가장 강건하며 온화한 마음이다.

"시간을 주면 소림승들은 반드시 구멍을 찾아낸다. 지금까지 그래 왔으니까. 소림승이 자진해서 팔부령으로 들어설 때는 살문이 아니라 중원 살수 문파 전체가 모여 있어도 죽음을 피할 순 없다. 언제나 그랬 으니까."

현정 도인의 음성은 확신으로 가득했다.

소림 승려가 같은 말을 한다 해도 듣는 사람에게 현정 도인처럼 확 신을 심어주지는 못할 것 같았다.

"알겠느냐? 소림승이 정말 강한 이유는 이길 수밖에 없는 상황을 만 들기 때문이야. 어떤 무공보다도 강한 무공이지."

무림군웅들도 소림사에서 백팔나한과 칠십이단승이 파견되었다는 것을 알고 있었다. 일부 무인들은 소림사를 원망하기도 한다. 무적이 라면서 아직까지 가만히 앉아만 있다고.

하양 도인도 그렇게 생각했다.

하지만 사부의 말을 듣고 나자 자신의 생각이 짧았음을 깨달았다.

소림은 가만히 앉아만 있지 않았다.

그들은 끊임없이 뚫고 들어갈 방도를 강구했고, 아직은 방책을 찾지 못했다.

현운자가 살문의 본거지를 파악해 냈으니 시간을 주면 소림은 반드시 뚫고 들어갈 게다. 정말 그럴 게다.

'그래, 백팔나한과 칠십이단승은 무적이었어. 그들을 믿어야 해.'

하양 도인은 자신의 잘못을 깨달았고 즉시 고쳤다.

더 이상 망설이지 않았다.

품에서 폭죽을 꺼내 쏘아 올렸다.

허공에서 다시 한 번 터진 폭죽은 노란 운무를 뿜어냈다.

"판단이 빠르군. 과연 무당삼반 중 일 인이야. 허허!"

현운자가 호감 어린 눈으로 하양 도인을 바라봤다.

여타 장로들을 대할 때와는 전혀 다른 따뜻한 눈빛이었다.

◆第八十二章◆
의벽(蟻壁)

"이건 비적마의!"
현운자는 혜명 대사가 잡아온 개미를 보자마자 깜짝 놀랐다.
"뭐, 뭐요?"
"음……! 이게 남만에서만 서식한다는 비적마의…….."
모두 놀라지 않을 수 없었다.
다행히 큰 타격을 입은 줄 알았던 무인들은 모두 무사했다. 근 한 시진 정도 엄청난 고통에 시달리기는 했지만 몸이 상한 것도, 진기가 손상된 것도 아니었다.
아무런 일도 없었던 것처럼 모든 게 정상으로 돌아왔다.
땀에 후줄근히 젖은 무복(武服)과 다소 창백하게 질린 안색만 아니라면 고통을 받았다는 사실조차도 미심쩍을 정도로.
전초는 거의 대부분 비적마의에게 당했다.

중초는 일부 당했지만 당하지 않은 쪽이 훨씬 많았다. 그들은 철수 신호를 갖고 있지 않아 할 수 없이 푸른색의 폭죽을 터뜨릴 수밖에 없었다.

암습을 당한 것이라면 뚫고 들어갔으련만 암습이 아닌 바에야 어찌할 도리가 없었다. 싸우고 싶어도 사람이 보이지 않으니.

"이게 얼마나 있었나?"

현운자는 비적마의에게서 눈을 떼지 않고 물었다.

날개가 달린 검은 개미는 더듬이를 꿈지럭거리며 세 개의 홑눈으로 군웅들을 노려보았다. 잡혀서 무척 화가 난 듯했다.

"눈에 띌 만큼 많지는 않았지만 함부로 들어갈 수도 없었죠."

하후 가주가 대답했다.

"크기는 얼마만했나?"

"거의 그 정도였습니다."

"허허! 역시 삼현옹이군. 이런 놈을 기르다니."

"기르다뇨?"

"이놈은 비적마의가 아닐세. 머리가 달라. 나도 처음에는 비적마의인 줄 알았지만…… 또 비적마의는 일 년밖에 살지 못하는 놈이라 요즘 나온 놈들은 갓 태어난 놈이 많아야 하지. 그런데 거의 이만했다면 키웠다는 결론밖에 안 돼. 아마도 비적마의를 가져왔지만 중원 풍토에 맞게 변형된 놈이 아닌가 싶군."

"……"

현운자의 움막에 모인 사람들은 비적마의를 본 사람이 없었다.

십망 책임자인 현정 도인, 소림의 혜명 대사, 화산파의 옥진 도인, 개방의 분운추월, 종남파(終南派)의 천수도룡(千手濤龍), 그리고 하후 가주와 진주언가(晋州彦家)의 가주인 언위생(彦緯生), 양가창법(楊家槍法)으로 유명한 양가(楊家)의 가주 양왕(楊王).

무림 일각을 떨쳐 울리는 사람들이 개미에게 쫓겨온 것이다.

"다행히도 눈에 띌 만큼 많지는 않았다니 정상 서식은 아니고 이제 막 분가를 시작한 듯한데… 앞으로 칠 주야 정도만 지나면 물리는 사람이 없을 거야."

"……?"

"그때는 가까이 가기도 전에 알 수 있을 테니까. 뚫을 방도가 없어진다는 거지."

"……."

일파의 장로, 가주들은 침묵했다.

초절정고수들이라는 그들이 개미에게 길이 막혀 십망을 시행하지 못하고 있으니 이처럼 답답하고 처참한 노릇도 없으리라.

"칠 주야 동안 급속히 번식한다는 말입니까?"

현운자는 대답하지 않았다.

그는 깊은 침묵 속으로 침잠해 들어갔다.

버릇이 다시 도졌다, 무엇엔가 몰입할 때 나타나는 버릇이.

무인들은 현운자를 움막에 남겨두고 살며시 물러났다.

"불을 지르면 어떻습니까?"

제일 먼저 생각나는 것은 역시 불이다.

종남파의 천수도룡은 신중한 인물이지만 역시 불밖에는 방법이 없다고 생각했다.

무인들이 길을 뚫지 못한다.

길은 있지만 가지를 못한다. 물리기만 하면 내공 여하에 관계없이 극심한 통증이 치미니 어쩔 것인가. 물린 사람들의 말을 빌리자면 진기가 들끓어 오르는 듯한 고통이었다지 않은가. 자신의 의지로 제어할 진기가 미친 듯이 들끓는다면…… 혈맥이 터지는 듯한 고통이 엄습하리라.

"대래봉을 불사르자는 말이오?"

현정 도인이 이맛살을 찌푸리며 반문했다.

"산불은 살문이 먼저 저질렀습니다. 잊지는 않으셨겠죠?"

어찌 잊을 수 있을까?

옥진 도인과 무불신개가 주도한 공격에서 살문은 산불을 저질러 묵월광 살수들을 구해갔다.

"팔부령을 홀딱 태우는 한이 있어도 그 방법밖에는 없습니다."

"개미가 땅속으로 들어간다면……."

"산불은 땅조차도 익혀 버립니다. 아무리 개미가 땅속에 살고 있다지만 산불에는 구워질 수밖에 없습니다. 설마 현운자가 천적이라도 찾아내길 기대하는 건 아니겠죠?"

비적마의를 보지는 못했지만 말은 들었다.

대체로 개미의 천적으로는 개구리나 개미핥기를 손꼽지만 비적마의에게는 천적이 없다. 수를 제한하는 하늘의 섭리가 없었다면 중원 전체가 비적마의에게 장악되었을 수도 있다.

현정 도인은 결정을 내려야만 했다.

"좋소, 산불을 준비합시다."

분운추월은 문도를 풀어 비적마의가 언제부터 팔부령에 서식했는지

조사하기 시작했다.

살문 은거지를 수소문하던 경험이 있어서인지 개방도는 하루도 되지 않아 초로의 노인을 데려왔다.

"날개 달린 개미에게 물려 극통을 받은 경험이 있습죠."

노인은 생각도 하기 싫다는 듯 고개를 설레설레 흔들었다.

"그게 언제 적 이야기요."

"아이구, 그걸 어떻게 기억합니까? 십 년도 더 된 옛날이야기인데. 하지만 그 후론 그쪽으로 발걸음도 떼놓지 않고 있습죠."

"가볼 수 있겠소?"

"아구! 그런 말 마십쇼. 목에 칼이 들어와도 그곳에 가기 싫습죠."

"여기 있는 사람들이 그놈에게 물릴 텐데, 그래도 가지 않을 생각이시오?"

"물리다뇨? 살문은 대래봉에 있지 않습니까?"

이미 입소문이 난 모양이다.

무림군웅이 살문 은거지를 찾은 게 엊그제인데 벌써 시골 촌로까지 알고 있다.

"그렇소."

"그럼 물릴 걱정 없습죠. 그놈들은 꿀이라도 숨겨뒀는지 그곳에서 절대 나오지 않습죠."

십 년도 더 되었다. 절대 다른 곳으로 번식하지 않는다.

시골 촌로의 말이 사실이라면 종리추가 비적마의를 기른 것이 아니다. 비적마의가 서식하는 곳을 발견했고, 어떤 방법을 썼는지 인위적으로 서식지를 넓혔다.

분운추월은 종리추와 비무하던 모습을 떠올렸다.

종리추의 활짝 웃는 모습이 그려졌다.
그는 적지 않은 사람을 죽였다. 하지만 그가 죽인 사람들은 평소 분운추월도 죽이고 싶도록 미웠던 자들이다. 인의대협이란 허울을 뒤집어쓰고 좋지 않은 일을 서슴없이 저지른 자들.
만약 개방에 몸담고 있지 않았다면, 개방이라는 사문을 생각하지 않았다면 벌써 혼쭐을 내줬을 인간들이다.
그러기에 살문 멸겁 때도 그가 살아남아 주기를 바랬다.
혈영신마…….
그는 특별히 악행을 저지른 적이 없다.
그에게 죄가 있다면 무림 예의를 지키지 않은 것이다. 무림명숙들을 너무 궁지로 몰아붙인 것이 죄다. 강한 무공을 숨길 줄 아는 미덕이 있어야 했는데 그는 그러지 않았다. 그게 죄다.
십망을 받을 만큼 대죄다.
그를 구한 종리추는 죄가 있는가?
있다. 혈영신마를 구한 것 자체는 죄가 되지 않을지 모르지만 인간의 가죽을 벗겨 인피면구를 만든 것은 사람으로서 할 짓이 아니다.
처음으로 종리추에게 실망했다.
그토록 심성이 악독했다니.
아무리 궁지에 몰렸어도, 죽음이 코앞에 다가왔어도 인성(人性)만은 지켰어야 하는 것을.
세상에는 악과 선이 공존한다. 정파에도 악이 있고 사파에도 선이 있다. 누가 누구를 비난하며 누가 십망 같은 잔인한 형벌을 내릴 자격이 있는가.
분운추월을 비적마의 서식지를 굳이 돌아볼 필요성을 느끼지 않았다.

초로의 노인을 돌려보낸 분운추월은 현운자를 찾았다.

현운자는 여전히 작은 목갑만 뚫어지게 응시하고 있었다.

"들어가는 길이 있으면 나오는 길도 있고, 나오는 길이 있으면 들어가는 길도 있지 않겠습니까?"

현운자가 눈을 치켜뜨며 분운추월을 노려봤다.

"무슨 말이냐?"

"알아본 바에 의하면 비적마의가 서식지를 넓힌 지는 불과 며칠에 불과합니다. 종리추가 바보천치가 아닌 다음에야 비적마의에게 둘러싸일 생각을 했겠습니까? 그럴 경우 대래봉으로는 토끼 한 마리 올라가지 못합니다. 굶어 죽는다는 이야기죠."

"……."

"분명히 길이 있을 겁니다."

"칠 주야 동안 기다려."

"네?"

"이놈들은 지금 자기 집을 정하지 못해 우왕좌왕하고 있어. 지금은 모두 같은 친족이지만 이놈들이 자리를 잡으면 상황이 달라져. 이놈들은 자기 집에 있는 놈들만 공격하지 않아. 무슨 말인 줄 알아? 곧 자기들끼리 싸운다는 말이지. 그러면서 영역을 정하는 거야. 자기 집을 잡고 영역이 정비되면 한두 군데쯤은 길이 열릴 거야. 내가 삼현옹이라면 그러겠어."

"그럼 왜 그런 말씀을……."

"돌대가리들에게 하지 않았냐고?"

"……."

"미친놈들. 산불이나 준비하고 있겠지?"

"그렇습니다."

"돌대가리들. 이놈이 산불 정도에 죽을 놈으로 보이나 보지? 이놈은 땅속 일 장 깊이에 둥지를 틀고 있어. 산불로는 어림없지. 이놈을 뿌리 뽑으려면 여왕개미를 죽여야 되는데 방법이 없어. 약초 생각도 해봤지만 이놈을 죽일 수 있는 약초가 무엇인지 알 수가 있어야지."

불현듯 분운추월은 왜 현운자가 침묵을 지켰는지 알 것 같았다.

그와 삼현옹은 어떤 관계일까?

분명한 것은 현운자는 삼현옹에게 극심한 질시를 하고 있다는 것이다. 삼현옹의 학문이 비적마의 서식지를 찾아낼 정도로 깊다는 것이 그를 견디지 못하게 만들고 있다.

화살은 장로들에게 돌아갔다.

자신의 심정도 헤아리지 못하고 길만 열어주기를 바라는 군웅들이 미웠을 게다.

'생각 밖으로 단순한 사람이군. 천진하다고 해야 하나?'

분운추월을 슬며시 웃음이 새어 나왔다.

나이가 들면 다시 어린아이로 돌아간다더니만…… 아니다. 백수를 넘긴 현운자에게 이런 치기(稚氣)가 있다는 것은 그가 오로지 하나의 길만 걸어왔기 때문이다. 세속의 다른 일들은 염두에 두지 않았기 때문에 순수한 마음을 간직할 수 있었던 게다.

삼현옹을 의식할 수밖에 없다. 그는 현운자와 같은 길을 걸었고, 천하제일 고봉에 섰다고 자신했던 현운자의 자존심에 상처를 입혔으니까. 반대로 삼현옹은 현운자가 아직도 넘어야 할 태산으로 보이고 있을 테지.

이들에게 팔부령 싸움은 무림군웅과 살문의 싸움이 아니라 자신들의 싸움인 게다.

 '일 장 깊이에 산다……. 그렇다면 산불은 소용없어. 괜히 원성만 살 뿐이야.'

 팔부령을 터전으로 살아가는 사람들에게 산불은 천재(天災)다. 천재도 두려운 판에 인재(人災)까지 만들어서는 안 된다.

 '종리추… 너도 길이 열리는 것을 알겠구나. 준비하고 있겠지. 치열한 싸움이 되겠군.'

 분운추월은 다시 목갑에 열중하고 있는 현운자에게 포권지례를 취해 보인 후 물러났다.

 산불 계획이 취소된 후 군웅들은 칠 주야 후에 있을 싸움에 대비해서 충분한 휴식에 들어갔다.

 단 이십여 명밖에 되지 않는 살문 살수들이지만 군웅들은 상당한 압박을 느꼈다.

 살문 살수들이 누군지, 어떤 무공을 지녔는지 아는 사람은 없다.

 흘러든 정보에 의하면 표사 출신도 있고 낭인 출신도 있다지만 대부분 눈 아래 두어도 상관없을 사람들이다. 분명히 그들이 살문에 몸담지 않았다면 존재조차도 의식하지 못할 미천한 무인들이 틀림없다.

 혈영신마는 다르다.

 그의 무공은 정평이 나 있다. 많은 고수들이 그의 혈영신공에 무너졌다.

 실망도 받았다. 종리추가 약은 수를 써서 구해갔지만, 그러지 않았다면 얼마나 많은 사람이 죽었을지 모른다.

의벽(蟻壁)

혈영신마가 살문에 있고, 제일 먼저 손속을 부딪쳐 오리라 예상되기 때문에 마음이 무거울 수밖에 없었다.

일부 무인들은 수면을 청했다. 일부는 운공조식을 했고 일부는 병기를 손질하기도 했다. 또 가벼운 잡담을 나누는 무인들도 있었다.

야이간의 명성은 조금 더 높아졌다.

하후가 무인들이 비적마의에 물려 꼼짝하지 못할 때 위험을 무릅쓰고 뛰어들어 갔다가 오히려 자신이 비적마의에게 물렸다는 소문이 순식간에 퍼져 나갔다.

세상일이란 참 묘하다. 하후가 무인들이 퍼뜨린 소문도 아니고 야이간 자신이 입을 떠벌린 것도 아닌데, 마치 눈으로 보기라도 한 것처럼 정확한 소문이 퍼졌다. 그래서 세상에 비밀이란 존재하지 않는다고 하는지도.

야이간은 숙소로 정한 너와집에서 나와 마당을 거닐던 중이었다.

그는 무림군웅들의 시선 속에 스며 있는 호의가 어느 정도인지 피부로 느꼈다.

한결같이 따뜻한 호감으로 넘쳐흘렀다.

'됐어. 목숨이 일 년쯤은 더 연장됐군. 비적마의라…… 후후! 개미한테도 물릴 만하군.'

혈전(血戰)을 각오했는데, 개미에게 한 번 물린 것으로 상당한 대가를 얻었으니 만족한다.

그래도 아직은 부족하다.

살문이 쳐놓은 방어막을 뚫고 들어갈 비책이 필요하다.

그렇게 된 후에야 하후 가주나 자신의 정체를 알고 있는 다른 장로들 손에서 목숨을 구할 수 있다.

야이간은 마당을 서성이며 생각에 골몰했다.

'비적마의…… 나는 개미…….'

그때였다.

"몸은 좀 어떠세요?"

꾀꼬리보다도 화사하고 영롱한 음성이 귓전을 간질였다.

야이간이 고개를 들어 쳐다봤다. 순간,

"아!"

야이간은 자신도 모르게 가는 탄성을 토해냈다.

검붉은 홍의(紅衣)를 입은 소녀.

야이간은 소여은이나 소고를 보는 듯했다.

세상에 그녀들만큼 아름다운 여인은 없을 것이라고 생각했는데 그녀들과는 색다른 아름다움을 지닌 소녀가 눈앞에 서 있었다.

갸름한 얼굴, 크고 해맑은 눈, 가지런한 눈썹… 그런 것은 눈에 들어오지도 않는다. 어디 한 군데 따로 떼어놓고 말할 수 없을 만큼 그녀는 아름다움의 화신이다.

"비적마의에게 물리셨다던데 괜찮으세요?"

"아! 예… 괜찮습니다."

야이간은 새삼 추태를 깨달은 듯 얼굴을 붉게 물들이며 황망히 대답했다. 그런 모습이 명문대파에서 엄격한 예의를 배우며 자란 후기지수답게 곧아 보였다.

"호호, 소녀가 상념을 깨지 않았나 모르겠네요."

"아닙니다. 그런데 소저는 뉘신지……?"

"어멋! 정말 모르세요? 섭섭하네요."

의벽(蟻壁) 137

여인은 고혹스런 미소를 배어 물었다.

야이간은 확 달려가 껴안고 싶은 충동을 간신히 억눌렀다.

여자라면 신물이 날 만큼 겪어본 몸이다. 사내에게 손목 한 번 잡히지 않은 순진한 처녀부터 색정(色情)에 몸이 단 요부(妖婦)까지 겪어보지 않은 여인이 없다. 하지만 그녀들 모두를 합해도 이 여인 한 명만은 못하다.

야이간은 자신이 끌어당기지 못하고 끌려가는 기분을 느꼈다.

소여은에게 그랬고, 소고에게 그랬다. 그녀들은 가까이 다가갈 수 없을 만큼 크고 높은 담을 쳐놓았다. 많은 세월 동안 공을 들여 천천히 깨뜨려야 할 만큼 견고한 담이었다.

하나 이 여인은 담을 쌓고 있지 않다. 다가서려고 마음만 먹으면 다 가설 수 있을 것 같다. 하지만 그 순간부터 여인의 치맛자락에 휘말려들 것 같기도 하다.

너무 깨끗하고 맑은 여인이다.

"언제 기회가 되면 또 만나겠죠. 시간이 되시면 진주에 한번 놀러 오세요. 소녀가 재주는 없어도 귀를 즐겁게 해드릴 자신은 있답니다."

'귀를 즐겁게 해준다?'

야이간은 얼핏 머리가 돌아가지 않았다.

여인의 말뜻이 심오한 것 같기도 하고 놀리는 것 같기도 하고…….

그러다 순간, 야이간은 한 여인을 떠올렸다.

'진주! 귀를 즐겁게? 진주언가! 탄금(彈琴)! 천향구연(天香九衍)! 진주에 무가지보(無價之寶)로 생화 한 송이가 있다더니…….'

이 여인이 진주언가의 금지옥엽(金枝玉葉)인 천향구연 언동(彦憧)이었다니!

과연 천화(天花)의 향기가 구주(九州)에 넘쳐흐를 만하다.
 진주언가의 가주 언위생이 당도해 있다는 사실 정도는 알고 있다. 하지만 그가 자신의 딸도 데리고 왔을 줄은 몰랐다. 아니, 알았다고 해도 신경 쓸 겨를이 없었다. 목숨이 왔다 갔다 하는 판인데 계집에게 신경 쓸 겨를이 어디 있겠는가.
 "소저께서 그 유명한 탄금 솜씨를 보여주시겠다니 무한한 영광입니다. 그러잖아도 진주언가의 권법은 무적이라는 소문이 자자해서 관심 있던 차입니다. 꼭 한 번 들르겠습니다."
 야이간의 시선은 여인의 가슴에 머물렀다.
 꼭 한 주먹 정도 불룩하게 솟은 가슴. 그곳에는 분홍빛 백합 문양이 새겨져 있다.
 무척 화사한 모습이다. 다른 사람이 홍의에 분홍빛 백합 문양을 새겨 넣고 다닌다면 천하게 보일 수도 있겠지만 천향구연 언동은 청초한 모습을 더욱 부각시킨다.
 '천향구연… 너구나. 네가 내 목숨을 살려줄 거야. 후후후!'
 천향구연이 돌아가고 난 후에도 야이간은 한동안 그녀의 체취를 맡고 있었다.
 바람결에 묻어나는 그녀의 향기는 무척 감미로웠다.
 솔직히 야이간의 심정은 그녀를 보내고 싶지 않았다. 그녀의 표정으로 보아 자신에게 호감을 느끼고 있는 게 분명하고, 어떤 핑계로든 한두 시진쯤은 붙잡아둘 수 있다.
 몸이 멀면 마음도 멀어진다는 것은 불변의 진리다.
 반대로 몸이 가까우면 마음도 가까워진다. 붙잡고 싶은 여인이 있으면 가벼운 대화를 하더라도 오래, 자주 만나야 한다.

야이간은 가벼운 만남 속에서 활로를 찾았다. 그것이 중원일미(中原一美), 진주제일보(晋州第一寶) 등등 많은 사내가 찬탄을 금치 못한 여인이니 더욱 좋을 수밖에 없다. 그녀 역시 호감을 가지고 있는 듯하니.

'이제 갓 시작인데……'

하지만 그에게는 할 일이 있다.

천향구연이 목숨을 구해줄 구명줄이지만 그것도 차후의 일, 당장은 발등에 떨어진 불부터 꺼야 한다. 자식들의 복수를 노리는 하후 가주의 손아귀에서 벗어나는 일이 가장 급하다.

'이 방법이 통할지 모르지만 해보는 거야. 안 되면 다른 방도를 강구하면 되고.'

야이간은 비적마의에게 물린 장소로 다시 돌아왔다.

중간중간 길목을 경계하던 무인이 모습을 드러냈지만 야이간을 막는 사람은 없었다.

"어쩐 일인가? 좀 쉬지."

"잠시 올라가 봐야겠습니다."

"그러시게. 무슨 일이 생기면 바로 연락하고."

'연락해도 쓸모없는 놈들이……'

"그러겠습니다."

야이간은 이들을 모른다. 하지만 그들은 야이간을 안다. 야이간은 결코 친해지고 싶은 인간들이 아니지만, 그들은 벗이라도 되는 양 친하게 말을 걸어온다.

야이간의 뒤로는 인부 다섯 명이 따랐다. 그들은 각기 토끼 십여 마리를 걸머졌다.

죽은 토끼가 아니고 살아 있는 토끼다. 지금도 토끼장에서 벗어나려고 시뻘건 눈알을 데룩데룩 굴리고 있는 놈들이다.

'범위를 알아야 돼. 범위조차 모르면서 무조건 길이 막혔다고 포기하는 건 말도 안 돼. 현운자가 뛰어난 기인인 건 인정하지만 모두 비적마의라는 놈에게 현혹되어 있어. 한 번도 보지 못했던 기물(奇物)이기 때문에 그런 거지.'

야이간은 토끼장에서 토끼 한 마리를 꺼냈다.

꾸룩! 꾸루룩……!

토끼의 울음소리는 징그럽다. 돼지 멱 따는 소리라고나 할까?

첫 번째 토끼는 자신이 비적마의에게 물렸음 직한 곳으로 던져 넣었다. 그리고 토끼의 움직임을 유심히 관찰했다. 날개가 달린 개미이니 공중을 나는 작은 움직임에도 신경을 곤두세웠다.

푸드득……!

땅바닥에 패대기쳐진 토끼는 잠시 허우적거리는 듯하더니 곧 일어서서는 쏜살같이 달아나기 시작했다. 그러나 그것도 잠시, 토끼는 곧 벼락이라도 맞은 듯 부르르 떨더니 움직임을 멈췄다. 아니, 큰 움직임은 멈췄지만 작은 움직임은 끊임없이 계속되었다. 사지에 경련이 일어난 듯 부르르 떠는 움직임은.

'네 마리였어. 사방에서 몰려들었고. 이건… 조직적이다. 협공을 하는 것 같았어. 의외로 조직력이 강한 놈들이군.'

이제는 한낱 개미가 아니었다. 강력한 마취력과 극통을 수반하는 독성을 지녔으니 한낱 미물이라고는 할 수 없지만 그래도 무시했던 것만은 사실이다.

야이간은 두 번째 토끼를 집어 던졌다.

이번에는 허공이다.

사람이 신법을 펼쳐 잡목을 뛰어넘을 수 있는 높이까지, 착지하는 지점을 예측해서 집어 던졌다.

휘익……! 웨에엥……!

야이간은 또 다른 사실 하나를 알았다.

첫 번째 토끼를 집어 던졌을 때 비적마의의 반응은 느렸다. 적어도 토끼가 두어 번 폴짝 뛸 시간적인 여유는 있었으니까. 하지만 두 번째 토끼를 집어 던졌을 때 토끼는 공중에서 공격을 받았다. 첫 번째와 마찬가지로 사방에서 모여든 비적마의 네 마리가 토끼를 집중 공격했고, 토끼는 무방비 상태로 떨어져 나뒹굴었다.

'이놈들 봐라? 이건 뭐야? 경계령까지 발동했다는 거야?'

기가 막힐 노릇이지만 사실은 사실이다. 그러나 그는 실망하지 않았다.

'아직 토끼는 많이 있어.'

한 마리 한 마리 모든 사정을 고려하여 집어 던졌다.

'검으로 베어낼 수 있는가? 음……! 검은 무리다. 일차 공격은 피해내도 이차 공격까지는 무리야.'

두 마리를 한꺼번에 집어넣자 비적마의는 벌 떼처럼 날아올랐다.

상당하다. 사방이 새카맣게 에워싸이는 것 같다.

'결국 불인가?'

불을 놓되 산불로 번지지 않게 국소적인 부위만 놓을 수는 없을까? 그럴 경우 비적마의는 어떻게 반응하는가?

안 된 일이지만 토끼 몸에 기름을 붓고 불을 붙였다. 그리고 집어 던졌다.

비적마의는 달려들지 않았다. 불이 있는 곳 근처는 얼씬거리지도 않았다. 그 많던 개미 떼가 단 한 마리도 날아오르지 않았다.

야이간은 불붙은 토끼 옆에 생토끼 한 마리를 집어 던졌다.

'성공하면 불을 들고 이동해도……'

그러나 실패다. 토끼 옆에 생토끼를 집어 던지자 숨어 있던 비적마의가 먹이를 놓칠세라 확! 하니 달려들어 토끼를 마비시켰다.

시간은 점점 흘러갔다.

야이간은 몰랐던 사실을 또 하나 알게 되었다.

비적마의는 단지 마비시키고 극통을 주는 것으로 그치지 않는다. 제일 처음 던진 토끼가 발버둥 치더니 서서히 죽어갔다. 그리고 땅에 닿은 가죽 부분에서 서서히 피가 새어 나오기 시작했다.

끔찍한 광경이다.

수천 마리의 개미들이 달려들어 살아 있는 토끼의 육신을 갉아 먹는다. 갉아 먹는 것이 아니라 살점을 떼어내 가지고 돌아간다.

'뭐 이런 놈들이!'

일개미에게는 날개가 없다. 날개가 있는 놈은 전사인 셈이다.

야이간은 전혀 뚫리지 않을 것 같은 비적막의의 방어막 속에 계속 토끼를 집어 던졌다.

휘이잉……!
　벼랑 밑에서 불어온 바람이 옷자락을 쓸고 지나갔다.
　종리추는 벼랑을 앞에 놓고 앉아 떠오르는 동녘 하늘을 바라봤다.
　붉디붉은 불덩이가 대지 저편에서 모습을 드러냈다.
　불덩이는 대지를 활활 태워 버릴 듯이 세상을 물들인다. 칠흑같이 검던 어둠은 태양의 기세를 이기지 못하고 슬금슬금 물러섰다.
　"나 같으면 싸우지 않겠네. 내가 보기에도 승산이 없어."
　여간해서는 먼저 입을 열지 않는 삼현옹이 지나가는 말처럼 했다.
　어제저녁 일이다.

　"개방에서 분운추월 장로를 파견했더군요. 분운추월을 이용하면 빠져나갈 수도 있지 않을까요? 다른 곳은 구멍이 없어요."

벽리군은 냉정하게 구멍을 찾아냈다.

인의니 도의니 사람을 이용한다느니 하는 말은 모두 배부른 자의 넋두리다. 죽음이 목전에 닥친 사람에게는 세상의 어떤 도의도 눈에 들어오지 않는다.

"주공, 이번만은……."

"주공, 적이 너무 강합니다. 백팔나한과 칠십이단승이라니. 양가, 하후가, 진주언가… 우리가 도대체 제놈들과 무슨 철천지원수가 졌다고."

모두 같은 반응이다.

'몇 명이나 살 수 있을지……'

해는 무척 빠르게 떠올랐다.

붉은 기운을 뿜어내는가 싶더니 둥그런 머리를 내밀었고, 곧 이글거리는 몸통 전부를 드러냈다.

참 이상한 일이다.

떠오를 때는 세상이 붉게 물들었는데, 완전히 모습을 드러내면서부터는 붉은 기운이 사라진다. 대신 세상은 밝은 광명으로 가득 차진다.

'사무령은 꿈인가……'

종리추도 싸움을 피하고 싶었다.

하지만 도망만이 능사는 아니다. 중원무인들은 끝까지 쫓아올 것이고, 중원에 머무는 한 어디선가는 지금과 같은 상황에 처할 것이다.

십망, 그것이 떨어졌다.

청면살수를 죽지도 살지도 못하게 만든 십망이 자신에게 떨어졌다.

'십망이 발표되면 모두들 도주하기에 급급했다. 결과는 중원무림이 당당히 죽음을 발표해도 나서지 못하고 숨어 살았다. 오독마군조차도.'

그들이 비굴한 것인가, 자신이 무모한 것인가.

날이 밝자 종리추는 동혈로 돌아왔다.
모두들 아침 식사를 하느라고 부산하다. 아침 식사라고 해봐야 건포(乾脯)를 물에 불려 먹는 것이 고작이다.
이렇게 생활한 지는 꽤 오래되었다.
마을로 들어갈 수도 없고 사냥을 할 수도 없다.
포위망이 점점 좁혀져 들어왔고 종내에는 시마공과 폭혈공을 수련할 장소조차 찾지 못했다. 개인적인 수련은 어디에서나 할 수 있는 것이지만 종리추가 원하는 실전 경험은 불가피하게 중단했다.
살문 살수들은 동혈과 대래봉 정상을 오가는 것이 고작이다.
저해저는 종리추의 의도대로 사방을 에워쌌다.
놈들은 무서운 속도로 분가했고, 자리를 잡기 위해 사나울 만큼 사나워졌다. 분가를 하고 새 보금자리가 안정될 때까지는 같은 종족일지라도 영역 침범을 용납하지 않았다. 또한 그 영역이라는 것이 칼로 무 자르듯 딱 부러지게 정해진 것이 아닌지라 놈들의 싸움은 날이 갈수록 흉포했다.
혼세천왕은 일시간 마비되는 정도로 그쳤다.
무림군웅들이 침범해 왔을 때도 혼세천왕이 당했을 때와 별반 다르지 않았다. 그래도 놈들끼리는 죽기 살기로 싸우는지 날이 지날수록 죽은 개미 떼들이 수북이 무덤을 이뤘다.
살문 살수들은 이러다가 영원히 갇히는 것이 아닐까 싶을 정도로 염려스러웠다.
그랬는데… 틈이 생기기 시작했다.

저해저는 서로 영역을 형성했고, 영역과 영역 간에 약간의 빈틈을 만들었다. 일종의 불가침 영역이다.

대래봉으로 올라서는 길이 완연하게 뚫렸다.

무공을 익히지 않은 범부라도 대래봉으로 올라가는 좁디좁은 소로는 마음 놓고 들어설 게다. 날아다니는 개미가 보이지 않으니.

"드세요."

벽리군이 마른 건포와 따뜻한 물을 내왔다.

종리추는 말없이 마른 건포를 물에 적셨다.

봄 자락으로 들어섰지만 대래봉 정상의 아침녘은 찬바람이 매섭다.

동혈 한가운데 지펴놓은 모닥불이 타닥거리며 타 들어갔다.

"정확하군. 주공, 움직이기 시작했어요."

비부가 잔뜩 긴장해서 입을 연 것은 오전 사시정(巳時正:10시)이 지날 무렵이었다.

"몇 명이나 되는 것 같아?"

좌리살검이 모닥불로 내민 손을 거두지 않은 채 물었다.

모두 움직임이 없었다.

오늘 저녁 몇 명이나 살아남아 이 자리에 다시 모일 수 있을지 아무도 모른다. 어쩌면 차디찬 땅에 자신이 드러누워 있을지도.

오늘의 이 싸움은 충분히 피할 수 있었던 싸움이나 그 누구도 종리추를 원망하지 않았다.

그들도 알고 있다, 언제까지 도망만 다닐 수는 없다는 것을.

살수 문파의 역사를 곱씹어보면 도망 다닌 문파도 없다. 대부분 꼭두각시가 된 줄도 모르고, 문파를 일으켰다고 자신하며 활동하다가 어느 날 하루아침에 몰락하곤 했다.

그것뿐이다.

진정한 의미에서 중원무림에 살수 문파는 존재한 적이 없다.

대래봉 싸움은 진정한 의미의 살수 문파가 중원무림과 싸우는 첫 싸움이 될 게다.

그것만으로도 만족했다.

한 가지 못다 한 한(恨), 마음속에 남아 있는 숙원을 풀지 못하고 가는 것이 한으로 남을 뿐.

그것도 종리추만 살아남아 준다면… 종리추만 대래봉을 벗어날 수 있다면 어쩌면 풀 수 있을지도…….

"모두들 잘 들어."

종리추가 모닥불에서 눈길을 떼지 않고 말했다.

타닥! 타닥……!

모닥불이 서서히 꺼져 갔다.

나무는 숯이 되어 하얀 재와 발그스름한 불기를 남겨놓고 있다.

"각기 구역이 있지? 구역으로들 가."

"주공!"

뜻밖이다.

"크게 보면 문이 열린 곳은 한 군데지만 실은 열 군데 이상이 열렸어. 현운자라면 그곳을 놓치지 않을 거야. 그곳으로들 가."

"그럼 주공께서는……."

"대래봉은 나와 혈영신마가 맡아. 둘이면 충분해."

"주공! 그런 말도 안 되는……!"

말도 안 된다. 모두가 일심으로 열린 구멍을 막아도 몇 명이나 살아

올 수 있을지 장담할 수 없는 상황이다. 그런데 그런 곳을 종리추와 혈영신마 단 두 명이 막겠다니. 죽기로 작정했는가! 소림 백팔나한, 칠십이단승… 그들이 종이호랑이로 보인 겐가? 잠시 정신이 어떻게 된 건 아닌가?

"장담하건대……."

모두 고개를 발딱 들었다가 종리추의 이어지는 말에 침묵을 지켰다. 반대 소리가 목구멍까지 치밀었지만 말을 꺼내놓지 못했다.

'주공이!'

'주공께서!'

어떤 의견도 개진하지 못할 분위기다.

어떤 곤란, 역경 속에서도 태연하던 종리추였건만 지금은 긴장하고 있다. 어깨가 딱딱하게 굳어 있고 안색도 무심한 것이 아니라 긴장이 넘쳐흘러 상기되어 있다.

이런 경우는 처음이다.

"장담하건대 나와 혈영신마는 틀림없이 고전할 거야. 힘든 싸움이 되겠지. 하지만 다른 사람도 다를 게 없어. 모두들 힘든 싸움이 될 거야. 시마공, 폭혈공… 잊지 마. 살수는 무공으로 싸우는 게 아냐. 잊지 마."

마지막 말은 마치 유언처럼 들렸다.

"그럼 가도록. 저녁에 보자고."

모진아가 제일 먼저 몸을 일으켰다.

그는 종리추의 마음을 조금은 알 것 같았다. 자신이 암연족을 버리고 종리추의 종이 될 때, 그때가 이런 심정이었다. 하나를 완전히 버리고 또 하나가 되려는. 그릇은 완전히 비웠을 때 완전히 새로운 것을 담을 수 있지 않은가.

종리추는 과거의 살문을 버렸다. 그는 이 싸움에서 새로운 시작을 열려는 게다. 살수 문파의 새로운 시작을.

"저 사부님!"

유회가 일어서는 모진아에게 말을 건넸지만 무서운 눈총만 받았을 뿐이다.

모진아의 말은 간단했다.

"주공 말씀이다. 주공을 믿지 못한다면 살문을 떠나야지."

     *   *   *

사람들은 도인이라면 모두 같은 도인인 줄 알지만 실상 도문(道門)은 두 부류로 나눠져 있다.

주문이나 주술 등을 추종하는 좌도(左道)와 내공을 위주로 선인(仙人)의 도(道)를 추구하는 우도(右道)다.

일부에서는 좌도를 이단시하는 경향도 있지만, 같은 도문이면서 구파일방 중 일 파인 청성파처럼 좌도만을 추구하는 문파도 있다. 또한 곤륜파처럼 오로지 우도만을 추종하는 문파도 있다.

하지만 각 문파의 유파가 다르다고 좌도가 나쁘다거나 우도를 가벼이 여기는 것은 아니다.

좌도는 불가의 불호(佛號)처럼 소리 공명(共鳴)을 통해 진리를 깨우친다. 관세음보살의 여섯 진언(眞言)인 옴마니 반메훔처럼 청성파에서 정리해 놓은 진언은 수를 헤아릴 수 없을 만큼 많다.

무당파는 좌도 역시 도가 수련의 한 방편으로 인정하고 있다.

현정 도인은 꼭두새벽부터 오직 하나의 진언 '광명천하(光明天下)' 만을 염송(念誦)했다.

마음속으로 염송한다고 세상이 광명천하가 되는 것은 아니다.

그것만은 도가든 불가든 경계해야 한다.

진언이란 실제로 그런 세상이 이루어졌으면 하는 바람이 아니라 자신의 마음을 부단히 일깨우는 마음의 공명에 지나지 않는다.

현정 도인은 마음의 밭이 광명천하가 되도록 깨우고 또 깨웠다.

진기도 끌어올렸다. 맑고 청명한 태을청령진기가 전신을 휘돌았다. 수십 년 동안 수련해 온 진기와 진언은 머리를 맑게 해주고 마음까지 밝게 닦아주었다.

현정 도인의 눈에 시산혈해(屍山血海)가 보였다.

많은 사람들이 죽었다. 피를 흘리며, 배가 갈라지고, 머리가 터지고, 팔다리가 잘려 나갔다. 신음을 흘리는 자가 있는가 하면 피를 철철 흘리면서도 병기를 휘두르는 자도 보인다.

인간 도축장이다. 그리고 그곳은 대래봉이다.

현정 도인은 그 후도 보았다.

세월은 핏물을 씻어냈다. 인간의 죽음도 흙으로 나무로 풀로 뒤덮었고, 대래봉은 언제 죽음이 있었냐는 듯 태연하게 태양을 맞이한다.

산 자도 죽은 자도 인간의 역사일 뿐 자연의 역사는 아니다.

'광명천하, 광명천하, 광명천하……'

현정 도인이 본 광명천하는 자연의 역사다.

수많은 죽음이 있고, 죽음을 손수 명령 내려야 하는 입장에서 현정 도인은 죽을 자들의 영혼을 미리 위로했다.

오늘 그가 내려야 하는 명령은 분명 그가 깨달아온 도력(道力)과는 일치하지 않는 명령이지만 어쩔 수 없이 내려야 할 바에야.

이것이 정파 고수들의 고뇌이기도 했다. 한두 사람이 느끼는 것이 아닌.

흔히들 도고일척(道高一尺)이면 마고일장(魔高一丈)이라고 한다.

마의 씨가 그만큼 거세게 일어난다는 것을 의미한다.

그러면 어떤가. 흥하면 쇠하고, 쇠하면 흥하는 것이 자연의 이치인 것을. 마고일장은 가능하나 마고십장(魔高十丈)은 불가능한 것이 진리인 것을.

도가의 무공은 수를 헤아릴 수 없을 만큼 많은 종류가 있지만 물줄기를 쫓아가면 근원은 두 가지뿐이다.

몸을 죽게 만드는 사기(邪氣)를 제거하는 공부(工夫), 그리고 몸을 최대한 온전한 상태로 만드는 공부.

현정 도인은 진언과 태을청령진기로 마음속에 깃드는 번뇌와 사기를 제거했다. 그리고 일어섰다.

동녘에 붉은 해가 솟구칠 무렵이었다.

◆第八十三章◆
충인(衝人)

두 명이 어깨를 나란히 하면 바람조차 지나갈 틈이 없을 만큼 좁은 소로.

군웅들이 지나가야 할 길이다.

암습은 틀림없이 있을 것이고, 일격필살(一擊必殺)에 가장 적절한 장소를 선정해 은신해 있으리라. 또한 불운이라면 그런 장소가 너무 많다는 것.

현운자는 열두 곳을 짚었다.

그가 말한 곳은 기관을 설치하기 적당한 곳이지만 의미를 달리 해 생각하면 은신해서 공격하기 적당한 곳이라는 뜻도 된다.

'빌어먹을! 열두 곳이나!'

누구나가 그런 생각을 하게 된다.

온갖 악조건 속에서 그나마 좋은 점을 꼽으라면 은신해 있을 만한 곳을 어느 정도 예측한다는 것이고, 암습을 당해야 하는 입장에서는 다소 위안이 되기도 했다.

전초는 절두쌍괴(折頭雙魁)가 맡았다.

절두쌍괴는 꼽추에 탈모증까지 겹쳐 가까이 하기에는 왠지 께름칙한 용모의 쌍둥이 두 사람을 일컫는다.

그들에 대해 알려진 것은 산동(山東) 무림 출신이라는 것이 고작이다. 무공은 겨우 삼류 수준을 벗어났다고 한다. 하지만 중원무림인치고 절두쌍괴를 모르는 사람도 없다.

추적술 때문이다.

그들은 부모에게서도 버림받아 떠돌이가 되었다. 천대와 돌팔매질을 당하는 일이 다반사였고, 그런 속에서도 쌍둥이 두 형제는 서로를 굳게 의지하며 살았다.

운 좋게 사부를 만나 무공을 익혔지만 무공에 대한 조예는 깊지 못하다. 애당초 무공에 대한 자질 같은 것은 없었고 무공을 전수한 사부도 몸이나 보호하라고 전수한 것이지 일류고수가 되기를 바란 것은 아니다.

그런데 무공이란 것을 접하게 되자 뜻밖에도 새로운 능력이 개발되었다. 아니, 숨어 있던 능력이 드러났다.

선천적으로 타고난 감각이다.

그들은 내공으로 감각을 일깨우지 않았다. 감각을 느낄 때 진기를 끌어올리는 일이 없었다. 그냥 느꼈다. 느낌이 오면 믿었고, 믿음은 곧 사실로 확인되었다.

굼벵이도 구르는 재주가 있다고, 느낌에 바탕을 둔 추적술(追跡術)만큼은 타의 추종을 불허하게 되었다.

한 명, 두 명… 추적에 성공할수록 그들의 명성은 높아졌다.

당금에 와서 추적술만큼은 당대 제일이라고 해도 과언이 아닐 정도가 되었다. 먼저 벌어진 급습 때도 제육로(第六路) 전초에 섰을 만큼 추적술에 관한 한 신뢰가 뛰어나다.

절두쌍괴의 뒤를 소림 칠십이단승이 받쳤다. 정확히 말하면 칠십이단승 중 환갑이 넘은 노승 다섯 명이다.

소림에서는 그들을 이조암(二祖庵) 오선사(五禪師)라고 부른다.

이조암은 소림사에서 서쪽으로 십사 리 떨어진 발우봉(跋牛峰)에 위치한다. 달마 선사(達磨禪師)로부터 불도를 배우는 과정에서 팔이 얼어붙어 떨어진 혜가 선사(慧可禪師)가 이조암에서 정양하였고 제자들이 혜가 선사를 기념하기 위해 절을 수건했다.

현재 이조암에는 혜(慧) 자(字)를 가진 노승 다섯 명이 속세에 연연하지 않고 참선에만 몰두하고 있으며 그들이 오선사다.

무공을 펼친 적이 없어 깊이는 드러나지 않았지만 각처에 퍼져 있는 소림승들 중에서 가장 강하지 않을까 조심스럽게 추측되는 승려들이다.

구파일방에서 전초에 가담한 무인은 소림 오선사가 전부다.

현정 도인은 어찌 된 일인지 대래봉 싸움에 많은 고수들을 참여시키지 않았다.

"두 사람이 엇비껴 갈 수도 없을 만큼 좁은 소로에서 벌이는 싸움은 사람이 많다고 좋은 건 아니지. 무공이 강한 분이면 그만이야. 소림 오선사께서 실패한다면 누구도 뚫을 수 없어."

그 말은 맞다.

소림 오선사가 그동안 무공을 선보여 온 다른 혜 자 돌림의 고승들과 엇비슷한 무공만 지니고 있어도 그들은 무적이다. 그들에겐 웬만한 방파쯤은 하루아침에 몰락시켜 버릴 힘이 있다.

오선사가 암습을 받아 죽어버린다면 누가 있어 과감히 뒤를 이을 것인가.

제일 첫 번째 암습 지점은 바위가 불쑥 튀어나와 소로의 일부분을 가로막은 곳이다.

튀어나온 바위는 그나마 좁은 소로를 더욱 좁게 만든다.

소로를 지나가기 위해서는 바위를 붙잡고 조심스럽게 발길을 떼어 놓아야 한다. 자칫 미끄러지기라도 하는 날에는 천길 낭떠러지로 곤두박질친다.

여태껏 두 사람이 나란히 걸어왔어도 바위가 튀어나온 지점에서는 한 사람만이, 그것도 시간을 들여 천천히 돌아가야 한다.

바위를 넘는 수도 있다.

다행히 튀어나온 바위는 그리 높지 않다. 기껏해야 사람 키 하나 정도의 높이밖에는 되지 않는다.

그러나 바위를 뛰어넘으려고 신형을 뽑아 올렸을 때 암습을 받는다면?

"여기에 석궁(石弓) 십여 개만 설치하면 백만 대군이 몰려온다 해도 한 시진은 막을 수 있지."

현운자가 암습 제일점(第一點)으로 꼽으며 한 말이다.

절두쌍괴는 귀를 쫑긋거렸다.

바위 건너편에 인적이 있는가 살피는 것이지만 그다지 믿지는 않았다.

상대가 살수들이니 그들의 이목을 속이는 정도는 간단하다.
숨는 것을 업(業)으로 삼는 사람들이지 않은가.
절두쌍괴 중 한 명이 땅바닥을 훑었다.
그의 눈썰미는 척박한 소로에 핀 풀 한 포기까지 놓치지 않았다.
그가 고개를 설레설레 흔들었다.
적어도 보름 동안은 사람이 지나다니지 않은 길이다.
땅에 몸을 붙이고 바위 저쪽까지 살폈다.
역시 마찬가지다. 풀이 자란 모습, 뉘어져 있는 모습, 바람의 세기… 모든 것을 살펴 종합적으로 내린 결론은 사람이 지나다니지 않았다는 것이다. 적어도 보름 동안은.
절두쌍괴 중 다른 한 명이 똑같은 행동을 취했다.
사람은 신이 아닌지라 완벽할 수 없다. 아무리 천부적인 관찰력을 지니고 있다 해도 간혹 놓치는 경우가 발생한다. 추적이나 지금과 같이 은신 여부를 판단하는 경우에는 단 한 번의 실수가 목숨을 위태롭게도 한다.
이러한 실수를 미연에 방지하는 길은 같은 관찰을 반복하는 것뿐이다. 같은 사람이 해서는 안 된다. 사람의 눈이란 묘한 것이라서 안전하다고 믿게 되는 부분은 다음 관찰 때도 무심히 흘려 버린다.
절두쌍괴는 항상 똑같은 부분을 둘이 번갈아가며 관찰했다.
나중에 관찰한 자도 고개를 가로저었다.
'보름 동안은 사람이 다니지 않았어.'
먼저 관찰하고 뒤로 물러서 있던 자가 오른손을 추켜올렸다. 그러자,
쉬익! 쉬이익!

뒤쪽에서 미미한 경풍이 일어나는가 싶더니 노승 두 명이 바위 위로 훌쩍 올라섰다. 천공(天空)에서 무서운 기세로 내리꽂히던 매가 나무 위에 사뿐히 내려앉듯 날렵한 신법이다.

두 노승은 바위 위에 서서 사방을 살폈다. 그리고는 반대 편으로 훌쩍 내려섰다.

암습은 없었다.

'마지막……'

절두쌍괴는 눈이 뻑뻑했다.

긴장을 한시도 풀지 못한 탓인지 입술이 바짝 타서 오므라들었다.

현운자가 말한 암습 예정지를 열한 군데나 지나쳤다.

피가 마르는 긴장의 연속이었지만 암습은 없었다.

이제 마지막 한곳, 두 바위가 문기둥처럼 양쪽에 서 있는 곳만 지나치면 대래봉이다.

살문이 청부를 받을 때 사람들이 줄지어 기다렸다는 곳이 나오고, 무당파 해검지를 본떠서 만들었다는 해검지, 등 돌리고 앉은 석불(石佛)도 모습을 드러낸다.

절두쌍괴는 바위로 다가서기 전에 사방부터 둘러보았다.

산새들의 움직임도 좋은 정보를 안겨준다. 바람에 묻어나는 끈적끈적한 기운도 무엇인가를 말해 준다. 하지만 무엇보다도 고수가 숨어 있을 때 느껴지는 육감, 온몸을 저려 울리는 감촉이 제일 믿을 만하다.

한 걸음 한 걸음… 걸음을 떼어놓던 절두쌍괴는 약속이라도 한 듯 거의 동시에 걸음을 멈췄다. 그리고 서로를 쳐다봤다.

쳐다보는 눈길에 공포가 깃들었다.

그들의 뇌리를 파고들어 육신을 옭아매는 공포는 모골이 송연할 정도로 섬뜩했다.
'어, 엄청난 고수!'
절두쌍괴는 바위 뒤에 사람이 있다는 것을 확신했다.
확인할 것도 없다. 이 정도로 강하게 기운을 느낄 수 있는데 무엇을 더 확인하랴.
절두쌍괴는 뒤로 슬금슬금 물러섰다.
무공으로는 도저히 상대할 수 없다. 숨어 있는 자들이 강해서라기보다 그들의 무공이 정말 형편없어서였다. 무림에 강자존(强者存)이라는 약육강식(弱肉强食)만이 존재했다면 절두쌍괴라는 이름은 오늘날까지 불리지도 못했다.
소림 오선사는 믿을 만하다.
그들이 뒤를 받쳐 준다면 못할 짓도 없으리라. 약간 멀리 떨어져 있지만 않다면.
절두쌍괴는 연신 식은땀을 흘렸다.
소림 오선사가 등 뒤로 다가서는 것도 몰랐다, 소림 오선사가 내민 손에 등이 부딪칠 때까지.
"저, 저기!"
하얗게 질렸던 절두쌍괴의 낯빛이 급속히 원상태로 돌아왔다.
소림 오선사와 몸이 닿아 있다는 것만으로도 마음을 놓을 수 있다.
소림 오선사가 미미하게 고개를 끄덕였다. 그들의 쌍바위를 쳐다보고 있었다. 편안하고 그윽한 눈길로.
소림 오선사 중 두 명이 쌍바위 위로 신형을 띄웠다.
물론 암습에는 충분히 대비했다.

절두쌍괴가 비록 무공은 빈약하지만 사람을 추적하는 능력이라든가 선천적으로 타고난 감각만은 초일류고수를 능가한다. 능력을 믿지 못한다면 전초를 맡지도 못했으리라.

육신통(六神通)을 끌어올렸다.

시각(視覺), 청각(聽覺), 후각(嗅覺) 인체의 모든 감각을 최대한으로 일깨웠다.

양손에는 언제라도 공격을 할 수 있게끔 진기를 운집시켰다.

잔뜩 긴장한 채 쌍바위 위에 올라선 두 노승은 일순 당혹했다.

아무것도 발견해 내지 못했다. 나무, 바위 밑, 땅… 그 어느 곳에도 사람이 숨어 있을 만한 곳은 없었다. 그들이 끌어올린 육신통에도 인기척이 걸려들지 않았다.

다시 한 번 주위를 살핀 두 노승이 절두쌍괴를 돌아봤다.

그들의 눈빛에는 정말 살수들이 숨어 있느냐는 의혹이 가득 담겨 나왔다.

절두쌍괴는 여전히 긴장한 표정이었다.

그들은 두 노승의 표정을 읽었고 황급히 외쳤다.

"트, 틀림없습니다! 지금도 기운이 느껴져요. 틀림없이 숨어 있습니다!"

두 노승이 다시 고개를 돌리려는 순간,

쉬익! 쒜에엑……!

바위 밑 땅바닥이 들썩이더니 환영처럼 검은 그림자들이 솟구쳤다.

"엇!"

"이런!"

두 노승은 경악했다.

땅거죽이 들썩거린다는 것을 느낀 순간 그들의 목숨이 경각에 처해졌다.

땅거죽을 헤집고 나타난 것이 무엇인지도 파악하지 못했다. 무슨 복장을 입었는지, 사내인지 계집인지도 보지 못했다. 상대가 전개한 수법이 무엇인지 목숨을 위협하는 병기가 무엇인지도 알아채지 못했다. 너무… 빨랐다.

그러나 두 노승도 당하고만 있지는 않았다.

좌측 바위에 올라앉은 노승이 허공으로 쑥 솟구쳤다. 뒷걸음질로 계단을 밟아 올라가는 듯한 형상이었다.

소림 신법 중 내력이 화경(化境)에 이르러야 펼칠 수 있다는 능공천상제(凌空天上梯)다.

손에 들린 선장(禪杖)도 화려하게 움직였다. 풍차처럼 빙그르르 회전하며 몸에 접근하는 모든 것을 불허했다. 소림승이라면 누구나 펼칠 수 있는 십팔로항마장법(十八路降魔杖法).

우측 바위에 있던 노승은 바위에서 움직이지 않았다.

두 발로 바위를 굳게 딛고 천년 거암(巨巖)처럼 굳건히 버티고 섰다. 그러나 굳게 선 와중에도 그의 상체는 유령처럼 흔들려 정확한 실체를 잡아내기 힘들었다.

소림제일의 신법이라는 금강부동신법(金剛不動身法)이다.

우측 노승도 선장을 풍차처럼 휘돌렸다.

십팔로 항마장법은 아니다. 좌측 노승과는 위력 면에서 판이하게 달랐다. 좌측 노승의 선장이 정교하게 느껴지는 반면 우측 노승의 선장에서는 '웡웡!' 하고 바람을 가르는 소리가 거세게 터져 나왔다.

대윤회겁륜장(大輪廻劫輪杖).

찰나의 순간에 대소림사의 절기가 우수수 쏟아져 나왔다.

탕탕탕탕탕······!

병기와 병기가 요란하게 부딪쳤다.

땅거죽을 뒤집고 솟구친 인영은 좌측 노승을 몰아붙이며 연속적인 공격을 가했다.

그는 일방적으로 공격했고 좌측 노승은 막기에 급급했다.

노승을 공격한 병기는 검이다.

선장과 검이 열댓 번이나 격돌했다. 그리고 어느 한순간, 계속 노승을 밀어붙이던 암습자가 신형을 물려 바위 위로 올라섰다. 노승은 바위에서 밀려나 땅에 착지한 후였다.

우측 바위에 굳건히 버티고 서 있던 노승도 뒤로 물러섰다.

그들의 격돌과 사납기는 마찬가지였지만 위력 면에서는 판이하게 달랐다.

펑! 파앙! 퍼어엉······!

격돌이 한 번씩 일어날 때마다 가죽 북 터지는 소리가 울렸다. 그럴 때마다 우측 노승의 상반신은 크게 흔들렸다. 충격을 무척 크게 받은 모습이 역력했다.

바위에서 밀려난 두 노승은 낭패한 표정을 숨기지 않았다.

좌측 노승의 장삼은 여기저기가 잘려 나가 누더기를 걸친 듯했다. 우측 노승은 멍한 표정으로 가운데가 뚝 부러진 선장을 쳐다봤다. 자신의 선장을 부러뜨린 것이 단지 육장(肉掌)에 불과하다는 사실이 믿기지 않는 듯했다.

"그렇군. 아미타불! 시주가 혈영신마이시구려. 혈영신공······ 놀라운 마공이오."

소림 고승의 입에서 '마공'이란 말이 새어 나왔다.

그를 공격한 암습자는 혈영신마다.

그는 볼을 씰룩거렸다. 눈꼬리도 파르르 떨렸다.

혈영신공은 수련 과정도 공명정대(公明正大)하고 수련 후에도 신체나 정신에 아무런 이상을 주지 않는 정상적인 무공인데 왜 마공이라 하는가.

오히려 속성(速成)이 가능하고 위력이 경천동지(驚天動地)한 뛰어난 무공이지 않은가.

"시주, 마음을 돌리면 피안(彼岸)이오. 부디 부처님의 넓으신 세계를 볼 수 있기 바라오. 아미타불!"

우측 노승은 선장이 부러지는 곤혹스런 경지에까지 몰렸지만 조금도 위축된 기미를 보이지 않았다.

"훗!"

혈영신마는 웃었다. 그리고 말했다.

"혈영신공이 마공이란 말을 취소한다면 마공이 아니라면 십망을 선포할 이유도 없으니, 십망을 잘못 선포했다고 무림군웅들 앞에서 말해 준다면 그대들의 부처님을 만나는 것도 고려해 보지."

"아미타불!"

대화는 무의미했다.

암습자가 혈영신마든 아니든 상관도 없었다. 살문 살수들을 불가에 귀의시키겠다는 생각 같은 것은 눈곱만큼도 없었다. 한번 살인에 맛들이기 시작한 살귀들은 살인 중독에 빠져 마귀가 되고 마니까.

이들을 피안의 세계에 들여보내 영혼을 쉬게 만드는 길은 빨리 죽이는 길뿐이다.

"시주, 검공이 놀랍구려."

이번에는 좌측 노승이 말을 건넸다.

진정 놀란 표정이었다. 살수의 무공이 이 정도일 줄은 몰랐다는 듯 낭패한 자신의 몰골과 바위 위에 서 있는 살수를 번갈아 바라보았다.

"암습을 가하고도 죽이지 못했으니 놀라운 건 아니지."

젊은 청년의 대답은 광오하게까지 들렸다.

"아미타불! 시주가 그럼 혹시……?"

"살문주 종리추. 알고 왔을 텐데. 실망이군. 문파를 칠 때는 장문인이 누군지 정도는 알고 있어야지. 인상착의를 머리 속에 각인시켜서 절대 놓치는 일이 없도록. 뱀을 죽일 때는 머리부터 잘라야 한다는 것은 상식 아닌가?"

종리추였다.

무림원로요, 갈고닦은 불학(佛學)만으로도 많은 사람들에게 존경을 받는 소림 오선사를 대하는 어투가 아니었다.

무림원로니 존경이니 하는 말은 살문에는 통용되지 않았다. 살문에 검을 들이대는 자는 무조건 죽여야 할 자에 불과했다. 상대가 누구이든 간에.

그때 노승들의 뒤쪽에서 카랑카랑한 음성이 들렸다.

"내가 맞서보지. 혜광(慧光), 물러서시게."

음성을 듣자 좌측 노인이 뒤로 물러서고 바짝 말라 쉽게 대할 수 없을 것 같은 노승이 앞으로 나섰다.

"아미타불! 업보(業報)는 길게 짊어져서 좋을 게 없지. 이제 그만 자네의 업보를 거둬주겠네."

깡마른 노승은 양손을 모아 합장(合掌)했다.

종리추의 눈가에 이채가 번뜩였다.

그는 아버지이자 사부인 적지인살에게 들은 말을 상기했다.

"소림승과 싸울 때는 항시 경계하는 마음을 풀지 말아야 한다. 소림 무학 중 상당수는 합장에서부터 시작한다. 기수식(起手式)이나 마찬가지. 특히 미륵삼천해(彌勒三天解) 같은 무공은 합장이 풀리는 순간부터 공격이 시작된다. 아주 급공(急功)이지."

'미륵삼천해!'

싸움에 있어 상대가 어떤 무공을 펼칠지 알게 되면 승산의 일 할은 거머쥔 것이나 다름없다. 그 무공의 초식까지 알고 있다면 삼 할은 이긴 것이고 위력을 감당해 낼 수 있다면 승산은 무려 구 할에 이른다.

종리추는 미륵삼천해가 어떤 무공인지 이름은 들어봤지만 초식을 알지는 못한다. 초식을 모르니 위력이 어떤지도 추측할 수 없다. 그러나 상대가 소림 칠십이절기(七十二絶技) 중 하나를 펼친다는 것만으로도 상당한 도움이 된다.

종리추는 애검 적룡검을 높이 쳐들었다.

검으로 하늘을 가리키는 모양새다.

전설의 무학 미륵삼천해에 맞서 혈염옹의 혈염도법 중 일절(一絶) 천지양단(天地兩斷)으로 맞서려는 생각이다.

노승도 종리추의 기세에서 그가 전개하려는 무공의 종류를 짐작해 냈다.

치열한 싸움 중이다. 노승과 종리추는 한 걸음도 움직이지 않고 있지만 싸움은 머리 속에서 벌써부터 시작되고 있었다.

"명불허전(名不虛傳)이군. 선장을 부러뜨리다니… 과연 파괴력이 강한 무공이야. 사제, 이 싸움은 내게 양보해 주시게."

우측 노승 대신 후덕한 인상의 노승이 앞으로 나섰다.

세상의 온갖 시름을 지니고 있어도 노승에게 털어놓으면 마음이 편할 것 같은 인상을 지녔다.

선장이 부러진 노승은 두말없이 물러섰다.

"혈영신마, 좀 더 좋은 자리로 갈 생각이 없는가?"

체구 좋은 노승이 혈영신마와 마주하자 그러잖아도 좁은 소로가 더욱 좁아 보였다. 초식을 전개하기는커녕 멱살을 붙잡고 드잡이를 벌일 공간도 없었다.

노승들에 비하면 종리추와 혈영신마는 좀 좋은 위치에 있다.

그들은 바위 위에 있어 높은 지점을 선점했고 서로 간의 거리도 사람 한 명 걸어갈 정도로 벌어져 있어 마음 놓고 무공을 펼칠 수 있다.

바위 위에 올라서 있는 혈영신마는 잔인한 미소를 배어 물 뿐 가타부타 대답하지 않았다.

"자리를 옮긴다면 우리 싸움에 누구도 끼어들지 않을 걸세."

"풋! 재미있는 사람이군."

"……."

"옛날이야기해 줄까? 집 안에 도둑이 들었어. 아버지는 도둑에게 말했지. 일 대 일로 싸우자. 네가 죽든 내가 죽든 승부는 그것으로 끝이다. 도둑은 그 말을 믿고 아버지와 싸웠지. 결국 아버지는 죽었어. 그 아버지에게는 장성한 아들이 있었는데, 싸움을 처음부터 끝까지 지켜봤지. 아버지가 죽자 자식은 고민했어. 아버지의 말을 지켜서 도둑을 보내줄 것인가, 아니면 불구대천지수(不俱戴天之讎)가 되어버린 도둑을 잡아야 하는가. 이럴 때 부처님은 아버지의 말씀을 좇아야 한다고 설법하는가 보지?"

"……."

노승은 아무 말도 하지 않았다.

믿음에는 종류가 여러 가지 있지만 노승은 무인간의 믿음을 이야기했다. 혈영신공이란 무공을 어느 정도 인정해 주었고, 실력을 마음껏 발휘할 수 있도록 좀 더 넓은 장소로 가기를 원했다. 거기에 사심은 들어 있지 않다.

혈영신마는 무인 간의 약속조차도 믿지 않는다.

소림 오선사의 영향력이 절대적이지는 않아도 한 목숨 구해줄 정도는 되는데. 혈영신마가 이야기한 옛날이야기 중 아들에 해당하는 다른 선사들은 자신이 졌을 경우 무인 간의 신의를 지켜줄 터인데.

'적아(敵我)밖에 없군. 죽이지 않으면 죽는. 살문 실수들은 모두 죽음을 각오했어. 사는 것도, 요행도 바라지 않아. 이들은 여기서 죽을 줄 알고 있어. 생쥐도 궁지에 몰리면 고양이를 문다는데… 최후의 발악이면 힘든 싸움이 되겠군.'

노승은 진기를 끌어올려 양손에 운집했다.

그가 평생을 수련한 공부는 권(拳)이었다.

휘익!

깡마른 노승이 역류하는 은어처럼 매끄럽게 날아올랐다.

그의 양손은 비호(飛虎)처럼 종리추를 겨냥했다.

궤게게게!

종리추가 들고 있던 검이 눈부시게 내려쳐졌다.

세상에 존재하는 그 무엇도 단 일 검에 갈라놓고 말겠다는 듯 붉은 빛 노을이 일직선으로 모아져 갈라 쳤다. 검음(劍音)도 세차게 터졌다. 검이 허공을 가르는 소리라고는 믿지 못할 만큼 쏟아지는 폭포수 앞에서 검공을 전개하면 폭포의 굉음조차 집어삼킬 만큼 거센 검의 울음소리다.

완벽한 천지양단이다.

과거 혈염옹은 혈염도법을 창안하기만 했지 몸에 붙이지는 못했다.

그는 청성파(靑城派)의 현양자(玄陽子)에게 혈염도법을 사용한 첫 싸움에서 목숨을 잃었다.

혈염도법의 계승자인 적지인살도 혈염도법을 자주 사용하지는 않았다. 혈염도법이 절학(絶學)이라는 데는 의심의 여지가 없지만 혈염도법을 펼친 싸움은 항상 고전이었고 결과는 양패구상(兩敗俱傷), 아니면 패배였다.

불길한 도법이다.

혈염옹, 적지인살… 그들이 지금 종리추가 펼친 천지양단을 보았다면 기분이 어땠을까? 도가 아닌 검으로 펼친 천지양단이 이 정도이니 정작 파괴력이 좀 더 강한 도로 펼친다면…….

노승의 육신이 붉은빛 노을에 휘감기는 듯한 착각이 들었다. 자색 검광이 육신을 반으로 가르는 듯한 환영이 보였다.

"음……!"

"노, 놀라운 검공이로고!"

지켜보던 소림 선사들이 경악했다.

좀 더 놀라운 일은 그 후에 벌어졌다.

반으로 갈라지는 듯하던 노승의 육신이 미꾸라지처럼 옆으로 비켜났다. 동시에 앞으로 치달리며 현란한 수공(手功)을 펼쳐 냈다. 물에 빠진 사람이 지푸라기라도 잡으려고 허우적거리는 모습 같았다. 농부가 참새를 쫓으려고 팔을 휘이휘이 쳐 올리는 것 같기도 했다.

소리도 경풍도 일지 않았다. 진기가 실려 있다고 보기도 어려웠다. 허우적거리는 손은 잠자리 한 마리도 잡을 수 없어 보였다. 빠르지도 않았다. 피하려고 마음먹으면 얼마든지 피할 수 있다.

노승은 전혀 힘들어 보이지 않았다.

반면에 종리추는 힘에 겨워 보였다.

머리가 덜 떨어졌단 말인가? 그렇게 생각하지 않으려고 해도 움직이는 모습을 보면 그런 생각이 든다. 노승의 공격은 그리 빠르지 않아 충분히 피할 수 있는데, 꼭 노승이 공격하는 방향으로만 움직인다.

마치 노승과 종리추가 같은 방향으로 움직이는 듯하다. 서로 다른 움직임을 보이되 타격 시점에서는 일치하는. 일부러 몸을 노승의 장(掌)을 내뻗는 곳으로 움직이는 듯한.

종리추는 줄기차게 한 가지 초식만을 고집했다.

도끼로 장작을 패는 듯 허공에서 내리찍는 천지양단의 검초만을 사용했다. 다른 초식은 모르는 듯했다. 알고 있는 초식이 오직 하나뿐인가?

노승도 정상은 아닌 듯했다.

항상 마지막 순간에 장을 거둬들였다. 한두 치만 더 내뻗으면 몸을 강타할 수 있을 것 같은데 뜨거운 불에라도 데인 듯 흠칫 놀라 거둬들였다.

"살문주의 무공이 저 정도라니……."

"내공이 혜화(慧禾) 사형과 비슷하지 않은가!"

소림승들은 깜짝 놀랐다.

그렇다. 미륵삼천해는 초식으로 견주는 무공이 아니다. 초식이란 있다가도 없고 없다가도 있는 것이다. 손을 내뻗으면 초식이 되는 것이고 물러서면 없는 것이다.

삼천(三天), 즉 과거와 현재와 미래를 초월한 미륵의 마음이 미륵삼천해다.

뱀을 만난 개구리가 오금을 펴지 못하는 것처럼, 고양이를 만난 생쥐가 눈을 마주치지 못하고 딴전을 부리다 잡혀 먹히는 것처럼…… 전신에서 풀려 나온 진기는 실타래에서 풀린 실처럼 가늘게, 복잡하게 뻗어 나와 상대를 친친 동여 묶는다.

상대가 묶여 있는데 초식이 없다 한들 무슨 상관이랴.

무형의 진기를 내뿜어 상대의 진기를 제압하는 무공. 진기를 억누르는 데 그치지 않고 행동까지 제약하는 무공.

미륵삼천해는 권각의 한계를 뛰어넘은 절정무공이다.

그런데 종리추도 같은 무리(武理)가 담긴 무공을 전개하고 있다.

혜화 선사는 마지막에 권각을 거두고 싶어서 거두는 것이 아니다. 그는 내지르고 싶다. 한두 치만 더 가까이 다가가면 육신을 강타할 수 있는데…….

그 순간, 상황이 반대로 바뀐다.

지금까지는 노승이 종리추의 영육을 지배했으되 마지막 순간에는 오히려 종리추에게 제압당한다.

노승은 장공을 물리는 것이 아니라 친친 동여오는 진기를 뿌리치는 것이다.

검법은 천지양단이면 족하다.

단 일 격에 깨끗이 죽일 수 있다.

지금까지와는 반대로 노승의 육신이 제압당했는데 무슨 초식을 펼친들 어떤가.

인간의 싸움을 벗어났다. 육신으로 부딪치는 싸움이 아니라 심력(心力)으로 겨루는 싸움이다.

누가 좀 더 정심(精深)한 내공을 익혔는가!

내공의 역할이 파괴력을 북돋는 것이 아니라 영혼을 갈고닦아 준다는 초절정무공의 무리가 담긴 싸움이다.

소림승들은 두 사람의 싸움을 읽었다.

놀라지 않을 수 없다.

종리추의 무공이 신비막측하다는 소문은 들었지만 이 정도로 강할 줄은 짐작도 하지 못했다. 이제 이십 초반의 나이에 불과해 보이는데 어떻게 평생 내공 수련에만 전념해 온 사람과 비슷한 경지에 올라설 수 있단 말인가.

내공 수련은 속성이 불가능하다.

아무리 지독한 마공이라도 그것만은 불가하다. 내공을 급진시키는 수련법을 찾으라면 물론 찾을 수 있다. 하나 그것은 파괴력만을 증대시킬 뿐 심력까지 상승시켜 주지는 않는다.

심력을 키우는 것은 부단한 수련뿐이다.

쒜에엑……!

종리추의 검법이 급변했다.

천지양단 일 초식만을 고집하던 검초가 사방에서 폭풍이 몰아치는 듯 변화를 종잡을 수 없는 환검(幻劍)으로 바뀌었다.

혈염도법 제이절(第二絶) 풍운변환(風雲變幻)이다.

노승의 무공도 변했다.

흐느적거리던 몸짓이 사라지고 일장(一掌)에 태산도 무너뜨릴 거력을 담았다.

휘잉! 쒜에엑! 부우욱……!

인간의 육장으로 펼친다고 생각할 수 없을 굉음이 터져 나왔다.

"대력금강장(大力金剛掌)! 좋은 무공."

종리추가 낭랑한 음성으로 말했다.

"허허! 시주는 내 무공을 알아보는데, 빈승은 시주의 무공을 모르겠구려."

은연중에 무공의 이름을 묻고 있다.

"혈염옹의 혈염도법."

"혈염옹? 못 들어본 사람인데…… 기인이었던 모양이구려."

"이 도법을 창안하자마자 청성파의 현양자에게 죽었다고 들었지."

"……?"

노승은 얼핏 이해되지 않는다는 표정이었다.

두 사람은 말을 나누는 와중에도 공격을 멈추지 않았다. 혈염도법과 대력금강장을 끊임없이 주고받았다.

심력의 싸움에서 인간의 싸움으로 돌아온 것이다.

그러던 어느 한순간, 종리추가 왼발을 들어 올려 오른 무릎에 올려놨다. 양손은 양 옆으로 활짝 펼친 상태였다. 마치 학이 날개를 펴는 듯한 자세.

그 자세 그대로 빙글 돌았다.

"엇!"

관전하던 소림승들 속에서 경악성이 새어 나왔다.

종리추는 가볍게 한 바퀴 빙글 도는 듯했지만 환상이었다. 종리추는 팽이처럼 빙글빙글 돌았다. 무서운 속도로.

후두둑……!

깡마른 노승이 깜짝 놀라 뒤로 물러섰지만 어느새 앞가슴을 헤집고 지나간 검이 목에 걸린 염주를 끊어냈다.

이번에도 환상이 보였다. 검에 잘려 허공으로 튕겨져 올라간 염주알들이 마치 깡마른 노승의 머리처럼 보였다. 잘려진 머리…….

쒜에엑……!

깡마른 노승은 망설이지 않고 뒤로 물러섰다.

사전에 알았다면 충분히 방어할 수 있는 공격이다. 하지만 너무 급작스럽게 당했고 초식을 전개하는 시기가 절묘했다. 상반신을 앞으로 수그려 일장을 내뻗으려는 찰나 종리추가 방금 전의 초식을 전개했다. 이쪽의 공격 시기는 읽혔고 저쪽의 공격 의도는 전혀 알아차리지 못했다.

"시주, 방금 전 그 초식은……."

"혈염도법 삼절(三絶), 비응회선(飛鷹回旋)."

"뛰어난 무공이오."

"다시 한 번 겨루면 승산있다고 자신하겠지?"

"……."

"그럼 와봐."

종리추는 자신만만했다. 그는 오히려 검을 검집에 집어넣었다. 다음 싸움에서는 검을 사용하지 않겠다는 의도다.

'광오한 놈! 다른 무공을 펼치겠다는 뜻인데… 혈염도법만 익힌 게 아니라는 거지.'

소림 오선사의 얼굴에 미미한 경련이 스쳐 갔다.

그들의 눈에는 살문주, 젊은 청년이 괴물처럼 비쳐졌다.

내력으로만 말해도 자신들 중 누구도 장담할 수 없을 만큼 정심하다. 초식을 봐도 부족함이 없다. 대력금강장이 혈염도법에 밀린 것이 아니라 초식을 운영하는 면에서 밀렸다.

세상에!

누가 믿을 수 있을까? 소림 오선사가 초식 운용에서 밀렸다면.

종리추와 싸운 사람은 한 명이지만 소림 오선사 개개인이 싸워서 밀린 것과 똑같다.

소림 오선사와 종리추는 서로의 실력을 판가름했다.

치열한 격전을 벌인 사람은 한 명이지만 모두들 종리추의 무공이 어느 정도인지 짐작해 냈다.

자신들과 비교해도 전혀 손색이 없는 절정고수다.

장소가 좀 더 넓었다면… 소림 오선사라는 체면에도 불구하고 합공을 전개했으리라.

소림 오선사는 결정지어야만 했다.

바위 위에 떡하니 버티고 있는 종리추와 혈영신마를 뚫고 나갈 것이냐, 아니면 물러설 것이냐. 뚫고 나가자니 만만치 않고 돌아서자니 소림의 명예가 걸려 있다.

힘들더라도 뚫고 나가야 한다. 소림의 명예는 세상 무엇과도 바꿀 수 없다. 자신들의 목숨과도.

"혜지(慧智), 손속에 사정을 두어서는 안 될 것이야."

결정이 내려졌다.

후덕한 인상의 노승은 싸움판에 끼어들 엄두를 내지 못했다.

그는 혈영신마와 맞섰으나 종리추와 혜화 사형의 격전이 너무 치열하여 싸움을 벌일 공간이 없었다.

그가 드디어 사형에게 언질을 받았다.

노승은 진기를 끌어올려 양손에 운집했다.

그는 무슨 무공을 수련했을까? 진기를 끌어올리자 얼굴이 술 취한 사람처럼 붉게 달아오르고 있으니…….

혜지라는 불명(佛名)을 가진 노승은 혈영신마를 제쳐 놓고 종리추쪽으로 눈길을 주었다.

어차피 한 명밖에는 싸우지 못한다.

혜지 노승은 혈영신마보다는 종리추를 택했다. 무공은 혈영신마나 종리추나 가벼이 볼 상대가 아니다. 하지만 어전지 혈영신마보다는 종리추가 훨씬 싸우기 편했다.

그때 혈영신마가 종리추를 쳐다보며 말했다.

"후후! 주공, 주공은 살문주답지 않게 마음이 약해. 주공은 늘 말하곤 했지. 살수는 무공으로 싸워서는 안 된다고. 하지만 정작 무공으로 싸우는 사람은 주공이야. 둘 중에 하나겠지. 생사를 걸고 싸운다지만 정파와 척을 지고 싶지 않다는 마음이 있거나……."

처음 만났을 때처럼 반말이다. 그때와 다른 점이 있다면 한마디 한마디에 정이 들어 있다는 것인데.

"……."

"이것도 주공이 하던 말인데, 꼭 죽여야 할 사람만 죽여라. 저들은 아마도 주공에겐 꼭 죽여야 할 사람들이 아닐지도 모르지. 하지만 주공."

"……."

종리추는 묵묵히 듣기만 했다.

"삶과 죽음 중 하나를 선택해야 하는 순간이야. 쉽게 말해서 죽지 않으면 죽여야 하는 싸움이지. 주공이 쉽게 행동할 수 있도록 길을 열어주고 싶은데."

종리추는 마음이 답답했다.

혈영신마의 말이 옳다.

완벽한 암습이었다. 소림 노승들은 걸려들었고, 죽이려고 작심했다면 죽일 수 있었다.
 소림 오선사가 들으면 기가 막혀 말을 하지 못하겠지만 틀림없이 죽일 수 있었다. 무공으로 싸운 나중에는 그런 기회가 없었지만, 먼저 암습했을 때는 분명히 그런 기회를 잡았다.
 '돌아설 수 없는 길……. 그래, 어차피 사무령이 되기로 했으니 혈로(血路)를 걸어야겠지.'
 종리추는 반 발짝 뒤로 물러섰다.
 바위 위에서는 물러설 수 있는 공간이 그 정도밖에 없었다. 하지만 그것의 의사 표시는 충분하다.

 "후후후! 지금이라도 늦지 않아. 혈영신공이 마공이 아니라 신공이라고만 말한다면 목숨은 살려주지."
 "허허허! 나무관세음보살."
 혜지 노승과 혈영신마는 서로를 주시했다.
 혈영신마는 바위 위에서 내려와 소로 한가운데 섰고, 소림 노승들은 일 장가량 뒤로 물러섰다.
 두 사람이 싸울 수 있는 공간은 충분하다.
 혈영신마와 노승은 각기 진기를 끌어올렸다.
 혈영신마의 양손이 붉은 물감으로 물들인 듯 붉게 달아올랐다. 노승의 얼굴은 술 취한 듯 붉었다.
 "차앗!"
 혈영신마가 선공을 가했다.
 혈영신마의 보법(步法)은 특이했다.
 허보(虛步)를 밟는가 싶으면 궁보(弓步)로 바뀌어져 있고, 궁보인가 싶으면 다시 허보가 되었다.
 도무지 종잡을 수 없을 만큼 난해한 보법이다.
 대체로 궁보를 취할 때는 공격을 한다. 허보는 수비식에 많이 사용된다. 수비식이라기보다는 수비를 강화하며 허점을 노릴 때 사용된다는 편이 옳으리라.
 혈영신마는 언제 공격할지 종잡을 수 없게 만들며 다가섰다.
 "차앗!"
 두 번째 고함이 터져 나왔다. 그리고 본격적인 공격이 시작되었다.
 휘이잉……!
 일장을 전개할 때 일어나는 바람 소리가 겨울 북풍을 능가했다.
 부우우욱……!
 혜지 노승은 권법을 사용했다. 노승의 일권에도 거암을 박살 낼 듯한 위력이 실려 나왔다.
 일격필살(一擊必殺).
 그리 느리지도 빠르지도 않은 권과 장의 대결이지만 한순간의 방심이 목숨을 결정짓는 위험천만한 싸움이다.
 휘익! 부우웅! 쒜에엑……!
 권법끼리 싸울 때는 공격과 동시에 수비도 중요하다. 서로 몸이 찰싹 달라붙은 상태에서 권장을 휘두를 때는 특히 그렇다. 상대의 공격을 어떻게 막느냐, 어떻게 흘려 버리느냐가 주요 초식이 된다.
 혈영신마와 노승은 막지 않았다.
 두 사람은 신법만으로 상대의 공격을 흘리며 두 손과 두 발은 오로지 공격에만 사용했다.
 위험한 광경이 속출했다.

간발의 차이로 위기를 모면하는 경우가 많을 수밖에 없다.

혈영신마가 일장을 휘두르면 노승은 상반신을 비틀어 피하면서 일권을 내질렀다. 혈영신마는 일장이 빗나갔다 싶은 순간 위기를 느끼고 몸을 비틀어낸다. 그리고 또 숨 쉴 틈도 주지 않고 공격을 한다.

이런 싸움에서는 물러서기도 용이하지 않다.

어느 한쪽이 물러설 생각이 있다 해도 감히 행동으로 옮기지 못한다. 곧장 뒤쫓아온 상대의 공격에 목숨을 잃게 될 테니까.

퍼엉!

가죽 북 터지는 소리가 터지며 두 사람이 비틀거리며 물러섰다.

처음 일어난 격돌이다.

지켜보던 사람들은 두 사람의 동태를 살피기에 부심했다.

혜지 노승이 일권을 내뻗을 때 혈영신마는 여태까지의 방식을 버리고 일장으로 부딪쳤다.

노승 혜지도 사양할 생각이 없었다.

혈영신공이 강하다고는 하지만 소림 무공의 강하기로는 세상에서 제일이다.

순간적인 판단이라 전신진기를 모두 일권에 쏟아 넣지는 못했지만 싸움에 필요한 만큼은 충분히 주입했다. 혈영신마도 본신 진기 모두를 싣지는 못했다. 생각이 워낙 창졸간에 바뀌었기 때문에 지금까지 사용하던 진기에서 크게 벗어나지 못했다.

사용하던 진기가 같다면 결과는 무공으로 승부가 난다.

혈영신공이냐, 소림 무공이냐.

"음……!"

혜지 노승이 신음을 흘려냈다.

그의 입가에서 가는 피가 흘러내렸다.

권과 장이 격돌하며 진기가 뒤흔들렸고, 흔들린 진기는 몸 안으로 반탄되어 내장을 격타했다. 내상(內傷)이다.

혈영신마도 코피를 쏟아냈다.

그도 혜지 노승과 엇비슷한 내상을 입은 게 틀림없다.

"혈영신공…… 마공치고는 대단하군. 백보신권(百步神拳)을 받아내다니. 과연 십망을 받을 자격이 있어. 그만한 무공을 지녔으니 강호를 혼탁하게 만들었겠지만."

노승이 사용한 권법은 소림 칠십이절예 중 하나인 백보신권이다.

일권에 백 보 밖에 있는 암석도 부술 수 있다는 백보신권.

백보신권은 소림 무승이라면 누구나 안다. 소림 무승이 되어 제일 먼저 배우는 무공이 나한권과 백보신권이다.

그런 백보신권이 어떻게 칠십이절예에 포함되었을까?

소림에 갓 입문한 무승이 익히는 백보신권과 칠십이절예에 포함된 백보신권은 같은 무공이다. 그러나 소림 칠십이절예에 포함된 백보신권은 초식을 안다고 해서 누구나 펼칠 수 있는 무공이 아니다.

진기를 자유자재로 내뿜고 거둬들이는 '자공(自功)'의 경지를 넘어서야 한다. 도가에서 말하는 무위자연(無爲自然)이다.

그런 경지에 이른 사람만이 몸 안에 흐르는 진기를 외기(外氣)로 방사(放射)할 수 있다.

외기(外氣) 방사(放射).

그만한 수준에 이른 사람이 펼친 백보신권은 그렇지 못한 사람이 펼친 것과 비교할 때 전혀 다른 권법이 된다.

외기방사를 할 수 있다면 어떤 권법을 펼쳐도 위력이 강하겠지만 특히 백보신권은 경력을 최대한 이끌어줘 발경(發勁)을 극대화시킨다. 초식의 흐름이 외기를 방사하는 데 최적의 조건을 부여해 주는 것이다. 그래서 백 보 밖에 있는 암석도 부술 수 있다는 말이 나왔다.

그런 백보신권과 혈영신공이 부딪친 결과는 '버금'이다.

아니다. 평생 백보신권만 연마한 혜지 노승의 경력을 미루어볼 때 혈영신공이 한 수 위라고 할 수 있다.

"혜지, 물러서시게. 혜원(慧苑), 나가주시게나."

깡마른 노승 혜화 선사가 말했다.

확고한 의사 표현을 한 것이다. 차륜전(車輪戰)을 벌였다는 오명(汚名)을 쓰는 한이 있어도 반드시 살문을 끝내겠다는.

종리추도 말했다.

"신마, 물러서. 후후, 말만 번지르르했지 실속이 없군. 길을 열겠다고? 하하!"

혈영신마는 종리추는 힐끔 바라봤다.

그는 확실히 알았다, 종리추가 살수(殺手)를 펼치려 한다는 것을.

◆第八十四章◆
살고(殺高)

야이간은 전초에 섰다.

전초라고 할 수도 없었다. 그가 무인들의 앞장을 섰을 뿐 그의 뒤에는 하후가 무인 백여 명이 그림자처럼 뒤따랐다.

본격적인 공격이다.

그들은 처음 목적했던 산길을 더듬어 올랐다.

계곡을 더듬어 올라가 절벽 밑으로 파고드는 산길.

절벽을 기어 올라가 오곡동을 치려던 계획.

"이제 다 왔습니다."

야이간이 조심스럽게 말을 꺼냈지만 하후 가주는 들은 척도 하지 않았다.

하후 가주에게 야이간은 여전히 '죽일 놈' 중의 하나다. 무림군웅들이 어떻게 생각하든 상관없다. 하후가 무인들을 궁지에서 꺼내주었지만 전혀 고맙지 않다.

악행을 저질렀으면 죽어야 한다.

자식이 죽어서도 편히 쉬지 못하게 얼굴 가죽까지 벗겨낸 살수라면, 같은 문파든 다른 문파든 살수라면 반드시 죽어야 한다. 그것도 편히 죽는 꼴은 보지 못한다. 자식이 그랬던 것처럼 죽어서도 얼굴 가죽이 벗겨져야만 한다.

야이간을 살려준 것이 그의 감언이설(甘言利說)에 속아서라고 생각했다면 착각이다.

야이간이라는 작자는 소고, 종리추와는 같은 하늘을 이고 살 수 없다. 묵월광 살수로서 묵월광을 배신했는데 묵월광 살수들이 가만있을까? 묵월광과 연이 닿아 있는 종리추가 가만있을까?

이 작자는 선수를 쳐서 적을 없애려는 게다.

그 다음은…… 자신이 살 길을 찾으려 할 테지.

야이간은 살수다. 살수처럼 살수를 잘 아는 사람도 없다. 자신이 비록 섬전신도라는 소리를 듣고는 있지만 살수에 대해서는 많이 알지 못한다.

무공으로 겨룬다면 '쥐새끼'에 불과한 놈들이지만, 숨어서 도망 다니는 데는 당할 재간이 없다.

살수들의 특성을 잘 안다는 이유, 야이간을 살려준 이유다.

과연 생각이 옳았다.

놈은 아무도 뚫을 생각을 못하던 비적마의의 틈을 찾아냈다.

한 치 앞을 보지 못하는 것이 인간이다.

자신의 앞날이 어떨지는 하후 가주 본인도 모른다. 또한 모르기는 야이간이라는 작자도 마찬가지다. 놈은 살문이 지상에서 사라지는 순간 자신의 목숨이 끊어지리라는 사실을 짐작도 못할 게다.
 '아마도 지금쯤 소림 오선사가 길을 뚫고 있을지도……'
 그런 생각이 들자 하후 가주는 마음이 조급해졌다.
 무슨 일이 있어도 자식의 얼굴 가죽을 뒤집어쓴 살문주와 혈영신마만은 자신의 손으로 요절을 내고 싶었다.
 "음, 여기군."
 하후 가주는 문도 세 명이 비적마의에게 물려 고통스러워하던 장소를 다시 밟았다.
 비적마의는 보이지 않았다.
 보통 개미보다 열 배가량 큰 놈들이지만 공격할 때 이외에는 도대체 모습을 드러내지 않는다.
 "열 번입니다. 숨 열 번 고를 시간밖에는 없습니다."
 야이간은 다시 한 번 확인했다.
 "곧 알게 되겠지."
 하후 가주는 냉랭했다.
 길이 오 장, 넓이 오 장.
 꾸깃꾸깃 접혀 있던 거대한 광목이 조금씩 반듯한 모습을 드러냈다.
 하후가의 무인 두 명은 무거운 철추가 달려 있는 광목 끝 자락을 잡고 광목이 평평하게 펴질 때까지 걸어갔다.
 광목은 초록색으로 물들였다.
 조금이라도 비적마의의 신경을 덜 건드리려면 색깔을 풀색으로 맞춰야 한다.
 하후 가주가 한쪽 끝에 물러서 있던 무인을 쳐다보자 그가 양손을 모아 포권지례로 대답했다.

"던져!"

휘익……!

하후 가주의 명이 끝나기 무섭게 철추를 잡고 있던 무인 두 명이 철추를 집어 던졌다.

탁! 탁!

철추는 목표로 삼은 나무둥지를 정확히 가격했다.

철추를 따라 허공을 펄럭인 광목이 넓게 펼쳐졌다.

"하나!"

한쪽 끝에 물러서 있던 무인이 수를 헤아렸다.

"소생이 먼저!"

야이간은 먼저 시범을 보여 안전함을 확인시켜 줄 의무가 있다.

야이간은 망설임없이 신형을 띄웠다.

토끼 오십 마리를 소비한 끝에 알아낸 방법이다. 그 후 또 오십 마리를 가져와 확인을 거듭했다.

야이간은 자신의 방법에 확신을 가졌다.

휘익!

야이간의 신형이 멋지게 허공을 갈랐다.

무림인이라면 누구나 한번 견식하고 싶어하는 곤륜파의 비전무공 운룡대구식이다.

'비조번운(飛鳥飜雲)… 실력의 삼 할은 숨기고…….'

완벽한 비조번운은 허공에서 신형을 세 번 뒤집는다.

야이간은 두 번 뒤집었다. 그리고 힘에 부친 듯 떨어져 내렸다. 넓게 펼쳐진 광목 위다.

'제발! 제발 아무 일 없어라. 이놈들아, 성잘나더라도 조금만 참아라.'

몇 번이고 확인해 보았지만 직접 몸으로 부딪치기는 처음인지라 불안감이 가시지 않았다.

사실 그는 사람으로 확인해 본 적이 있다.

장삼(長衫)을 넓게 펼친 다음 그 위로 토끼를 날라 온 인부 한 명을 집어 던졌다.

숨 열 번 고를 시간은 그때 찾아냈다.

장삼에 깔린 비적마의는 숨 열 번 고를 동안 압사라도 당한 듯 잠잠했다. 그러나 열한 번째 숨을 고르자 갑자기 장삼 자락이 뜯어지며 비적마의가 날아올랐다.

장삼이 덮이는 순간 일개미들이 달려들어 옷자락을 갉아낸 것이다.

싸움개미들은 네 방향에서만 달려들던 놈들이 억눌린 화풀이를 하는 듯 십여 마리나 달라붙었다.

인부의 몸에는 밧줄을 묶어놓았었다.

비적마의의 존재 여부만 파악하고 곧바로 꺼내줄 심산이었다.

많은 군웅들이 횃불처럼 눈을 밝히고 있는 마당에 살인은 너무 위험하다.

그러나 구하지 못했다.

밧줄을 끌어당기자 제 영역을 벗어나지 않던 비적마의가 먹이를 놓치지 않겠다는 듯 쫓아왔다. 인부를 공격하던 열 마리뿐이 아니다. 그놈들뿐이라면 검으로 베어내기라도 하련만 어디서 나타났는지 새카맣게 무리를 이룬 개미 떼들이 날아들었다.

'나무꾼이 길을 잘못 들어 죽었을 수도…….'

그렇게 생각하자 마음이 편해졌다.

야이간은 다른 인부들에게 은자를 넉넉히 쥐어주었다. 당근이다. 당근을 주지 않으면 따라오지 않는 게 사람이다. 인부가 죽은 일을 토설하면 가족까지 모두 죽인다는 협박도 했다. 채찍이다. 채찍으로 때리지 않으면 머리끝까지 기어오르는 것 또한 사람이다.

그들 모두를 죽여 버리는 것이 화근을 뿌리째 뽑는 제일 좋은 길이겠지만 군웅들이 인부를 데리고 산으로 올라가는 모습을 봤으니 그럴 수는 없었다.

이곳에 당도하면서도 야이간은 인부의 시신이 있을 줄 알았다.

하지만 시신은 보이지 않는다.

그새 비적마의에게 모두 뜯겨 먹힌 것일까?

그러고도 남을 놈들이다, 토끼가 먹히던 광경을 되새겨 보면.

야이간은 광목을 밟자마자 곧바로 신형을 띄워 올렸다.

"둘!"

수를 헤아리던 무인이 두 번째 음성을 토해냈다.

'제일 먼저 뛰어넘는 사람이 제일 유리하지.'

야이간은 오 장 넓이의 광목을 그야말로 숨 한 번 들이키지 않고 뛰어넘었다.

언제 비적마의가 날아들지 몰라 가슴이 새알만하게 오그라들었다.

비적마의는 날아들지 않았다.

"셋!"

수를 헤아리는 소리가 신호라도 되는 듯 하후가 무인들이 일제히 신형을 띄웠다.

하후가 무인들 대부분은 비적마의가 무엇인지 모른다.

비적마의에게 당한 무인에게서 날개 달린 개미에게 물리면 어떤 고통을 당하는지 들었지만 마음속으로는 반신반의(半信半疑) 상태다.

물린 무인들의 말을 믿지 못하는 것은 아니다.

믿기는 하지만 도저히 믿을 수 없는 말이라 '과연 그런 일이…' 하는 마음이 싹터 있을 뿐이다.

하후가 무인들은 야이간이 그랬던 것처럼 광목을 밟자마자 다시 신형을 띄웠다.

산을 오르기 전에 야이간에게 들었다.

비적마의가 광목을 뚫고 솟구친다는 것을. 그리고 그때에는 천하장사라도 물리지 않을 수 없고 구할 수 없다는 것을.

"일곱!"

일곱이란 수는 헤아릴 필요도 없었다.

근 백여 명에 광목을 뛰어넘는 데 겨우 숨 세 번 고르는 시간밖에 필요하지 않았다.

야이간은 비적마의가 날아오르는 범위를 알고 있다.

일순 그는 하후 가주를 죽여 버리고 싶은 충동을 느꼈다.

아주 좋은 기회다.

다른 것은 다 이야기했으면서 비적마의가 날아오르는 범위를 이야기해 주지 않은 것은 이 기회에 하후 가주를 죽일 수 있다는 마음속 유혹 때문이다.

비적마의는 장삼을 뚫고 나올 뿐만 아니라 장삼 주변을 샅샅이 누빈다. 자신을 덮은 것이 무엇인지 탐색하는 게다.

광목이 넓게 펴져 있지만 비적마의는 광목을 뚫고 솟구칠 뿐만 아니라 광목 주변으로도 새어 나온다.

하후 가주와 하후가 무인들은 광목 주변에 서 있다.

'이대로 가만히 두면…….'
야이간은 망설였다.
하후가 무인 몇 놈쯤은 일격에 때려눕힐 자신이 있다. 하후 가주를 비롯하여 몇몇 놈만 사라진다면 나머지는 문제도 되지 않는다. 비적마의를 잘만 이용하면 뜻밖에도 쉽게 죽일 수 있다.
그런 후 자신은 어디 한적한 곳에 숨어 싸움이 끝날 때까지 기다리면 된다.
하후가 무인들은 살문에 당한 것이 되고.
군웅들이 살문을 과대평가하고 있는 이상 하후가 무인들이 살문에 당했다고 해도 의심을 사지 않으리라.
구파일방 장로들은 염려하지 않아도 된다. 그들은 회개하는 자를 용서한다. 하후 가주와 같이 살수들에게 철천지원한이 있는 자만 피하면 된다.
엄청난 유혹이다.
"여덟!"
여덟이 세어졌다.
비적마의는 아직 조용하다. 폭풍 전의 고요다. 광목이 뜯어지는 소리도, 날개를 허우적거리는 소리도 들리지 않는다.
그러다가 갑자기, 기습이라도 계획했다는 듯 수십, 수백, 수천 마리가 날아오른다.
'성공할 수 있을까? 하후 가주, 이놈만 죽어 자빠져도 한결 수월할 텐데…….'
하후가 무인들은 무릎을 땅에 대고 허리를 낮게 숙인 채 사방을 경계하고 있다. 혹시나 있을지도 모를 살문의 암습에 대비하는 게다. 자신들의 숨통을 끊을 마물(魔物)이 지척에 있는지도 모르고.

그중 몇 명은 절벽으로 다가가 결을 살피고 있다.

화산파 매화검수가 살문 살수들을 절벽까지 밀어붙인 사실은 팔부령에 모인 사람들이라면 모르는 사람이 없다. 살문 살수들이 절벽을 기어 올라갔다는 것도.

하후가 무인들은 같은 방법을 생각하고 있다.

그들은 살문 살수들이 어떤 방식으로, 어떤 결을 타고 올라갔는지 찾고 있다.

'아직은……'

야이간은 내심 고개를 저었다.

하후 가주를 죽일 수 있는 좋은 기회이기는 하지만 결정적으로 비적마의에게서 살아남은 놈들의 합공을 물리칠 자신이 없었다.

무공에 자신이 없는 것은 아니지만 어떤 놈이 살아남을지 모르는데, 하후 가주가 살아남을지도 모르는데…… 하후 가주의 무공은 견식해 봤지 않은가.

모험을 할 필요는 없다.

'아직은 아냐.'

"아홉!"

아홉수가 세어졌다.

"모두 광목 주변에서 물러나요! 광목을 덮으면 비적마의의 활동 범위가 넓어져요!"

하후 가주가 무표정한 얼굴로 힐끔 쳐다봤다.

야이간은 그 얼굴 모습이 '네놈이 그럴 줄 알았다'는 말로 들려 얼굴이 화끈 달아올랐다. 하지만 내심을 겉으로 드러낼 정도로 어리석지는 않다.
 그는 절벽에 온 신경이 곤두선 사람처럼 곧바로 시선을 돌렸다. 절벽으로.

                    *   *   *

 팔부령에는 현정 도인도 짐작하지 못하는 무인들이 모여 있었다.
 그들 거취는 개방도의 눈에 띄었으나 무불신개에게 보고되지는 않았다.
 그들이 팔부령으로 스며들었다.
 그들의 신형은 무척 날렵했다.
 하후가 무인들도 한결같이 고수들이지만 신비의 인물들에 비하면 굼벵이로 비쳐진다.
 감탄이 절로 새어 나올 만큼 빠르고 가벼운 신법들이다.
 그들은 소림 오선사가 올라간 길과는 정반대 쪽으로 올라섰다.
 산짐승의 발걸음도 닿지 않은 험준한 산령이다. 길이 없는 원시림이라 발걸음 하나를 움직이는 데도 새로 길을 내야만 한다.
 길이 있기는 하다.
 일차로 개방도들이 길을 내었고 이차로 무림군웅들이 길을 냈다.
 제이로(第二路).
 일차 살문 공격 때 제이로로 선정된 곳이다.
 살아 있는 모든 것의 발걸음을 거부하는 지형이지만 그래도 길은 존재한다.
 "으흠, 여기군."

손이 솥뚜껑만하게 큰 사내가 말했다.

얼굴을 알아볼 수 없었다.

일단의 무인들은 모두 검은색 복면을 썼고 옷도 검은색, 신발도 검은색… 검은색 일색이었다.

사내가 말한 주변은 유독 빨간색으로 칠해진 나무가 많았다.

비적마의가 날아오른 곳을 제이로 무인들이 표시해 둔 것이다. 혹, 산에 오를지도 모를 약초꾼을 위해서, 나무꾼, 사냥꾼을 위해서. 그들은 나무에 붉은 칠을 하면서도 이곳으로 또 다른 무인들이 들어서리라고는 생각하지 못했다.

제이로는 무인이라도 숨이 턱에 닿을 만큼 너무 험하다. 비적마의까지 있고 완전히 공격에 실패한 공격로다. 차후 제이로를 또 타게 될 일은 없을 게다.

그러나 그들 생각은 틀렸다.

일단의 무인들이 제이로를 타기 시작했고 비적마의가 있는 곳까지 이르렀다.

"너무 가파른데."

젊은 음성이다.

"비적마의가 뚫지 못한다는 믿음만 있으면 돼. 믿음이 있으면 서둘지 않게 되니까 호흡이 흩어질 리는 없지. 서둘면 호흡도 흐트러지고 비적마의에게도 당하게 돼. 침착하면 되는 거야."

젊은 음성을 뒷받침한 음성도 젊다.

먼저 음성이 낭랑하면서 젊다면 뒤에 음성은 조금 묵직해 든든한 느낌을 주면서 젊다.

일단의 무인들은 등에 짊어지고 온 것을 내려놓았다.

그들 역시 건장한 사내들이지만 등에 짊어지고 온 것도 자신들 덩치 못지 않게 컸다.

보따리를 풀자 누런 가죽이 모습을 드러냈다.

무인들은 이미 연습을 해본 듯 능숙한 솜씨로 가죽을 뒤집어썼다.

"한 놈도 살려주지 마세요."

"그건 장담할 수 없어. 우리가 모두 죽으면 놈들이 살아 있을 테니까. 하지만 약속하지. 우리 중 한 명이라도 살아서 다시 만난다면 놈들이 모두 죽은 거야."

앳된 여인의 음성에 낭랑한 대답이다.

"죽일 때 검을 한 번 더 날려줘요, 내 몫까지."

"그러지. 한 번 더 검을 날리지."

이번에도 여인 음성이만 대답은 탁하다.

여인의 음성은 젊기는 한데 어쩐지 처연한 느낌을 준다.

여인들은 굵은 바늘을 꺼내 가죽을 꿰매기 시작했다.

사내들이 뒤집어쓴 가죽.

터진 부분은 곧 봉합되었다. 바느질 솜씨가 뛰어난 여인이라도 가죽을 꿰매기는 쉽지 않을 터인데 여인들은 꼼꼼하면서도 빨리 꿰맸다. 마치 태어나면서부터 가죽을 꿰매온 여인들처럼.

머리끝부터 발끝까지 누런 가죽으로 뒤집어쓴 사내들은 굼벵이처럼 느리게, 천천히 기어갔다.

전신을 이용해 기어가는 모습이 기이하기까지 했다.

옆에 누가 있어 이 광경을 본다면 세상에 기이한 일도 다 있구나 하는 생각을 했을 게다.

복면을 한 여인이 봇짐을 풀러 소검(小劍)을 꺼내 들었다.

소검에는 미리 준비해 온 듯 고기가 꽂혀 있다.

모든 상황을 예측하고 준비한 듯 치밀하기 이를 데 없다.

쉬익!

소검이 날아가 나뭇등걸에 박혔다.

잠시 후 '위잉!' 하는 소리가 들리며 날개 달린 개미 네 마리가 소검에 매달린 고기를 공격했다.

여인은 또 다른 소검을 꺼냈고 같은 행동을 반복했다. 그러던 어느 순간,

"삼 장 정도네요. 폭이 생각 밖으로 좁아요."

여인은 나무에 박힌 소검을 뚫어지게 응시하며 말했다.

제일 마지막에 던진 소검에는 비적마의가 반응하지 않는다. 먼젓번보다 이 척 정도 멀리 던졌는데.

여인은 비적마의가 반응한 소검과 반응하지 않은 소검 중간 부분에 하나 더 던져 볼까 하는 생각을 했다가 그만두었다.

그래 봤자 일 척 거리다.

거리 일 척을 앞당기느니 안전거리를 늘리는 것이 낫다.

위이잉! 위잉……!

비적마의가 날아올랐다.

날개 달린 개미는 땅 위에서 꿈지럭거리는 미지의 물체를 한 치의 오차도 없이 공격했다.

공격이 실패하기에는 덩치가 너무 크다.

놀라운 일은 바로 뒤에 벌어졌다.

비적마의와는 전혀 다른 개미들이 나타났다. 검은 개미이기는 하지만 보통 땅에서 보는 개미보다 훨씬 작다. 깨알만하다고 해야 하나?

작고 새까만 개미들… 그 개미들이 누런 가죽을 휘감았다.
개미가 사람이 든 가죽을 휘감을 리 없건만 너무 많은 개미들이 달려들어 일시 휘감는 듯한 착각이 들었다.
그것뿐이 아니다.
깨알만한 개미들을 추적할 수는 없지만, 누런 가죽 사이로 파고드는 듯하지 않은가.
그리고 보니 땅바닥에는 작은 개미들로 가득하다.
발걸음을 떼어놓기만 하면 발목을 타고 기어올라 전신을 뒤덮을 것 같다.
여인들은 똑같은 생각을 하고 부르르 치를 떨었다.
'이런 말은 못 들었는데?'
뒤에 남은 여인 두 명은 서로의 얼굴을 마주 봤다.
복면 사이로 건네지는 눈빛에 걱정이 가득했다.

 종리추는 혈영신마를 뒤로 물렸다.
 경미하다고는 하지만 내상을 입은 상태로 싸워서는 스스로 승산을 깎아먹는 결과를 낳는다.
 '빠른 승부. 그래, 미련을 버리자. 오늘 이 순간부터 중원무림과 살문은 길을 달리 하게 되는 거야. 후후, 종리추라는 이름 앞에 천하제일의 마두라는 호칭이 따라다니겠군.'
 혜원이란 불명을 지닌 노승은 네모난 얼굴에 강인한 턱과 두터운 입술을 지녔다.
 첫인상에서 얼마나 강직한지 엿볼 수 있는 노승이다.
 혜원 노승은 긴장했다.
 장문인의 명을 받고 팔부령에 들어설 때부터 살문 살수들을 용서할 생각은 없었다.

명문대파가 살수 문파를 이용하고 있다는 것은 알고 있지만, 등을 돌린 살수 문파는 용납할 수 없다.

살수 청부란 원한이 없으면 하지 않는다.

원한을 쌓는 경우는 정파 무림인들보다 사파 무림인들이 훨씬 많다. 수신(修身)을 근본으로 하는 정파 무인들도 원한을 쌓는다. 악독한 무인들을 제거할 경우, 공명정대한 일이긴 하지만 사파 무인들의 가족들로부터 원한을 받게 된다.

어떤 경우든 세상은 원한이란 것이 존재한다.

명문대파가 살수 문파를 조종하는 것은 그런 의미로 중요하다.

풀어줄 원한은 풀어주고 잘못으로 생긴 원한은 달래고 구스를 수 있지 않은가.

여인이 한에 사무치면 오뉴월에도 서리가 내린다고 한다.

어찌 여인뿐이겠는가. 힘없고 돈 없는 사람들이 지닌 원한 역시 여인의 한에 못지 않으리라.

그들은 어떤 경로를 통해서든 복수를 하려고 한다.

살수 문파는 그들을 조율하는 데 아주 중요한 몫을 한다.

그들의 한을 전부 풀어줄 수는 없지만 일부는 풀어줄 수 있고 상당한 부분은 정파 무인들이 나서야 할 몫을 담당하기도 한다.

자신의 이익과 관련되어서 살수를 청부하는 일도 많다.

그런 경우는 용납되지 않는다.

그래서 더욱더 명문대파가 살수 문파의 움직임을 관찰해야 한다. 살수 문파가 명문대파로부터 떨어져 나가려는 움직임은 절대 용납할 수 없다. 자기들 멋대로 돈을 받고 사람을 죽이는 행위는 인간의 존엄성을 버리고 금수(禽獸)로 전락한 것이나 진배없다.

혜원 노승은 강직한 인상답게 손속이 매우 매섭다. 하지만 그의 마음은 더욱 매섭다.

'내가 지옥에 들어 만인을 구할 수 있다면 그렇게 하리.'

수많은 사찰 중에서도 소림사에 출가한 것도, 소림사에서도 무승이 되어 무공을 닦은 것도, 무공을 수신의 방법이 아닌 징계의 도구로 생각하는 것도 매서운 마음이 스며 있기 때문이다.

혜원 선사는 웃었다.

'살수를 펼치시겠다? 이제야 궁지에 몰렸다는 것을 자각했는가. 한심한 미물······.'

종리추의 기세는 좀 전과 판이하게 달랐다.

혜화 선사와 무공을 겨룰 때만 해도 죽음의 냄새가 풍기지 않았다. 하지만 지금은 죽음의 냄새가 풀풀 피어난다. 곁에 다가서기만 해도 죽음의 마수에 이끌려 들어갈 것 같은 느낌이다.

그가 결심했다는 것을 알 수 있다, 소림 오선사를 죽이기로.

혜원 선사는 변화된 종리추의 모습에 조소를 보냈다.

꼭 궁지에 몰린 생쥐가 마지막 발악을 하는 모습처럼 비쳤다.

스르릉······!

날이 시퍼렇게 살아 있는 계도(戒刀)를 뽑았다.

계도가 도집을 벗어나 맑은 공기를 맡은 것이 얼마만인가.

종리추의 무공이 혜화 선사와 버금가지만 않았어도 계도를 뽑아 들지는 않았다. 소림에는 많은 절학이 있고 그중 어느 절학을 사용해도 절정마두를 제거할 수 있다.

혜원 선사가 수련한 공부도 무려 십여 종에 이른다.

하나같이 무의식 중에 절정으로 쳐낼 수 있을 만큼 고절한 수준으로 수련했다.

그러나 소림 무공에는 자비가 깃들어 있다.

무공이란 것이 살상력을 빼고는 논할 수 없는 것이지만 가능한 살상을 자제하도록 요구한다.

그런 요구는 무승이 호흡법을 배울 때부터 시작된다.

강한 무공을 익히되 싸움에 임해서는 적을 죽일지 말지를 재삼 숙고하도록 강요받는다.

나한권을 익히면서도, 달마십삼검을 수련하면서도 모든 무공을 수련하는 과정에, 초식이 이어지는 중간중간에 강약을 조율하는 수련을 한다. 상대를 살상시킬 경우에는 강하게, 제압이 목적이라면 약하게 쳐내도록.

무공이란 것을 접하는 순간에 몸에 익힌 습관은 평생을 간다.

반드시 죽여야 할 대마두와 싸울 경우에도 소림승은 살상보다는 제압을 먼저 생각하게 된다. 그릇된 자비다. 죽여야 할 자는 망설임없이 죽여야 하는 것을. 하지만 몸에 붙어 있으니 자신도 모르게 그런 생각이 우러나온다.

멸귀도법(滅鬼刀法)은 다르다.

자비란 생각할 수 없다.

'귀신을 멸한다'는 도법명(刀法名)처럼 강한 살상을 목적으로 한 도법이다.

적의 일격에 목숨을 잃을 수도 있는 지근 거리까지 파고들어 단 일도에 승부를 낸다. 위험천만한 거리로 파고들었으니 제압을 신경 쓸 겨를이 없다.

기본공(基本功)을 수련할 때부터 몸에 붙인 습관을 떼어내기 위해 극

단적인 방법을 선택한 무공이 멸귀도법이다.
 전개하면 반드시 적을 쓰러뜨려야 하는, 불가의 자비가 스며 있지 않은 도법.
 혜원 선사는 멸귀도법을 펼치기로 작심했다.

 종리추는 여전히 바위 위에 선 채 내려올 생각을 하지 않는다. 약간의 지리적인 이점이라도 놓치지 않으려는 것처럼 보인다.
 확실히 종리추는 혜원 선사보다 더 나은 위치를 점하고 있다.
 타타타닥! 쉬익……!
 혜원 선사는 한달음에 거리를 좁혔다.
 기껏해야 큰 걸음으로 예닐곱 걸음밖에 되지 않던 거리다.
 혜원 선사는 속전속결을 원했고, 그리 멀지 않은 거리지만 불영선하보(佛影仙霞步)까지 전개해 촌각의 여유조차 빼앗았다.
 바위 밑 부근에 이른 혜원 선사는 신법을 전개하던 기세 그대로 힘껏 도약했다.
 계도는 이미 멸귀도법의 궤적을 그려냈다.
 멸귀도법은 특정한 초식이 존재하지 않는다.
 무공을 수련하여 얻은 감각을 최대한 이용한 도법이다. 허점을 파악하고 단숨에 달려들어 베어낸다.
 삼류무인조차도 알고 있는 무리(武理)로 형성된 도법.
 무공을 배우지 않은 파락호도 알고 있는 싸움 방법이다.
 허점을 파악하고 달려들어 베어낸다는데 이기지 않을 사람이 어디 있으랴.
 멸귀도법이 소림 칠십이절에 포함된 것은 그것 때문이다.

상대의 솜털이 움직이는 것까지 관찰할 수 있는 안공(眼功)이 필요하다. 아무리 완벽해 보이는 것도 뚫어지게 응시하면 허점이 보인다. 상대의 움직임을 능가하는 신법이 필요하다. 철갑을 뒤집어쓴 거북이라 해도 빠른 사람에게는 허점이 드러난다.

발경을 최대한 짧게, 그리고 강하게 펼칠 수 있는 무공도 필요하다. 분명히 있을 상대의 반격을 피해낼 감각도 필요하다. 상대를 베어낸 후에라도 반격에 당한다면 절정무공이라고 할 수 없다.

멸귀도법은 무인이 수련해야 할 모든 공부를 구비한 후에야 펼칠 수 있는 총체적인 무공이다. 무공을 배우지 않은 파락호도, 삼류무인도 알고 있는 근본적인 승리의 방법을 무공으로 옮긴 도법이다.

혜원 선사는 석상처럼 바위에 붙박여 있는 종리추를 보았다.

허점이 분명히 보인다.

세상에 허점없는 인간은 없다. 노련한 경험과 높은 무공으로 가리고 있을 뿐 허점은 존재한다. 두 팔과 두 다리로 몸 전체를 가릴 수는 없다.

종리추도 많은 허점을 드러냈다.

혜원 선사는 계도를 뽑을 때부터 허점을 보았고 그중에서도 복부를 노렸다.

아래에서 위로 솟구치며 쳐낸 계도는 종리추의 다리를 자르고 복부까지 저밀 것이다.

혜원 선사는 그야말로 눈 깜짝할 사이에 지척에 이르렀고, 도광(刀光)을 쏟아냈다.

인간의 움직임을 벗어난 빠르기였다.

종리추가 움직인 것은 그때다.

허리춤에서 무엇인가를 꺼냈다 싶더니 팔을 쭉 뻗었다. 그리고는 계도를 피해 허공으로 몸을 띄웠다.
종리추의 움직임도 육안으로 살필 수 없을 만큼 빨랐다.
빠악!
무엇인가 으깨지는 소리가 터진 것도 그때였다.
또 다른 소리도 들렸다.
혜원 선사의 신형이 달려들 때와 버금갈 속도로 추락했고 '쿵!' 소리를 내며 거칠게 떨어졌다.
"엇!"
"앗!"
지켜보던 팔선사의 입에서 경악이 터졌다.
혈영신마도 종리추가 암기를 던질 줄은 생각하지 못한 듯 깜짝 놀란 표정을 지었다.
휘익!
혜화 선사가 한달음에 달려와 혜원 선사를 부둥켜안았다.
다른 노승 두 명이 일시에 달려들어 선장을 꼬나 들었다. 이어질 공격을 차단하는 목적을 둔 행동이다.
혜원 선사의 이마에서 붉은 핏물이 주르륵 흘러내렸다.
눈을 부릅뜬 채 도저히 믿을 수 없다는 표정을 지으며 끊임없이 피를 흘렸다.
혜원 선사를 안아 든 혜화 선사의 승포가 붉게 물들었다.
절명이다.
사인은 암기에 이마를 격중당한 것.
격중당한 즉시 절명했다. 깨끗한 솜씨다. 무섭도록 잔인하고 매정한 손속이다.

"허허허! 허허허허! 아미타불! 나무관세음보살! 허허허!"

혜화 선사가 웃어 젖혔다. 그러다가 말했다.

"하오문의 무공…… 허허허! 멸귀도법이 겨우 하오문의 무공에 꺾일 줄이야. 허허허! 한성천류비결 제오공(第五功) 일비살광(一匕殺光). 허허허! 하오문주가 직접 시전했어도 이렇지는 않을 것을."

혜화 선사는 촉망 중에도 종리추의 무공을 정확히 알아봤다.

종리추가 던진 암기는 단 한 개다.

암기는 혜원 선사의 이마를 꿰뚫고 들어가 머리 속에 박혔다. 형체가 전혀 보이지 않게 완전히 틀어박혔다. 머리 뒤쪽으로 빠져나오지도 않았다. 암기는 머리 속 한가운데 자리 잡았다. 침(針)과 같은 작은 암기가 아니라 손가락 굵기만한 비수가.

혜화 선사의 얼굴에 어두운 그림자가 덮였다.

단순한 살수가 아니라 평생 한 번 만나볼까 말까 한 최대 고수를 만났다는 느낌이 등골을 서늘케 했다.

표적이 고정되어 있다면 비수를 틀어박을 수 있다. 자루까지 완전히 함몰시킬 수 있다. 표적이 이동한다면 조금 어렵다. 그러나 소림 오선사 같은 고수들에게는 그리 어렵지 않다.

격전 중이라면 어렵다.

상대는 움직일 뿐만 아니라 방어까지 한다. 그런 마당에 머리에 틀어박힐 만큼만 적당한 세기(細技)로 암기를 던져 낸다는 것은 부단한 수련을 통해서만 가능하다.

상대가 혜원 선사같이 초일류고수라면 불가능에 가깝다.

특히 멸귀도법은 쾌도(快刀) 중의 쾌도다.

전신 감각도 모두 일깨워 놓았다. 웬만한 암기쯤은 피하고도 남는다. 암기의 명문인 사천(四川) 당문(唐門) 문주라 해도 이런 식으로 암기를 던져 낼 수는 없으리라.

혜원 선사가 암기에 당했다는 사실이 놀랍다. 암기를 던져 내면서도 세기를 가늠할 만큼 뛰어난 무공이 두렵다.

혜화 선사는 부르르 치를 떨었다.

혜화 선사의 뒤에는 제일 처음 종리추와 접전을 벌였던 혜광 선사가 있었다.

혜광 선사는 죽은 혜원 선사에게 일별을 던진 후 줄곧 종리추만 노려봤다.

그가 말했다.

"놀라운 일비살광이오. 차라리 촌음살광(寸陰殺光)이라는 편이 더 낫겠소. 허허허!"

종리추의 무공을 알아본 사람은 혜화 선사만이 아니었다.

"하오문 같은 잡문(雜門)의 무공으로 소림 무공을 응대하다니……. 시주, 이번에는 빈승이 상대하리다."

종리추가 말했다.

"얼마든지."

혜광 선사는 일비살광에 대비했다.

그는 일비살광 위에 일수비백비가 있다는 것도 안다.

일비살광은 비수 하나를 던지는 것이지만 일수비백비는 무려 백 개나 되지 않는가.

종리추가 일비살광을 전개하는 식으로 일수비백비를 전개한다면 목숨이 열이라도 부지하지 못한다.

혜광 선사는 죽음을 각오했다.
각오라는 말도 사치다. 이런 경우에는 틀림없이 죽는다. 방금 전에 전개한 일비살광을 보건대 일수비백비도 최고조로 연성했다. 단언해도 좋다.
목숨에 미련은 없다.
육신이란 살과 기름과 물로 된 껍데기에 불과한 것. 만물이 소생하면 스러지는 것 또한 피해가지 못할 숙명이다.
세상에 태어나서 실컷 불도에 전념해 봤으니 여한은 없다.
혜광 선사는 다른 죽음도 떠올렸다.
소림 오선사로 추앙받던 사형제들이 죽음의 냄새를 맡고 있다.
멸귀도법을 깨뜨린 암기술이라면 적어도 두어 명쯤은 더 죽일 수 있을 게다.
그것만은 막아야 한다.
살수 한 명 죽이는 데 혜원 선사와 자신의 죽음이면 대가는 넉넉하게 치러준 게다.
혜광 선사, 자신의 어깨에 사형제들의 목숨이 걸려 있다.
혜광 선사는 선장을 버리고 양손을 모아 합장했다.
평생 동안 수련해 온 반야신공(般若神功)을 극성으로 끌어올렸다. 그리고 눈을 반개(半開)한 채 종리추의 쳐다봤다.
종리추의 머리 속으로 들어가려고 노력했다. 그의 생각을 읽기 위해 눈동자의 움직임까지 놓치지 않고 관찰했다.
'일비살광! 역시 이마!'
혜광 선사의 직감은 자신의 죽음과 혜원 선사의 죽음을 동일한 선위에 올려놓았다.

똑같은 죽음이 되풀이될 것이다.

일반적으로 다수의 적과 싸울 때 같은 무공을 두 번 펼치지는 않는다. 지닌 밑천이 모두 떨어져 다른 무공을 펼칠 수 없을 때가 아니면 절대 눈에 익힌 무공을 펼치지 않는다.

하지만 종리추는 똑같은 무공을 펼치려고 한다.

오만함인가, 자신감인가.

"나무관세음보살!"

혜광 선사는 마지막으로 불호를 외웠다.

세상에서 입 밖으로 내는 마지막 소리가 될 게다.

쉬익!

혜광 선사는 혜원 선사가 그랬던 것처럼 불영선하보를 펼쳐 바위 위로 솟구쳤다. 두 손은 여전히 가슴 앞에 합장한 채였다.

손을 뻗으면 종리추의 어깨를 붙잡을 수 있을 만큼 가까이 다가섰을 때,

쐐에엑!

종리추의 왼손이 번개처럼 추켜올려졌다.

순간 혜광 선사는 합장한 손을 활짝 펼쳐 앞으로 쭉 내밀었다.

무엇인가 검은빛이 번쩍였다.

반야신공을 실은 오른손이 화끈거렸다. 그러나 왼손은 아무런 통증도 느껴지지 않았다.

갑자기 눈앞이 확! 하니 밝아졌다. 세상이 모두 꽃밭이다. 영롱한 무지개로 가득하다.

혜광 선사가 펼친 무공은 철심수(鐵心袖)다.

승포의 널따란 소맷자락을 이용한 무공으로, 상대는 일시 시야를 빼앗기게 된다. 뿐만 아니라 소맷자락 자체가 가공할 병기로 머리라도 맞는 날에는 둔탁한 병기에 맞은 것처럼 으깨져 버린다.

내기사수(內氣射袖).

손에 들고 있는 병기나 물체에 내기를 방사하여 굳강하게 만드는 기공(奇功)으로, 역시 소림 칠십이종절에 중 하나다.

종리추가 던진 비수는 혜광 선사의 오른손을 뚫고 지나가 이마에 격중되었다.

혜광 선사는 즉사했다.

몸은 죽었다. 적어도 혜광 선사의 죽음은 몸과 영혼을 분리해서 말해야 한다.

비수에 이마를 관통당한 혜광 선사는 즉사했지만 혜원 선사처럼 떨어져 내리지는 않았다.

혜광 선사의 준비는 죽음 후에 시작되었다.

반야신공이 실린 불영선하보는 죽은 육신을 계속 치달리게 만들었다. 쌍장(雙掌)도 뻗어냈다. 방어를 도외시하고 오로지 공격에만 집중시킨 반야신공은 육신이 죽은 후에도 제 할 일을 계속했다.

지속 시간은 촌각에 불과하지만 그 정도면 충분하다. 몸이 밀접되어 있으니까.

종리추는 당연히 장법을 전개한 줄 알았다.

일장을 피하고 다른 일장은 일비광살로 장심(掌心)을 뚫어 위력을 죽였다.

종리추에게는 끝난 싸움이나 혜광 선사에게는 시작인 싸움.

퍼억!

철심수, 혜광 선사의 소맷자락은 여지없이 종리추의 가슴을 가격했다. 아니, 휩쓸고 지나갔다.
"으음……!"
종리추가 신음을 토해냈다.
무공을 익힌 이후 처음으로 경험한 타격이다.
눈에 불똥이 튀고 가슴이 미어졌다. 숨이 콱 막혔다. 두 다리에 힘이 풀리면서 전신이 마비되었다.
혜광 선사의 전신 진기가 모두 실린 철심수를 육신으로 감당해 낸다는 자체가 어불성설이다.
경험 부족이다. 많은 무공을 알고 있지만 모든 무공을 알 수는 없다. 만일의 경우를 항상 대비했지만, 불의의 일격에 당할 가능성은 항상 상존한다.
종리추는 진기를 끌어냈다.
육신이 말을 듣지 않으니 하단전을 열 수 없다. 열리지 않는다. 단전에 쌓인 진기를 전신에 고루 유포하여 혈맥이 원활히 유통되도록 해야 하는데 되지 않는다.
다행히도 종리추에게는 금종수의 진기가 있다.
도가의 무공으로만 추측될 뿐 무슨 무공인지 이름도 모르는 무공은 상단전으로 열린다. 의념(意念)을 모으면 미간(眉間)이 열리고 외기(外氣)가 흡수된다.
변검 사부가 가르쳐 준 미지의 무공도 있다.
중단전, 마음의 밭은 상단전과 연계되어 있어 상단전이 열리면 중단전이, 중단전이 열리면 상단전이 따라서 활동한다.
상단전으로 밀려든 외기가 구궁(九宮)을 휘감았다.

중단전도 넓혀져 탁한 마음이 물러나고 편안한 마음이 되었다.
"우욱!"
종리추는 토악질을 했다.
입으로 탁기(濁氣)를 내뱉는 것이었으나 너무 급작스럽게 내뱉는 바람에 토악질을 하는 것처럼 비쳐졌다.
멀미를 하듯 울렁거리던 가슴이 차분히 가라앉았다.
상단전과 중단전이 움직이자 요지부동이던 하단전도 움직이기 시작했다.
진기가 돈다.
세상이 바로 보이고 마비되었던 사지에 힘이 들어갔다.

"주공!"
혈영신마는 바위에서 떨어질 듯 휘청거리는 종리추의 모습을 보자 고함을 버럭 질렀다.
혜광 선사의 소맷자락이 종리추의 가슴을 휩쓰는 순간, 혈영신마는 종리추가 왜 진작 물러서지 않았는지 의아했다. 그러나 곧 사태를 깨달았다.
종리추는 뛰어난 지혜, 뛰어난 무공, 든든한 뱃심을 지녀 나무랄 데 없지만 경륜이 부족하다.
아무래도 실전 경험에서는 종리추보다 자신이 앞선다.
자신 같았으면 혜광 선사가 사정 거리 안에 들어왔을 때 암기를 던졌을 게고, 혜광 선사가 득달같이 달려들 때 뒤로 물러섰으리라.
똑같은 무공을 전개한 것도 실수다.
절대적인 자신이 있으니 같은 무공을 전개했겠지만.

통하면 효과는 크다.

절대로 깨지지 않는 무적의 무공이 탄생한다.

하지만 소림 오선사 같은 초일류고수는 같은 무공에서는 반드시 허점을 찾아낸다.

종리추의 신변이 위태롭다.

운공조식(運功調息)을 취하고 있는 것과 마찬가지 상태다.

지금과 같은 상황에서 누가 공격이라도 가하는 날에는 꼼짝없이 당하고 만다.

혈영신마는 바위를 건너뛰려고 했다. 그러나,

쉬익!

앞에서 날카로운 경풍이 밀려왔다.

후덕한 인상을 지닌 혜지 선사가 감히 무시할 수 없는 장법(仗法)을 전개해 달려들었다.

십팔로항마장법(十八路降魔仗法)이다.

소림 오선사도 기회를 알고 있다.

다른 노승이 종리추를 노리고 먹이를 노린 매처럼 날아올랐다.

◆第八十五章◆
삭혼(索魂)

탁탁! 탁……!

산새소리도 들리지 않는 고요한 적막을 작은 울림이 일깨웠다.

야이간은 절벽 위를 올려다봤다.

절벽에 길을 내고 있는 하후가 무인들이 위태로워 보였다. 금방이라도 떨어질 것 같았다. 절벽에 박아놓은 정(釘)이 툭 빠지면서.

하후가 무인들 중 네 명이 절벽에 매달려 있다.

그들은 용케도 단단한 절벽에서 벌어진 틈을 찾아냈고 정을 박았다. '타탁!' 하고 정 박는 소리가 들린 후에는 그들도 일 척이나 이 척씩 올라갔다.

하후가 무인들은 활도 준비했다.

혹시 절벽 위에서 급습을 펼칠지 몰라 준비했지만 정말 공격해 온다면 속수무책이다. 누가 공격을 한 다음에 화살을 쏘아주십사 하고 기다리고 있겠는가.

급습이 벌어진다면 절벽에 매달려 있는 하후가 무인 네 명은 죽은 목숨이다.

그들은 능숙하게 틈을 찾고 정을 박았다.

'산을 잘 아는 자들이야. 사람이 많으니 온갖 재주꾼이 다 모였군. 어쩐지……'

하후가에게 절벽을 맡긴 것은 우연이 아니라는 생각이 들었다.

하후가의 장원(莊園)에는 수련장이 없다.

무공 수련을 한다고 해봐야 자신의 거처에서 운공을 하거나 뜰에서 초식을 가볍게 수련해 보는 것이 고작이다.

정작 호된 수련은 산에서 한다.

하후가에 입문하고자 하는 사람이 입문을 허락받기 위해 제일 먼저 찾아가야 하는 곳도 산이다.

산에서 체력을 점검하고 무인의 재질을 확인시켜 줘야 한다. 산에서 기본공을 수련하고 하후가의 쾌도(快刀)를 연마한다.

하후가에 들어가 거처를 배정받았다는 것은 무공이 무르익었다는 반증이다.

하후가 무인들이 어떤 산에서 어떤 수련을 하는지는 철저히 비밀에 붙여져 있다. 하산한 무인들은 절대적으로 함구한다. 심지어는 부모나 처자식에게도 입을 열지 않는다.

그것이 하후가를 존속시키는 길이라 믿기 때문이다.

절벽에 매달린 무인 네 명이 다시 이 장 정도 올라갔다.

'종리추, 이놈이 정말 방심하고 있나? 하긴 비적마의가 무섭긴 무서우니까.'

하후가 무인들이 던진 광목은 곳곳이 구멍 뚫려 누더기가 되어버렸다.

하후가 무인들이 돌아가려면 비적마의 저편에 있는 무인들이 전처럼 광목을 던져 줘야 한다.

하지만 똑같은 일이 반복해서 벌어졌을 경우 비적마의가 전처럼 열 호흡 셀 동안 가만히 있으리란 보장은 하지 못한다.

만일을 위해 돌아갈 때 사용할 광목도 준비해 왔지만 돌아갈 생각은 없다.

어떻게든 절벽을 기어 올라가 오곡동을 점거해야 한다. 살문 살수들을 해가 지기 전에 도륙해야 한다.

스슥! 탁탁! 탕!

절벽에 매달린 무인들이 부지런히 손을 놀려 다시 일 장 정도 올라섰다.

그들은 겨우 백여 장을 올라갔을 뿐인데, 밑에서 보기에는 까마득히 높아 보인다.

탁! 타탁……!

다시 정 박는 소리가 울려 나올 때,

쉬익!

절벽 위에서 새 한 마리가 쏜살같이 날아왔다.

새는 아니다. 인영이다. 인영 한 명이 양손에 검을 들고 날개를 활짝 편 독수리처럼 위맹한 기세로 내리박혔다.

'위험!'

야이간은 내심 깜짝 놀랐다.

절벽 위에는 아무것도 없었는데, 활을 든 무인들이 감시의 눈초리를 번뜩이고 있는데 어디서 나타났단 말인가. 절벽에서 날고 있다니 저런 신법도 있단 말인가.

"위험햇!"

"위를 조심햇!"

하후 가주와 하후가 무인들이 동시에 소리를 버럭 질렀다.

절벽에 매달린 하후가 무인 네 명도 상황을 즉시 알아챘다. 밑에서 경고를 해주기 전에 자신들 머리 위에서 맹렬하게 몰아치는 바람의 느낌으로 위험을 감지했다.

도를 뽑아 들었다.

한 손은 절벽에 박아놓은 정을 붙잡고 다른 손으로 도를 잡았다.

신법이라고는 펼칠 수 없는 처지지만, 하늘에서 떨어져 내리는 인영을 베어낼 정도의 무공은 지니고 있다.

쒜에엑……!

절벽 위에서 내리꽂힌 인영은 제일 높이 올라가 있던 무인에게 일검을 날렸다.

차앙!

도와 검이 부딪치며 불똥을 튀겨냈다. 순간 인영의 다른 손에 들려 있던 검이 하후가 무인의 손목을 겨냥했다.

"헉! 으악!"

간신히 일검을 막아낸 하후가 무인은 거의 동시에 펼쳐진 다른 급공을 막아내지 못하고 손목을 잘렸다. 정을 붙잡고 있던 손이다.

'으아악……!'

처절한 환청이 귓전을 울렸다.

하후가 무인은 절벽에서 떨어지는 동안 일절 비명을 토해내지 않았다. 신법을 전개해 절벽에 박혀 있는 정을 붙잡아보려고 노력은 했지만 결국 잡지 못하고 거칠게 떨어졌다.

그는 비명을 지르지 않았다. 하나 입으로 내뱉은 비명보다 더욱 크고 처절한 비명이 모두의 가슴에 틀어박혔다.

쉬익!

절벽에서 모습을 드러낸 살문 살수는 날개 달린 새처럼 허공을 자유자재로 날아다녔다.

그는 하후가 무인을 떨어뜨리기 무섭게 다른 무인을 향해 방향을 틀었다.

휘이익! 쒜에엑! 써걱!

두 번째 무인도 여지없이 떨어졌다.

절벽에 매달려 도법을 펼쳐 내는 데는 한계가 있다. 더군다나 살문 살수는 쌍검을 휘두른다. 공격을 막아내기 위해서는 쌍검을 동시에 막을 수 있는 쾌도가 필요하다.

하후가 무인들이 익힌 무공은 '섬전(閃電)'이라 불릴 정도로 빠른 쾌도다. 하지만 살문 살수에게는 여지없이 밀리고 있다. 그보다 더욱 빠른 쾌도가 필요하다. 섬전보다 더 빠른.

절벽 위로 올라선 하후가 무인들 중 누구도 요행을 바라지 못했다.

그들이 백여 장 높이까지 올라가는 데는 근 한 시진이 소요되었지만 모두 떨어지는 데는 일 다경도 걸리지 않았다.

쿵!

마지막 네 번째 무인이 떨어졌다.

백여 장 높이에서 떨어진 하후가 무인은 갑자기 살이라도 찐 듯 통통 불었다. 전신 혈맥이 모두 터져 부어오른 것이다. 머리가 깨지고 오공(五孔)으로 피를 줄줄 흘려냈다.
 급습을 가한 살문 살수는 다시 허공으로 날아올랐다.
 야이간은 그때서야 살문 살수가 어떻게 허공을 날았는지 알았다.
 살문 살수는 백여 장에서 좀 더 위로 올라간 곳에 몸을 은신하고 있다. 아마도 움푹 파인 곳이 있거나 인위적으로 몸을 숨길 장소를 마련한 것 같다.
 그는 하후가 무인들이 박은 철정보다 훨씬 크고 단단한 철정을 박아놨다. 그리고 거기에 밧줄을 동여맸다.
 그는 밧줄의 탄력을 이용해 하늘을 날아다닌 것이다.
 '기가 막힌 놈이군.'
 상황을 알았으니 대처는 간단하다.
 놈을 베는 것보다 밧줄을 잘라내면 그것으로 끝이다.
 "제가 올라가겠습니다."
 야이간이 대답도 듣지 않고 철정을 붙잡아 비호처럼 절벽을 타기 시작했다.
 하후 가주의 비웃는 듯한 얼굴이 등 뒤에 박혀들었다.

 쉬익! 창창창……!
 첫 번째 공격은 무사히 막아냈다.
 곤륜파의 분광검법(分光劍法)은 속도에 치중한 검이다. 절정에 이르면 빛조차도 반으로 갈라 버릴 수 있다고 한다.
 살문 살수의 쌍검을 막아내는 데는 하후가의 무거운 도보다 야이간의 가벼운 검이 더 효과적이었다.
 '이놈!'

공격은 막아냈지만 야이간도 뜻을 이루지 못했다.

밧줄을 잘라내고자 했지만 상대는 그럴 경우를 대비해 놨는지 좀처럼 틈을 주지 않았다.

야이간이 가까이 다가와서야 살문 살수가 밧줄을 잡고 있지 않다는 것을 알았다. 밧줄을 이용하는 것은 맞았지만 손에 잡고 있는 것이 아니라 몸에 친친 동여맸다.

수련을 참 많이 한 것 같다.

허공에서 절벽을 발로 차 방향을 트는 모습이며, 절벽을 차고 위로 솟구치는 모습이 전혀 부자연스럽지 않다. 능숙하다 못해 신기에 가깝다.

반면에 야이간은 어떤 경우에서든 한 손은 정을 붙잡고 있는 데 써야 한다.

야이간은 살문 살수가 재차 공격하기 위해 방향을 트는 동안 요대(腰帶)를 풀어내 목에 걸쳐 놨다.

쉬익! 창창창……!

살문 살수는 검법도 녹록치 않다.

평지에서 진검 승부를 벌였어도 승부를 장담할 수 없을 만큼 초식의 흐름이 유연하고 빠르다. 검을 부딪칠 때마다 막강한 반탄력에 손목이 시큰거린다.

'운도 좋은 놈. 어디서 이런 자들을 끌어들였을까? 이런 놈들만 내 밑에 있었어도…….'

일면 종리추가 부럽기도 했다.

돈으로 부릴 수 있는 살수 중에 이런 자는 없었다.

두 번째 접전을 끝내고 살문 살수가 허공을 빙 도는 동안 야이간은

삭혼(索魂) 225

목에 건 요대 한끝을 재빨리 철정에 동여맸다. 요대를 잡아당겨 묶여 있는 강도도 확인했다.
'반 장은 날 수 있어.'
살문 살수에게는 큰 변수가 되리라.
쒜에엑……!
다시 검이 날아들었다.
어김없이 쌍검이다. 오른손에 들린 검은 현란하여 공격 방향을 종잡을 수 없는 환검(幻劍)을, 왼손에 들린 검으로는 곧장 내찌르는 직사검(直射劍)을 펼쳤다.
'네놈도 끝이야!'
야이간은 분광검법을 펼쳐 연달아 칠검(七劍)을 쏟아냈다.
창창창창……!
직사검과 부딪칠 때는 손아귀에 찢어질 듯한 압박감이 전해졌다. 환검은 변화를 종잡기가 어려웠다. 분광검법을 착실히 수련하지 않았다면 허초(虛招)에 속아 손목이 잘릴 뻔했다.
휘익!
살문 살수가 세 번째 공격을 무위로 끝내고 물러섰다. 검과 검이 부딪치는 탄력을 이용해서 뒤로 몸을 물리니 약은 놈이다.
쒜에액!
야이간은 살문 살수가 물러선다고 느낀 순간 철정을 놓고 요대를 잡았다. 그리고 신형을 살문 살수처럼 허공에 띄웠다.
살문 살수의 눈가에 경악이 스쳐 갔다.
"차앗!"
야이간은 승리를 읽었다.

기분 좋은 쾌감이 전신을 스쳐 갔다. 그러나 그때,

휘이익……!

야이간은 머리 위에서 심상치 않은 경풍이 이는 것을 감지했다.

'이건 또 뭐야?'

요대를 이용한 공격은 한 번밖에 사용할 수 없다.

다음에는 살문 살수도 그에 대한 대비책을 세워놓고 공격하리라. 하지만… 머리 위에서 일어나는 경풍도 무시할 수 없다.

결국 야이간은 공격을 포기하고 고개를 들어 위를 쳐다봤다.

"엇!"

그는 깜짝 놀랐다.

그의 머리 위로 덩치가 집채만한 거한이 떨어져 내리는 중이었다.

'위험!'

야인간은 위험하다고 느끼자마자 요대를 놓아버렸다.

쒜에엑……!

철심이 울툭불툭 박혀 있는 낭아추(狼牙鎚)가 머리 위를 스쳐 갔다.

소름이 오싹 끼쳤다. 지옥 문턱에 발길을 들여놓은 기분이다.

머리 위를 스쳐 간 낭아추는 허공을 빙글 돌아 장한의 수중으로 빨려 들어갔다. 또한 일격을 끝낸 장한은 어느새 자신이 은신해 있던 곳으로 돌아가 숨어버렸다.

햇빛에 반사된 은잠사의 광채가 하늘거렸다.

그런 것을 감상할 시간이 없다. 몸뚱이가 백여 장 높이에서 곤두박질치고 있지 않은가.

야이간은 운룡번신(雲龍翻身)을 펼쳐 허공에서 몸을 뒤집은 다음 절벽에 검을 박아 넣었다.

삭혼(索魂) 227

타당!

검은 들어가지 않았다. 정확한 세기(細技)를 발휘하지 못해 오히려 검의 중단이 부러져 버렸다.

야이간은 자신도 모르게 당황한 것이다.

'침착! 침착!'

운룡대구식 중 용미초풍(龍尾招風)을 펼쳐 직립(直立)했다.

쒸익!

이번에는 정확히 검을 틀어박았다.

"섬전칠도(閃電七刀)!"

"넷!"

"올라갓!"

"넷!"

가주의 명령이 떨어지기 무섭게 하후가 무인들 중 일곱 명이 절벽에 달라붙었다.

'사람 수로 밀어붙여서 될 일이 있고 안 될 일이 있지……'

한번 곤욕을 당한 야이간은 하후가 무인 일곱 명이 올라간다고 해서 사태가 수습될 것 같지 않았다.

다른 방도를 강구해야 한다.

절벽에 매달려 공격하는 놈들을 무슨 수로 처치할 것인가.

일단 무공으로는 곤란하다는 생각이다. 절벽에 박힌 정을 이용하면 한 번에 대여섯 명은 올라갈 수 있지만, 연수(聯手)하기에는 부적합한 면이 있다. 정과 정 사이의 벌려진 간격은 무슨 수로 해결할까.

하후칠도라 불린 사내들은 산양처럼 날렵하게 절벽을 기어올랐다.

신법이 뛰어나다고 되는 것이 아니라 산을 잘 알고 있어야 가능한 몸놀림들이다.

두 명이 앞장서서 올라갔다. 그 밑으로 다섯 명이 바로 뒤를 받쳐 올라갔다.

그들이 철정이 박혀 있는 최상단까지 올라가는 데는 일 다경도 걸리지 않았다.

'절벽 하나는 기가 막히게 잘 타는군. 이놈들과 추격전을 벌이게 된다면 산은 피해야겠어.'

야이간은 감탄했다.

그때 전혀 예상치 않은 사건이 벌어졌다.

살문 살수 두 명이 은신한 곳에서 몸을 드러내 위로 올라갔다.

'고, 공격을 하지 않고 도주?'

명백한 후퇴다.

살문 살수들은 몸에 친친 묶여 있던 밧줄을 풀어 시위라도 하듯이 절벽 아래로 집어 던졌다.

그리고 굵은 철정을 붙잡고 신형을 솟구치자 위에 또 다른 밧줄이 매달려 있지 않은가.

살문 살수들은 밧줄을 붙잡고 유유히 올라갔다.

* * *

누런 가죽을 뒤집어쓴 흑의 복면인들은 오랜 시간을 투자해 비적마의의 숲을 빠져나갔다.

"됐어요!"

비적마의 저편에 있던 흑의복면인이 앳된 음성을 토해냈다.

누런 가죽을 쓴 자들이 마지막 비수를 던진 곳, 비적마의가 달려들지 않는 곳에 이르렀을 때였다.

부욱! 찌익……!

"휴우!"

흑의복면인들은 누런 가죽을 찢고 나와 숨을 크게 들이켰다.

개미가 기어들 수 없을 만큼 촘촘히 바느질을 한 탓에 숨조차 제대로 쉬지 못한 듯했다.

"조심하세요!"

흑의복면인들은 여인의 음성에는 대답도 하지 않고 신법을 전개해 쏜살같이 사라졌다.

거친 숲도, 가파른 산길도 장애가 되지 못했다.

오직 비적마의만이 장애였으나 무사히 통과했다.

그들이 벗어놓은 누런 가죽… 소가죽에는 달라붙은 일개미들이 떨어지지 않고 갉아댔다.

흑의복면인들이 완전히 모습을 감추자 너무 차분히 가라앉아 처연하다는 인상까지 주는 여인이 말했다.

"향을 피워. 정확히 한 시진이야."

다른 여인이 행낭에서 향을 꺼내 불을 붙였다.

향 냄새가 은은하게 번져 나갔다.

'위험해! 빨리! 위험해!'

종리추는 마음속에서 일어나는 소리에 귀를 기울였다.

마음은 계속 말하고 있다. 위험이 다가왔다고, 위험하니 빨리 정신 차리라고.

상단전에서 일어난 진기가 전신을 에워쌌다. 감각이 팽팽하게 되살아났고 그 속으로 하단전에서 솟구친 진기가 스며들었다.

쒜에엑!

정신을 차리자 엄청나게 큰 손이 보였다.

하늘도 땅도, 푸르름을 찾아가는 수림도 보이지 않고 늙고 쭈글쭈글한 손이 세상 가득 뒤덮은 채 짓눌러 왔다.

'대수인(大手印)……!'

정말 대수인이 펼쳐졌는지 아닌지는 알 수 없다. 세상 어느 것도 보이지 않고 큰 손만 보이기에 대수인을 떠올린 것뿐이다.
 대수인일 리가 없다.
 대수인은 손이 커진다고 해서 붙여진 이름이 아니다. '대(大)'는 '무한(無限)'이라는 뜻도 담고 있다. 대수인의 대는 무한, 영능(靈能)이라는 뜻으로 해석된다.
 만물을 창조할 수 있고 파괴할 수 있는 손이 대수인이다.
 대수인의 기초를 닦은 정오 선사(淨悟禪師)는 수공(手功)의 달인으로 평생 수공에만 관심을 가졌다.
 정오 선사는 승려이지만 불도에는 관심이 없었다. 열반에 들 때까지 '나무관세음보살'이 무슨 의미인지도 몰랐다니 승려라고 할 수도 없다.
 그의 유일한 관심사는 수공이다.
 정신병자처럼 수공에 집착했다. 세상에 존재하는 수공이란 수공은 모두 견식했다. 그리고 장단점을 파악하고 집대성했다.

 "진기는 흐르게 되어 있다. 정체란 있을 수 없다. 가만히 앉아 있어도, 농부가 밭을 갈 때도 진기는 흐른다."

 열반을 예감한 승려가 할 말은 아니다. 심오한 무공심결(武功心訣)이라면 또 모를까 세 살 먹은 아이에게나 들려줄 법한 말을.

 "순양용력(順陽用力)이 최우선… 발경(發勁)은 탄경(彈勁)으로… 진기를 장심에 응축… 폭발……."

결국 수공 연구에 평생을 바친 정오 선사가 남긴 말이란 것은 평범하기 이를 데 없었다.

신체의 균형을 잡아 안정성에 근본을 두고 초식의 흐름이 막힘없어야 한다는 순양용력.

알고 있다. 모든 무공의 기본이 순양용력이다.

탄경을 발경 요체로 삼는다는 것은 빠른 권법을 추구하는 문파에게는 기본에 속한다.

결국 남은 말은 진기를 장심에 응축시켜 폭발시키라는 것인데 고루 유포한다면 몰라도 어떻게 무슨 수로 응축시킨단 말인가. 진기란 끊임없이 흐르는 것이고, 잡는다고 잡히는 것도 아닌 것을.

정오 선사가 남긴 말을 다시 연구한 사람은 포달랍궁(布達拉宮)의 라마인 합이랍마(哈已拉碼)다.

합이랍마는 정오 선사와는 다르게 진기의 흐름을 집중 연구했고 진기를 응축시킬 수 있다는 말에 어느 정도 공감했다.

소림사에서는 정오 선사의 직제자인 현운 대사(玄雲大師)를 파견하여 정오 선시의 심득을 선했다.

현운 대사와 합이랍마의 공동 연구는 그로부터 이십여 년 동안 지속되었고, 결국 대수인이라는 절세수공을 창안하게 된다.

합이랍마는 포달랍궁으로 돌아가 호불무공(護佛武功)으로 대수인을 전한다. 현운 대사도 소림사로 돌아와 정오 선사가 남긴 무예가 무엇인지 선보인다.

소림시는 그로부터 십여 년간 대수인을 실전에 응용해 본 후 칠십이 종절예에 포함시킨다.

이 사건은 대수인이라는 절세 수공이 탄생했다는 의미 외에도 중원과 서장(西藏)이 교류한 최초 사건으로 세인들의 관심을 샀다.
 대수인은 좀처럼 무림에 모습을 드러내지 않았다.
 멸귀도법처럼 살상력이 크기 때문이다.
 대수인의 기수식이 무엇인지, 초식은 어떤 모습인지 중원무인들 중 대수인을 자신있게 말할 사람은 한 명도 없다.
 '위험해……!'
 종리추는 무의식 중에 일수(一手)를 뻗어냈다.
 금종수다.
 금종수를 전개하자 마음이 포근히 가라앉았다.
 세상이 편안해 보이고 세상천지를 뒤덮으며 달려들던 손도 점점 줄어들어 정상적으로 보였다.
 퍼억! 파아앙……!
 손과 손이 부딪쳤는데 단단한 바위끼리 힘껏 부딪친 듯한 소리가 터져 나왔다.
 종리추는 손목이 시큰거렸다. 팔꿈치가 떨어져 나가는 듯 아프고 저렸다. 어깨가 탈골된 것처럼 힘을 쓸 수가 없다.
 충격은 계속 이어졌다.
 머리가 뒤흔들려 아찔하고 충격을 받은 심장은 아예 정지해 버린 듯 호흡까지 곤란하다.
 금종수를 펼친 이래 이토록 큰 충격을 받아보기는 처음이다.
 급습을 가한 노승은 더욱 놀랐다.
 혜천(慧天)… 그가 전개한 무공은 과연 대수인이다.
 멸귀도법으로도, 철심수로도 어찌지 못한 종리추를 확실하게 제거하는 방법으로 대수인처럼 좋은 무공도 없다.

그런데 이게 어찌 된 일인가.

노승 또한 종리추와 같은 상황에 맞았다.

오른손으로 대수인을 펼쳤는데 팔을 들어 올릴 수가 없다. 아마도 어깨에서 탈골이 된 듯하다.

빠르기로, 위력으로… 어느 면을 따져도 대수인처럼 강한 무공을 찾아보기는 힘들다.

넓디넓은 중원이고 기인이사가 많으니 단정 짓지는 못하지만, 적어도 일개 살수 집단의 문주가 맞받을 무공은 아니다.

더군다나 종리추는 정상적인 상태도 아니었다.

철심수에 격중당해 기혈(氣血)이 뒤틀린 상태였다.

그런 상태였다면 대수인이 아니라 소림 제자라면 누구나 펼칠 수 있는 나한권(羅漢拳)으로 승부를 가렸어도 끝났어야 한다.

"이, 이런……."

혜천, 그는 투지가 사라졌다.

쉿! 쉬익! 펑펑펑……!

혈영신마와 혜지 노승은 쉴 새 없이 공방을 주고받았다.

중원에서는 마공이라고 질타하지만 혈영신공의 파괴력은 소름이 끼친다.

어떤 면에서 혈영신공은 대수인과 일맥상통(一脈相通)하는 면이 있다.

혜지 노승은 싸우면 싸울수록 그런 느낌을 지우지 못했다.

움직일 수 있는 모든 방위를 차단한 후, 부처가 머리를 쓰다듬듯 완벽하게 굴종시킨 상태에서 머리를 으스러뜨린다는 십팔로항마장법이지만 혈영신공의 엄청난 파괴력이 선장의 효용을 무너뜨렸다.

혜지 노승은 혈영신마가 선장을 부러뜨린 광경을 똑똑히 보았다.

붉게 달아오른 양손이 선장을 가격하면 여지없이 부러지고 만다.

엄청난 파괴력이다.

그런 장공(掌功)에 격중당하면 붉은 장인(掌印)이 찍히는 것도 당연할지 모른다.

쉿! 쉿쉿……!

선장이 허공을 날카롭게 찢었다.

싸움은 혜지 선사나 혈영신마나 둘 다 용이하지 않았다.

혜지 선사는 바위 아래서 위로 선장을 찔러대는 형상이고 혈영신마는 바위 위에서 손을 놀리고 있으니…….

당연히 혜지 선사는 틈만 있으면 바위 위로 올라가려고 했고 혈영신마는 아래로 내려서려고 했다.

십팔로항마장법의 파괴력도 엄지손가락을 치켜세워 주지만 혈영신공과 부딪치니 초식만 남았다.

혈영신공은 파괴력으로, 십팔로항마장법으로 초식으로 겨루는 형상이다. 혈영신마는 가까이 다가오지 못하고, 혜지 선사는 기다란 선장의 효용성을 최대한 빌어 유리하게 싸움을 이끌어가고 있다. 결정적인 타격은 주지 못하고 있지만.

그러던 두 사람 눈에 혜천 선사와 종리추의 격돌이 비쳤다.

"주공!"

혈영신마는 한시라도 빨리 몸을 빼고 싶었지만 그럴 수 없었다. 혜지 선사의 선장이 그를 붙잡고 놓아주지 않았다. 펄쩍 뛰기만 하면 될 거리인데 천리나 된 듯 멀었다.

혜지 선사도 놀라움을 나타냈다.

틀림없이 바위 밑으로 떨어져 요절날 줄 알았던 종리추가 뜻밖에도 굳건히 버티고 있으니 이게 말이나 되는가!

"주공! 괜찮습니까?"

혈영신마가 버럭 고함을 질렀다.

종리추가 균형을 잡고 고개를 쳐드는 순간이었다.

종리추는 혈영신마를 보고 쓰게 웃었다.

"하하하! 좋습니다. 역시 주공. 소림 오선사를 상대로 이토록 싸운 것도 통쾌한 일. 주공! 이제 주공에게 신경 쓰지 않겠습니다. 세상에 수하가 신경 쓰게 만드는 주공이 어디 있습니까! 하하하!"

혈영신마는 통쾌한 듯 웃어 젖혔다.

그는 또 혜지 선사에게도 말했다.

"자, 이제 우리 마음 놓고 싸워보자고! 소림 오선사가 이것밖에 안 되나! 하하하!"

혜화 선사는 종리추에게 던진 시선을 거두지 못했다.

보면 볼수록 기이한 자다.

그의 무공은 추측 불가다. 또한 혈영신마와 같은 자가 마음으로 굴복하고 있는 듯하니 다른 능력은 더욱 불가사의하다.

'여기서 끝내지 않으면 무림은 큰 화를 떠안게 될 것!'

"삭충계(索衝戒)!"

혜화 선사가 소리쳤다.

"삭충계……."

종리추와 맞서고 있는 혜천 선사가 되받아 중얼거렸다.

"혜천!"
"허허허!"
혜천 선사는 자신을 부르는 말에 웃음으로 대꾸했다.
"삭충계로 끝낼 수 있으면 좋으련만……."
이어지는 그의 말이 모두의 가슴을 저몄다.

◆第八十六章◆
비광(悲光)

쉬이익……!

혜천 선사가 비조(飛鳥)처럼 날아올랐다.

종리추의 눈가에 이채가 스쳐 갔다.

혜천 선사의 신법에는 최강의 진기가 실려 있다. 앞선 혜광 선사처럼 죽어서도 무공을 펼치려는 심산이다.

'삭충계… 동귀어진이던가…….'

종리추는 추호도 방심하지 않았다.

그는 새삼스럽게 새로운 진리를 깨달았다.

싸움에 임해서는 항상 깨어 있어야 한다는 것.

종리추의 움직임이 바뀌었다.

바위에 석상처럼 굳건히 서 있는 것이 아니라 사방 반 장도 되지 않는 바위 위를 얼음판을 지치듯 매끄럽게 미끄러졌다.

백수 천부에서 깨달은 신법이다.
금종수를 끌어올린 양손도 원을 그리며 돌았다.
역시 천부 강물 속에서 고기와 씨름하며 익힌 무공이다.

―모든 움직임을 잡아라.

혜천 선사가 대수인을 펼쳤다.
죽어서도 일격을 격중시키겠다는 듯 전신 모든 진기를 아낌없이 손바닥에 실었다. 원양진력(元陽眞力)까지 실은 듯 안색이 창백했다.
쐐에엑……!
소림 오선사 중 두 명을 죽음으로 이끈 일비광살이 전개됐다.
어느새 허리춤을 훑은 손에 비수 한 자루가 들렸고, 비수는 손에 머물 사이도 없이 허공을 날았다.
일비광살은 바람과도 연관이 있다.
바람이 부는 흐름까지 읽어야 일비광살을 전개할 수 있다. 비수가 날아가는 노선(路線)에 아무런 장애도 없어야 한다. 진기를 실어 튀겨낸 후 손을 떠나자마자 또 한 번 퉁겨낸다.
비수에 실린 진기만 해도 목표에 격중하고 남음이 있는데, 또 한 번 퉁겨줌으로써 탄력을 부가시킨다. 발경으로 말하자면 탄경이나 다름없다.
혜천 선사는 대수인을 거두지 않았다. 비수가 번개같이 날아들고 있건만 얼굴에는 잔잔한 미소까지 머금었다.
타악!
일비광살은 본연은 위력을 나타내지 못했다.

준비하고 있던 혜천 선사는 일비광살의 흐름을 읽었고 대수인이 실린 장심으로 쳐냈다.
 '일수비백비라면 모를까 일수광살로는 무리!'
 종리추도 알고 있었다. 그럼에도 혜원 선사, 혜광 선사에 이어 연속으로 일비광살을 전개한 것은 우습게도 자신의 내력이 어느 정도인지 파악하고 싶었기 때문이다.
 소림 오선사는 무림 초일류고수다.
 그들은 오로지 불도와 내공 수련에만 전념하여 내공으로는 무림의 으뜸이다.
 그렇다고 내력의 정도를 알고 싶다고 해서 양손을 붙잡고 내력을 견줄 수는 없다.
 소림 오선사는 정도무림의 지주들이지만 살수를 제거한다는 대의명분이 있으니 합공, 급습, 암습도 서슴지 않을 게다.
 종리추는 일비광살을 택했다.
 가능하다면 일비광살을 펼쳐 극락으로 인도하면 더욱 좋다. 어차피 소림 오선사는 일비광살을 알아볼 테고 자신이 의도한 대로 쳐낼 게다. 그럴 만한 무공은 충분히 갖추고 있으니까.
 혜천 선사가 쳐냈다.
 종리추는 쳐낸 비수가 날아가는 모습을 유심히 살폈다.
 일비광살에 실린 진기는 자신의 본신진기다. 초식과 비수의 장점이 깃들어 있지만, 상대에게 부딪쳤을 때는 본신진기 그대로 부딪치는 효과가 있다.
 방향이 틀어진 비수는 힘없이 튕겨 나가 나뒹굴었다.
 '비슷하군.'

종리추는 자신을 얻었다.

확인해 본 결과 소림 오선사와 자신의 내력은 비슷한 경지다.

소림 오선사는 상승무공을 수십 년간 부지런히 수련했지만, 자신은 도가, 불가, 속가의 내력이 고루 운용되어 상승 작용을 하고 있다. 다른 사람들보다 훨씬 수련 진척이 빠르다.

종리추는 혜천 선사의 움직임을 읽었다.

희한하게도 혜천 선사의 움직임이 일목요연하게 보였다.

신법을 어떻게 전개할지, 대수인은 어떻게 어떤 방향으로 전개할지, 대수인을 전개한 후에는 어떤 행동을 취할지…….

변검 사부가 전수해 준 일개 호흡법, 중단전을 열 수 있는 비기(秘氣)는 내 마음만 열어준 것이 아니라 상대의 마음까지 읽게 해준다.

'잘 가시오.'

물고기가 급류를 거슬러 올라가듯 대수인이 빗발치듯 쏟아지는 급류 속을 파고들었다.

퍼엉!

금종수가 혜천 선사의 가슴에서 작렬했다.

퍼억!

오독마군의 단철각이 혜천 선사의 무릎 뼈를 강타했다.

혜천 선사는 뜻을 이루지 못했다. 죽은 후에도 펼쳐질 것이라고 믿었던 대수인은 무릎 뼈가 으스러지면서 중단되었다.

선사는 의외로 담담히 웃음을 지었다. 그리고 웃는 모습 그대로 절명했다.

삭충계는 초일류마두를 만났을 때 죽음을 불사하고서라도 반드시 죽이겠다는 불문의 은어다.

 열이면 열, 스물이면 스물. 마지막 한 명이 죽는 순간까지 공격을 멈추지 않는다. 정도인이라는 명분도, 문파의 명예도 삭충계를 펼칠 동안에는 생각지 않는다. 삭충계를 생각했을 때는 오로지 하나, 죽인다는 생각밖에 하지 않는다.

 물론 수단 방법도 고려하지 않는다.

 지금 싸우는 곳이 두 명밖에 운신할 공간이 없어서 그렇지 평지 같았으면 틀림없이 합공을 펼쳤으리라.

 혜천 선사가 대수인을 펼치며 신형을 띄우자 혜화 선사도 곧바로 날아올랐다.

 혜천 선사의 죽음을 알고 있다.

 그는 죽기 위해 공격을 한다.

 마무리는 혜화 선사의 몫이다.

 혜화 선사는 혜천 선사의 신형이 무너지는 것을 코앞에서 봤다.

 파아아……!

 소리없는 암경(暗勁)이 흘러나와 종리추의 전신을 묶었다.

 '시간을 주면 안 돼!'

 혜화 선사는 미륵삼천해를 펼치며 생각을 굳혔다.

 그는 종리추 역시 암경을 흘릴 수 있다는 것을 안다. 그가 혈염도법을 펼쳤을 때 몸이 밧줄에 친친 감기는 듯한 착각에 빠지곤 했다. 시간을 주면 종리추는 암경에서 벗어나 오히려 역공을 취해올 게다.

 쒜에엑……!

 전과는 다른 수공(手功)이 펼쳐졌다.

 무승부로 승부를 끝냈을 때는 느리지도 빠르지도 않은 수공을 취했다. 허점을 파악하고 승기를 잡은 후 확실히 제압하려는 의도에서.

지금은 다르다. 무조건 죽여야 한다. 전처럼 종리추가 암경을 펼쳐 역공을 취해온다 해도 마지막 일수를 거두지 않으리라.

혜화 선사는 혼신을 다해 일수를 뻗었다.

삼이도에서 소고를 만났을 때 처음으로 이런 무공도 있구나 하는 생각에 충격을 금치 못했다.

당시 소고의 무공은 확실히 상식을 벗어난 것이었다.

움직임을 차단했고 검이 흘러 들어오는데도 피할 생각을 못하게 만들었다. 몸이 마비된 듯 움직이지 못했다.

애원하는 듯 물기에 촉촉이 젖은 눈망울, 나를 공격할 수 있냐고 질책하는 듯한 눈길, 아내가 야속한 낭군을 쳐다보는 듯한 그 눈빛…….

분운추월을 만났을 때 또 한 번 느꼈다.

소고와는 전혀 다른 무형기(無形氣)가 폭출되어 나왔다. 온몸이 화염에 휩싸인 듯 활활 타올랐다.

소고가 요사한 무형기를 펼친다면 분운추월은 강맹한 무형기를 뿜어낸다.

무공일까? 아니면 선천적으로 타고난 기도(氣度)일까? 그것도 아니면 무공을 익히면서 몸에 배인 후천적인 기도일까?

종리추는 자신에게도 그런 기도가 있다는 것을 깨달았다.

백수 천부에서 무형기를 정리했다.

그것은 선천적인 기도다. 후천적인 기도라고도 할 수 있다. 무공? 그 말도 맞다.

소고와 같은 경우에는 선천적인 경향이 강하다. 분운추월은 후천적인 경우이고, 자신은 무공이다.

　천부에서의 수련은 여러모로 큰 성과를 거뒀다.

　남만에서 십여 년 동안 수련한 것보다 더 큰 성취를 얻었다.

　상단전, 중단전, 하단전 삼단전이 합일(合一)되었다. 원래부터 합일되어 있는 것이니 새삼스럽게 합일시켰다고 할 수도 없다.

　인간은 모두 삼단전이 합일되어 있다. 단전에서 진기를 일으키면 본인이 의식하지 못하는 사이 상단전과 중단전도 연마된다.

　자신의 경우에는 상단전과 중단전의 흐름을 깨어 있는 눈으로 지켜본 것에 지나지 않는다. 좀 더 활기 차게 움직일 수 있도록 수련한 것에 지나지 않다.

　그러나 모든 것이 원점으로 돌아간 시점에서 종리추는 가장 큰 무공을 얻었다.

　무형기.

　상대의 마음을 볼 수 있고, 움직임을 감지할 수 있고, 의식으로 상대의 의식을 제어할 수 있다. 찰나의 틈이 승패를 좌우하는 고수들의 싸움에서 가장 큰 무공은 바로 이것이다.

　종리추는 팔부령에서 또 다른 무형기를 접했다.

　소림 오선사는 모두 각기 다른 무형기를 지니고 있다. 싸움을 하는 동안에는 무형기를 발산하여 손발을 어지럽힌다.

　이들이 내뿜는 무형기는 완전한 무공이다.

　반야신공이든 미륵삼천해든 무공의 최고봉에 올라서면 몸은 그 무공이 지닌 특성을 받아들였고 무공의 특성에 맞는 기운을 뿜어낸다.

　단철각으로 혜천 선사의 무릎을 가격하여 선사의 의도를 분쇄하던 시점에서, 그는 부드럽고 온화하지만 도저히 뿌리칠 수 없는 무형기를 느꼈다.
 '미륵삼천해!'
 머리가 활짝 열려 있기에, 마음이 활짝 열려 있기에 주변의 흐름이 바뀌기 전에 경고를 보내준다.
 오른손을 가슴 앞으로 들어 올려 승려가 예를 올리는 듯한 자세를 취했다.
 과연 미륵삼천해의 무형기가 전신을 친친 동여왔다.
 천만다행이다. 미륵삼천해의 무형기를 미리 감지했기에 망정이지 그렇지 않고 몸이 둘둘 말린 상태에서 깨달았다면 동귀어진을 피하지 못했을 게다. 혜화 선사는 좀 전과는 달리 틀림없이 살공을 퍼부었을 테니까.
 어쩌면 이런 기운은 무공이 미비한 무인들은 느끼지 못할지도 모른다. 아니, 틀림없이 느끼지 못할 것이다. 그들이 느끼는 것은 혜화 선사가 너무나 강한 무인이고, 자신은 상대가 되지 않는다는 것. 그래서 싸울 생각을 포기하고 도주해야 된다는 것 정도이리라. 무엇 때문에 그런 마음이 들었는지도 모른 채.
 종리추는 무형기를 쏘아내지 않았다. 대신 무형초자(無形樵子)의 무형필살(無形必殺) 삼십육초천풍선법(三十六招天風扇法)을 손으로 펼쳐냈다.
 마음의 무공과 육신의 무공 싸움이다.
 오른손에 모인 진기는 미륵삼천해의 그물막을 찢어갔다.
 혜화 선사의 빠른 손을 튕겨내고 심장 위에 손을 얹었다.
 삼십육초천풍선법은 암경(暗勁)을 이용한다.
 퍼억!

소리없는 격타음이 터졌다.

장심에서 쏘아진 강맹한 경기(勁氣)는 살갗을 뚫고 들어가 심장을 터뜨렸다.

혜화 선사가 입으로 피를 주르륵 쏟아냈다.

'삭충계!'

혜지 선사는 삭충계라는 말을 듣는 순간 십팔로항마장법을 버렸다.

혜원, 혜광 사형이 죽었다. 삭충계라는 말이 나왔으니 혜천 사제도 죽을 게다.

이미 소림의 명예, 칠십이단승의 무적신화는 깨졌다.

살문을 멸살시킨다 해도 소림 오선사 중 세 명이 죽었다면 무슨 낯으로 방장을 대할 수 있을까.

안심하기도 이르다. 혜화 사형을 믿지만 만일은 모른다. 일이 잘못될 경우 팔부령 이름없는 소로가 소림 오선사의 무덤이 되리라.

혜지 선사는 다짜고짜 바위 위로 뛰어올랐다.

쉬익!

어김없이 혈영신마의 붉은 장공이 몰아쳐 왔다.

혜지 선사는 후덕한 미소를 지었다. 그러나 선장은 매섭기 이를 데 없어 횡소천군(橫掃千軍)으로 곧장 옆구리를 가격했다.

"엇!"

상리를 벗어난 공격에 혈영신마는 주춤했다.

혜지 선사는 다시 웃었다.

일장약보(一仗躍步).

혈영신마가 공격을 포기하고 허공으로 솟구쳐 횡소천군을 피한 순간, 혜지 선사는 펄쩍 뛰어오르며 선장을 내려쳤다.
 대윤회겁륜장법(大輪廻劫輪仗法)으로 피아간 한 사람이 쓰러질 때까지 숨 쉴 틈 없이 몰아치는 장법이다.
 혈영신마는 다시 물러섰다. 뒤로. 하지만 물러설 곳이 없었다.
 결국 혈영신마는 바위 위를 포기하고 소로로 내려섰다.
 방어를 일절 도외시한 비상식적인 공격에는 천하의 혈영신마도 물러설 수밖에 없었으리라.
 쉬이익!
 바위를 박차고 솟구친 혜지 선사가 다시 선장을 내려쳤다.
 일장천근(一仗千斤)이다. 일장약보와 비슷한 공격이나 선장에 깃든 위력이 전혀 다르다. 허공으로 솟구치는 동작에 따라 초식의 흐름이 갈리기 때문이다.
 일장약보는 재빨리 공격하는 것에 역점을 두었지만 일장천근은 막강한 위력을 추구한다.
 이제야 혈영신마도 사태를 알아챘다.
 혜지 선사는 등을 돌리고 있어 보지 못했지만 혈영신마는 물러서며 보았다. 혜천 선사와 혜화 선사가 죽어가는 모습을.
 그들의 죽음은 마치 죽여달라고 사정하는 것 같지 않은가.
 혜지 선사도 같다. 죽여달라고 사정하는 것 같다.
 휘이익……!
 혈영신마는 내려치는 선장을 신법으로 피해내며 혜지 선사의 옆구리로 파고들었다.
 혜지 선사가 선장 중단을 잡고 단격(單擊)을 가해왔다.
 평생 선장을 손에서 떼지 않은 사람이니 선장을 다루는 솜씨는 천하의 그 누구도 따라가지 못하리라.

　혈영신마는 선장을 피하지 않고 부딪쳤다.

　퍼억!

　선장과 육장이 부딪쳤다.

　손목이 얼얼했다. 먼저도 그랬지만 소림 오선사가 지닌 내력은 혈영신마보다 훨씬 위였다. 그가 선장을 부러뜨리고 선장을 육장으로 맞받는 것은 오로지 혈영신공의 위력 덕분이다.

　쒜에엑!

　혜지 선사는 지체없이 선장을 휘돌려 재차 공격을 가해왔다.

　'머리!'

　혈영신마는 어깨를 내주었다.

　싸움을 빨리 끝내야 한다. 소림 오선사가 나섰으니 다음에는 또 누가 올지 모른다. 하루 해가 저물려면 아직 멀었다. 해가 저문 후에도 공격이 계속될지 모르고.

　어쨌든 싸움을 빨리 끝내고 쉬고 싶었다.

　소림 오선사, 오선사…… 말은 많이 들었지만 한시도 방심할 수 없는 고수와 싸운다는 것은 여간 피곤하지 않다.

　혈영신마는 상반신을 비틀며 일장을 뻗어냈다.

　퍼억! 퍽!

　혜지 선사의 일장이 어깨뼈를 으스러뜨렸다.

　"크윽!"

　혈영신마는 고통스런 비명을 내지르며 주춤주춤 물러섰다.

　혜지 선사는 웃는 얼굴이다.

　혈영신공이 가슴을 치며 십여 번에 이르는 잔격(扞擊)을 가했으니 상당히 고통스러우련만… 웃었다.
"혈영신공…… 대단한 마공이야. 허허허!"
"마공이 아니오. 신공이오. 혈영… 신공!"
"어쨌든 그대도 한 팔을 잃을 터. 많이 손해 보지는 않았군."
"불가의 승려답지 않소, 이해 타산을 밝히다니."
"때로는 밝혀야지. 오늘처럼 완전히 손해만 보는 날에는 특히 더."
"말을 아끼시오. 말을 많이 할수록 고통이 더할 게요."
"허허허! 혈영신마에게도 인정이 있다는 겐가?"
혜지 선사는 말을 하는 도중에 고개를 돌려 바위 위를 쳐다봤다.
그는 보았다, 종리추가 지켜보고 있는 모습을. 바위 위에 두 노승이 쓰러져 있는 모습을.
"나무아미타불 관세음보살."
염불을 중얼거린 혜지 선사가 살며시 눈을 감았다.

소림 오선사가 모두 쓰러지자 절두쌍괴는 신속히 품속을 뒤져 자그마한 막대기를 꺼냈다. 막대기에는 손으로 누를 수 있게 약간 돌출된 부분이 있다.
손을 허공으로 치켜들고 돌출된 부분을 힘껏 눌렀다.
슈우우욱! 퍼엉!
하늘 가득히 붉은 운무가 퍼져 나갔다.

―실패.

꽈앙! 콰아앙!

엄청난 폭발이 일어났다.

돌 부스러기가 우수수 쏟아졌다. 떨어져 내리는 돌 부스러기 속에 사람 살점과 피도 섞여서 떨어졌다.

섬전칠도라고 불린 자들은 형체도 남기지 않고 사라졌다.

"이, 이런!"

여간해서는 침착성을 잃지 않는 하후 가주가 이를 갈았다.

섬전칠도가 정을 박아가며 살문 살수들이 머물렀던 곳에 이르렀을 때, 폭발이 일어났다.

살문 살수들은 시간을 정확히 예측해 냈다.

하후가 무인들이 정을 박으며 올라오는 속도까지 계산했다는 말이 된다.

살수들이 머물렀던 작은 공간은 밑에서 올려다보면 밋밋했다. 그들이 숨어 있는 것조차 몰랐으니.

그러나 지금은 구덩이가 움푹 파여 동혈 모습을 하고 있다.

밑에서도 확연히 알 수 있다. 멀리 떨어진 곳에서 본다면 동혈이 있을 것이라고 추측할 게다.

하후 가주가 뚜벅뚜벅 걸어가 정을 붙잡았다.

그를 그림자처럼 뒤따르던 하후가 무인 다섯 명이 하후 가주의 손목을 잡았다.

"가주님, 분노는 잠시입니다. 저희가 올라가겠습니다."

"비켜라!"

"가주님, 저희도 원한이 깊습니다. 벽도삼걸. 저희에게는 형제와 다름없었습니다. 저희가 먼저 올라가겠습니다."

하후 가주는 다섯 무인을 쳐다보다가 뒤로 물러섰다.

다섯 무인이 재빨리 정을 붙잡고 기어오르기 시작했다.

야이간은 뒤로 물러서서 돌아가는 사태를 관망했다.

그는 할 도리를 다했다. 비적마의의 숲을 헤쳐 주었고 절벽을 기어올라가 일전을 겨루기도 했다.

'이만하면 충분해.'

그는 느끼고 있다, 많은 눈들이 지켜보고 있다는 것을.

무림군웅들은 소림 칠십이단승들 중 소림 오선사만 공격시킨 것에 고개를 갸웃거린다. 그러다 하후가 무인들이 나서는 것을 보고 그제야 고개를 끄덕였다.

성동격서(聲東擊西).

엄밀한 의미로는 성동격서가 아니다. 양동(陽動)이다.

소림 오선사는 오선사대로 살문을 공격하고 하후가는 하후가대로 공격한다. 많은 희생을 줄이기 위해 소수 정예로 공격한다는 것이 현정 도인의 생각이다.

실패는 고려하지 않는다.

살문이 종잡을 수 없는 문파이긴 하지만 고작해야 살수들에 지나지 않는다. 소림 오선사와 하후가라면 길을 뚫고도 남으리라.

명을 받지 못한 무림군웅은 대기하고 있어야 한다.

하지만 그들은 구파일방의 장로들이나 현정 도인의 생각과 같이 소림 오선사와 하후가 무인들의 공격으로 기나긴 팔부령 싸움이 끝나리라 생각했다.

삼삼오오(三三五五) 팔부령으로 스며들었다.

은밀히 숨어 있지만 냄새를 맡을 수 있다.

그들은 야이간이 비적마의의 숲을 헤친 것도, 절벽에서의 싸움도 모두 지켜보았을 게다.

'위험을 자초할 필요는 없지.'

그렇다고 자신의 역할이 끝난 것은 아니다.

한 가지 할 일이 더 있다. 하후가 무인들이 살문 살수들을 무력하게 만들 즈음 살수 몇 명쯤은 베어내야 한다. 정정당당히 곤륜 무공으로.

그만한 공적이면 무림명사로 대우받고도 남는다.

구파일방 장로들이나 하후 가주가 함부로 검을 들이댈 상대가 아니란 뜻이다.

일 단계에 이어 이 단계도 성공했다.

이제 하후 가주가 자신을 죽이려면 암습을 하는 수밖에 없으리라.

비광(悲光) 255

아니면 자신이 그토록 중오하는 살수에게 청부를 하던가.
 '후후, 그것도 뜻대로 안 될걸. 밑천이 떨어지지 않았거든.'
 백화탄금 언동의 아름다운 자태가 떠올랐다. 더불어서 소고, 소여은의 색다른 아름다움도 생각났다.
 '쩝! 너무 아까워. 소고가 살문을 치러 오지만 않았어도……. 묵월광에 가만히 죽치고 앉아 있었다면 적겨녀, 그 계집은 요리할 수 있었는데, 내가 너무 성급했나? 아냐, 이 기회를 놓치면 언제 다시 이런 기회가 올지 몰라. 지금까지 잘 해냈잖아? 야이간, 넌 살수 나부랭이와 섞여 있기에는 너무 고귀한 몸이야. 그렇지 않아?'
 야이간은 실실 새어 나오려는 웃음을 억지로 참았다.

 하후 가주를 그림자처럼 따라다니던 무인들.
 하후가 무인들은 그들을 사부 모시듯 따른다.
 하후 가주가 폐관에 들어가면 하후가의 대소사는 벽도삼걸이 맡았다. 그러나 가주를 대신해 무공 지도를 해준 사부들은 바로 이들 다섯 무인들이다.
 실제로 벽도삼걸은 자식이니 그렇다 치고, 벽도삼걸을 제외하면 하후 가주가 가장 총애하는 제자들이기도 하다. 오죽하면 하후(夏候)의 성씨를 주어 하후오걸(夏候五傑)이라 부르겠는가.
 하후오걸이 날렵한 솜씨로 절벽을 기어올랐다.
 그들은 망설임이 없었다.
 섬전칠도가 폭사한 장소에 도달한 후에도 주위를 둘러본다거나 머뭇거린다거나 하는 행동을 보이지 않았다.
 신속하게 절벽의 틈새를 찾았고 정을 찔러 넣었다.

탁탁! 타타탁!

정을 박는 솜씨도 훨씬 빨랐다.

맨 처음 절벽을 탔던 무인들이나 섬전칠도에 비해 배는 빠른 것 같았다.

하후오걸은 한참 동안 정을 박으며 올라갔다.

거의 백여 장. 처음 무인들이 백여 장을 올라갔고 섬전칠도는 겨우 십여 장밖에 올라가지 못했다.

하후오걸이 다시 백여 장을 올라가 오곡동을 눈앞에 두었다.

그때 꾸준히 정을 박으며 올라가던 하후오걸이 갑자기 서둘러 내려오기 시작했다.

머리를 아래로, 발을 위로 하고 무엇에 쫓기는 사람처럼 서둘러 내려왔다.

그들이 이십여 장쯤 내려왔을 때,

쾅! 꽈콰쾅……!

엄청난 폭음과 함께 돌 부스러기가 우수수 떨어져 내렸다.

절벽에는 또 하나의 동혈이 생겼다.

이번 폭발은 먼저 폭발보다 훨씬 강력해서 움푹 파인 동혈도 배는 넓었다.

'미친놈들! 아예 절벽을 허물어 버리지.'

야이간은 머리 위로 떨어지는 돌 부스러기를 털어냈다.

큼지막한 돌덩이도 사정없이 떨어져 꼭 난석(卵石) 공격을 받는 기분이다.

폭발이 잠잠해지고 뿌연 연기가 바람에 흩어진 후, 하후오걸은 다시 절벽을 기어올랐다.

오십여 장쯤 올라갔을 때 먼저 박아놓은 철정이 떨어져 나갔는지 다시 정을 박아댔다.

'이렇게 무너지는 거야. 조금씩 조금씩……'

야이간은 찬이슬을 맞을 날도 얼마 남지 않은 것 같아 기분이 좋았다.

하후오걸이 다시 내려오기 시작했다.

이번에는 먼저처럼 서둘지 않았다. 천천히 정을 하나씩 밟아가며 차분하게 내려왔다.

'또 폭발인가? 화약을 엄청나게 묻어놨군. 지독한 놈들이야. 하지만 네놈들은 곧……?'

야이간은 생각을 멈췄다.

하후오걸은 움푹 파인 동혈을 지나쳐 계속 내려왔다. 처음 폭발로 생긴 동혈도 그냥 지나쳤다.

'뭐야? 내려오고 있잖아?'

어처구니없는 일이지만 정말 그랬다. 하후오걸은 절벽을 내려오는 중이었다.

하후오걸 중 한 명이 손을 내밀며 말했다.

"도저히 올라갈 수 없었습니다."

그의 손바닥에서 검고 작은 침이 모습을 드러냈다.

햇빛에 반사되어 반짝거리는 것이 요사하게 아름다웠다.

"이게 뭐냐?"

"극독이 묻어 있는 듯합니다. 절벽에 빼곡히 박혀 있습니다. 하나씩 제거하기에는 너무 많습니다. 절벽이 온통 바늘투성이라 해도 과언이 아닙니다."

"음……!"

하후 가주는 신음했다.

기가 막힌 놈들이다.

절벽에 독침을 박아놓다니. 제거할 수 없을 정도로 많은 침을 박아놓으려면 상당한 시간과 인내가 필요했을 텐데.

"도저히 제거할 수 없나?"

"불가능합니다, 폭파시킨다면 몰라도……. 이 침에 무슨 독이 묻어 있는지부터 알아야 합니다."

폭파도 곤란하다.

비적마의가 뒤를 막고 있어 몸을 움직일 공간이 그리 넓지 않다. 돌 부스러기가 떨어져 내릴 때도 자잘한 것은 피하지 못하고 맞고 말았는데 독침이 돌 부스러기와 함께 떨어져 내린다면 개죽음당할 무인이 상당할 게다.

"할… 수 없지."

하후 가주는 아쉬움이 많이 남는 듯 절벽 위를 쏘아봤다.

오곡동을 지척에 두었는데…….

크게 입을 쩍 벌린 오곡동은 난공불락(難攻不落)이란 말인가.

"살문 살수들이 사라졌습니다. 길은 분명히 있습니다. 살문 살수들이라고 독침이 박혀 있는 곳을 올라갔겠습니까?"

야이간이 나섰다.

이런 말은 손해 보는 말이 아니다.

"야이간."

"현무길이라고 불러주십시오."

하후 가주가 예의 비웃는 듯한 표정을 지었다.

야이간도 하후 가주의 눈빛에 깃든 의미를 모르지는 않지만 그의 앞에서 무릎을 꿇을 때와는 상황이 다르다. 그는 군웅들을 믿었다.

'돌아가는 대로 바로 구명줄을 붙들어야겠군.'

야이간은 백화탄금 언동을 떠올렸다.

그런 내심을 아는지 모르는지 하후 가주가 절벽 위로 고개를 돌리며 말했다.

"야이간, 네가 올라가."

"……."

"올라가서 길을 찾아봐."

"……."

"길을 찾는다면… 네가 살수였다는 걸 잊어버리지. 맹세코 내 입에서 네 과거를 들먹이는 일은 없을 거야."

"……!"

야이간은 하후 가주를 살폈다.

그는 진심이다. 자신에게 평생 두 번 다시 찾아올 수 없는 절호의 기회가 찾아온 것이다. 애써서 구명줄을 붙들 필요도 없다. 잘하면 하후 가주의 후광을 등에 업을 수도 있다.

야이간이 말했다.

"올라가겠습니다."

암습, 폭발…….

하후칠도가 가루되어 떨어지던 모습을 상상하면 소름이 끼치지만 크게 염려하지는 않았다.

'위험은 언제나 상존하는 것.'

검 한 자루에 목숨을 걸고 사는 사람이 죽음을 두려워해서는 안 된다. 눈에 보이는 죽음을 맞이할 필요는 없지만, 눈에 보이지 않는 죽음까지 겁낸다면 차라리 검을 꺾고 방 안에 틀어박혀 있는 것이 낫다.

그런 면에서 야이간은 독했다.

쉭! 쉭! 쉬익!

야이간은 번개같이 신형을 놀렸다.

그에게는 운룡대구식이라는 비장의 초식이 있다. 어떤 상황에도, 설혹 삼백여 장 높이에서 떨어지더라도 절벽에 철정이 박혀 있는 이상 추락하는 일은 없다.

먼저는 너무 성급했다.

그런 일을 당한 것이 처음이라서 당황했다. 좀 더 차분했고, 좀 더 시간을 가졌다면 운룡대구식으로 모양 좋게 내려갈 수도 있었는데.

마지막 철정이 박힌 곳까지 이르자 과연 무수한 독침들이 길을 막았다.

하후오걸이라는 자들도 대단하다.

독침이 박혀 있는 모습은 아주 미세하여 찾아내기도 쉽지 않다.

독침은 아마도 찌르기 위해서 박혀 있는 것이 아니라 절벽을 기어 올라가는 자를 할퀼 목적으로 박아놓은 듯싶다.

야이간은 정과 정 사이를 옮겨 다니며 살수들이 올라갔음 직한 길을 모두 살폈다. 기억을 되살려 살문 살수들이 밧줄을 타고 올라가던 모습을 떠올렸다. 밧줄이 흔들거리던 모습… 그곳…….

야이간은 한계를 느꼈다.

정을 박으며 올라가는 하후가 무인들과 절벽의 틈새를 살피지 못하는 자신의 한계.

하후가 무인들이 도와주지 않는 한 그가 살필 수 있는 곳은 제한되어 있고, 그래서는 살문 살수들이 어디로 움직였는지 알 수 없다.

'제길! 좋은 기회인데…….'

야이간은 입술을 잘근 깨물었다.

세상에서 다시없는 기회가 너무 덧없이 지나갔다. 또 흥분했다. 이런 일은 절벽 아래서도 충분히 생각할 수 있었는데… 서둘러 올라오는 데 급급했다.

'다시는 흥분하지 않을 거야. 다시는……!'

◆第八十七章◆
숙적(宿敵)

 흑의복면인들은 다람쥐처럼 산을 잘 탔다. 그들은 곧 산길을 가로질러 절벽이 보이는 곳까지 달려왔다.
 하후가 무인들이 모여 있다.
 일부는 절벽을 기어 올라가고 일부는 밑에 남아 위를 쳐다보고 있다. 그들 중 하후 가주의 단단한 모습은 유독 눈에 들어온다.
 "가지."
 낭랑한 음성을 가진 자가 말했다.
 그들은 절벽으로 가지 않는다. 절벽의 측면을 돌아 그나마 나무며 바위가 얼키설키 모여 있는 곳을 올라간다.
 군웅들의 일차 공격 때 소림 오선사가 올라간 길에 이어 제이로로 선정될 만큼 오곡동으로 올라가는 길 중에서는 수월한 편이다.
 그런데도 하후가가 제이로를 버리고 절벽으로 간 것은 그쪽 길은 절벽만 기어 올라가면 오곡동으로 직결되는 가장 빠른 길이기 때문이다. 반면에 제이로는 대래봉 정상으로 올라가 절벽을 타고 내려가야 한다.

  올라가는 길에도 가장 많은 암습이 예상되는 곳이다.

  무더기로 올라갈 경우 사상자가 가장 많이 나올 가능성이 있다.

  제이로 역시 절벽과 다름없을 만큼 가파르지만 몸을 은신할 곳은 있다. 반대로 생각하면 살수들이 숨어 있기 딱 좋은 곳이다.

  현운자는 말했다, 그곳에 살수가 숨어 있다면 일당백이라고. 살수들이 암기나 화살을 쏘아댄다면 가까이 접근하기 힘들 것이라고.

  제이로가 배제된 것은 그것뿐만이 아니다. 다른 곳은 그나마 비적마의가 움직이는 모습을 볼 수 있지만 제이로는 워낙 가파른 곳이라 비적마의를 관찰할 수 없다.

  비적마의가 천연의 벽을 만들었다.

  흑의복면인들은 비적마의의 벽을 뚫었고 안으로 스며드는 데 성공했다.

  흑의복면인들은 하후가의 무인들에게까지 몸을 숨겼다.

  은밀하게, 쥐도 새도 모르게 산길을 더듬어 올라갔다. 약간이라도 이상하다 싶으면 몸을 숨기고 주위를 살폈다.

  흑의복면인들을 이끄는 사람은 키가 아주 작은 사람이다.

  '어른들 틈에 섞여 있는 어린아이' 라는 생각이 들 만큼 왜소하다.

  하지만 그가 흑의복면인들을 이끈다.

  그가 손을 들어 올리면 일제히 몸을 숨기고, 손을 휘저으면 일제히 몸을 드러낸다.

  왜소한 흑의복면인이 손을 휘저었다.

  흑의복면인들은 일제히 앞으로 치달렸다.

어느 순간 왜소한 인영이 손을 들었다.
그는 주위를 세심히 살폈다. 지금까지 주위를 둘러본 것과는 다르게 시간이 꽤 오래 걸렸다.
손이 들렸다. 하지만 앞으로 나아가도 괜찮다는 신호가 아니라 손목을 굽혀 닭이 모이를 쪼아 먹듯 까딱거린다.
흑의복면인 중 두 명이 나섰다.
한 명은 검을 차고 있고 다른 한 명은 병기를 지니지 않았다.
두 복면인은 운공조식을 취하듯 가부좌를 틀고 앉았다.
조용한 침묵이 흘렀다.
다른 복면인들은 숨소리조차 내지 않았다.
이윽고 두 복면인이 가부좌를 풀고 고개를 가로저었다.
왜소한 복면인이 손을 들어 앞을 가리켰지만 두 복면인은 고개를 가로젓기만 했다. 왜소한 복면인도 지지 않고 계속 손가락질을 했다.
복면인 중 한 명이 살며시 기어와 세 복면인의 말없는 다툼을 손으로 제지했다. 그는 이어서 자신을 손가락으로 가리켰다.
가부좌를 틀었던 복면인 중 한 명이 안 된다는 뜻으로 손을 휘저었지만 나중에 나선 복면인은 완강하게 자신을 가리켰다.
손을 가로젓던 복면인이 마침내 고개를 끄덕였다.
슥! 스슥……!
복면인은 최대한 자신을 숨기며 앞으로 나갔다.
그의 활동 반경은 꽤 넓었다.
앞으로 나가는 것뿐만이 아니라 주변 곳곳을 뒤지면서 나갔다.
자연히 시간은 오래 지체되었지만 아랑곳하지 않았다.
그때였다.

쉬이익! 퍼엉!

기이한 음향이 들린다 싶더니 푸른 하늘이 붉은 운무로 물들었다.

소림 오선사가 올라간 방향이다. 붉은 운무는… 실패다.

'소림 오선사가 실패!'

흑의복면인들은 움찔했다.

어떤 자는 손을 꽉 움켜쥐고 부들부들 떨기까지 했다. 오열이 치미는지 어깨가 들썩거리기도 했다.

실패란 죽음을 의미한다.

소림 오선사의 성격상, 무림 배분상 그들의 명예를 생각해 볼 때 패배를 시인하고 얌전히 내려올 사람들이 아니다. 아니, 자신들이 패한다는 것을 생각해 본 적이 없는 사람들이니 반드시 끝장을 봤을 게다.

소림 오선사는 죽었다.

흑의복면인들은 잠시 감정을 추스를 시간이 필요했다.

소림 오선사의 죽음이 애통하지만 애도는 나중에 표시해도 된다.

복면인 중 가부좌를 틀었던 복면인이 왜소한 복면인의 어깨를 툭 건드렸다. 왜소한 복면인은 앞으로 기어가 바짝 엎드려 있는 무인의 다리를 툭툭 건드렸다. 복면인이 다시 움직였다.

발 디딜 틈이 전혀 없는 곳, 폭포 같은 곳에서 싸움을 벌인다면… 밑에서 거슬러 올라가며 싸우는 사람과 위에서 물줄기를 타고 내려오며 싸우는 사람이 있다면 누가 더 유리할까?

우문(愚問)이다.

제이로는 폭포와 같은 곳이다.

산을 기어 올라가는 사람은 물줄기를 헤치고 올라서는 사람과 같은 입장이다.

'하나… 뒤로 또 하나……'

사마공이 인기척을 잡아냈다.

한 명이 앞섰다. 그로부터 일 장 정도 뒤에 또 한 명이 뒤따른다.

무공은 상당한 편이다. 가파른 산길을 더듬어 올라오면서 옷자락 한 올도 풀잎에 스치지 않는다. 발자국 소리는 당연히 들리지 않는다. 정확히 인기척을 잡아냈다고도 할 수 없다.

'분명히 있어.'

청각을 죽이고 감각을 최고조로 이끌었다. 인기척을 잡아낸 것은 시각도, 청각도, 후각도 아니라 감각이다. 느낌이다.

시마공을 의심하지는 않는다.

수십 번의 실전 수련을 통해 효과를 입증했다.

시마공으로 느낌이 전달되면 반드시 사람이 있었다.

결정을 내려야 할 순간이다.

'잡자.'

시마공을 거두고 폭혈공을 일으켰다.

단전에서 솟구친 진기가 전신을 휘돌며 세맥(細脈)을 자극했다. 진기가 휘도는 시간은 극히 짧았다. 기운은 강맹했다. 육신의 감각이 빠른 속도로 되살아났다.

다시 한 번 폭혈공을 운용하자 전신에 활력이 넘쳤다.

아주 기분 좋은 상태다. 일장에 만근 거암이라도 부숴 버릴 수 있을 것 같다.

'조금만 더 가까이 오면……'

사삭! 사사삭……!

상대는 코앞에 사람이 숨어 있는 것도 모른 채 기어왔다.
역시 아무 소리도 들리지 않는다.
오직 느낌으로만 잡아내야 한다. 실체를 확인한답시고 눈으로 확인하는 짓거리는 하지 않는다. 그 정도로 어설픈 실수의 단계는 넘어선 지 오래다.

"철저히 암습으로 승부해라. 무공으로 싸우지 마라."

종리추가 남긴 말이 가슴에서 맴돌았다.
종리추의 말은 항상 옳다. 종리추는 항상 실행 가능한 말만 하고, 주의만 하면 몸에 배인 습관처럼 자연히 우러나올 행동만 요구한다. 그러면서도 효과는 놀랍기 이를 데 없어서 무공이 배는 높아진 느낌이 든다.
싸움은 무공만으로 하는 게 아니다.
기다리고 또 기다렸다.
이제는 상대의 호흡까지 느껴진다.
지극히 정제된 호흡이니 굉장한 무공을 지닌 자다. 조금만 방심해도 오히려 당하고 만다. 이자는 그럴 능력이 충분히 있다.
'주공…… 결정의 순간은 머리로 느끼는 것이 아니라 몸으로 느낀다고 하셨지. 옳은 말씀.'
몸이 말하고 있다, 지금이 바로 공격할 기회라고.
망설임은 없다. 몸이 말하는데 망설일 이유가 없다.
쉬익!
일각을 뻗어냈다.
적과 나의 가장 빠른 길을 찾아가는 각법은 흑살각(黑殺脚)이나 천둔각(天遁脚)을 펼쳐 냈다. 하늘 속에 숨는다는 각법으로 일절 소리를 내지 않고 공격하는 각법이다.

접전을 벌일 때도 환영각을 펼치면서 천둔각을 섞으면 누구라도 당한다.

비로소 상대가 보였다.

'복면?'

복면을 한 작자라니…….

상대의 눈동자에 놀람이 스쳐 갔다.

이렇게 근접한 거리에 이르도록 감지하지 못했다는 데 놀랐을 것이고, 소리없이 전개된 각법에 두 번 놀랐으리라.

'넌 한 번 더 놀라야 돼. 죽는 순간에.'

휘이익!

복면인이 번개처럼 물러서며 일장을 뻗어냈다.

일견하기에도 범상치 않은 장법이다. 허리를 비틀며 뻗어내는 장법 속에서 강한 탄경이 느껴진다. 갑작스럽게 전개한 장법임에도 아주 강한 진기가 실려 있다. 그리고 아주 빠르다.

'놀라야 된다고 했지!'

복면인의 반응도 빨랐지만 천둔각을 피하기에는 워낙 거리가 짧았다. 공격의 은밀함이 거리를 더욱 줄여주었다.

퍼억!

천둔각은 여지없이 복면인의 허리를 가격했다.

발에 딱딱한 것이 걸렸다. 조금 저항하는 듯하던 딱딱함은 이내 사라지고 물컹한 감촉이 느껴졌다.

복면인이 전개한 일장은 신기루처럼 사라졌다.

이런 것이다. 권과 권, 장과 장이 부딪쳤다면 후타(後打)가 있을 수 있으나 각법과 장법이 맞닥뜨렸을 때는 후타를 성립시키기가 상당히 어렵다.

'이거야, 네가 놀랄 게.'

유구는 복면인의 얼굴에 떠오른 경악을 놓치지 않았다. 유구가 생각한 대로 세 번째 떠오른 경악이었다.

유구는 신속하게 신형을 날렸다.

일 장 뒤에 따르는 두 번째 인물을 처리해야 한다.

시마공으로 분명히 감지했고 천둔각을 펼치는 순간에도 한편으로는 일 장 뒤에 있는 인물을 감시했다.

일 장이라는 거리는 무척 짧다. 빠른 자라면 앞선 자가 급습을 받는 순간 협공을 가할 수도 있는 거리다.

상대는 그렇지 못했다. 아마도 빠른 자는 아닌 듯.

상대가 보였다.

'복면?'

또 복면인이다.

이들은 무엇 때문에 복면을 했을까? 중원 모든 무인들이 적으로 돌아선 마당인데 복면이 무슨 필요가 있을까? 설혹 묵월광이 마음을 돌려 재차 공격을 가해온다 해도 놀랄 일이 아닌데.

"엇!"

복면인을 향해 신형을 튕겨내던 유구는 달려가던 것보다 배는 빠르게 물러섰다.

그는 보았다, 복면인 뒤로 한 무더기의 복면인들이 또 있는 것을.

'이, 이런 일이! 이들은 초절정고수다! 가까이 근접하기 전에는 시마

공으로도 잡을 수 없는 고수들! 이런!'

유구는 위기를 느꼈다. 당황하지는 않았다. 이럴 경우는 얼마든지 있을 수 있고 자신에게 닥쳤을 뿐이다.

입술을 오므려 휘파람을 불었다.

"쥐륵…… 쥐르륵……! 쥐르르르……."

일순 복면인들이 당황한 표정을 지었다. 유구가 불고 있는 휘파람은 누가 봐도 도움을 요청하는 밀마(密碼)가 틀림없다.

잠입은 은밀해야 한다. 밀마가 퍼져 나가게 해서는 안 된다.

누가 뭐라고 할 사이도 없이 복면인 중 세 명이 잇달아 뛰쳐나왔. 한 명은 빈손이며, 한 명은 검을 들었고, 또 한 명은 승려가 수행할 때 마음의 티끌이나 번뇌를 털어내는 데 사용한다는 불구(佛具), 불진(拂塵)을 들었다.

유구는 당당히 맞섰다.

종리추는 무공으로 맞서지 말라고 했지만 지금 같은 상황에서는 어쩔 수 없는 선택이다.

물러설 수도 있다. 한 손으로 열 손을 막을 수 없다. 도주해야 한다. 하지만 유구는 도주를 떠올리지 못했다.

쉬익! 쒜에엑……!

제일 앞서 달려오는 빈손의 무인을 겨냥했다. 자오각(子午脚)을 펼쳐 양 발을 번갈아 올려 찼다.

복면인은 살짝 허리를 숙여 각공을 피해냈다. 동시에 주먹을 뻗어 허벅지를 가격해 왔다.

'느려. 후후! 구연진해는 세상에서 가장 빠른 각법이라는 걸 알아야지.'

숙적(宿敵) 273

휘잉! 파다닥……!

현란한 발길질이 전개되었다. 진기가 실려 있는지 실려 있지 않은지 구분할 수 없다. 허초와 실초를 섞되 상대가 파악할 수 없어야 한다. 전개되는 각법 모두가 실초인 것처럼 느끼게 해야 한다.

환영각이다. 환영각을 전개하면 진기를 오로지 실은 각법보다 훨씬 빠르다. 일각(一脚)에 십여 초의 변화를 섞는 것은 일도 아니다.

다른 자가 달려들었다.

검을 든 자. 그자의 검법은 특이하다. 검을 전개하지도 않았는데 검이 울음을 터뜨린다. 검끝이 파르르 떨리고 있어 마치 다섯 갈래로 갈라진 듯하다.

검법이 눈에 익었다.

'이것은!'

그렇다, 본 적이 있다. 구류검수의 매화검법이다. 정확한 명칭은 이십사수매화검법(二十四手梅花劍法)이라고 했다.

파르륵……!

이십사수매화검법은 첫 일검을 맞받아야 한다. 그렇지 않을 경우 초식이 거듭될수록 다섯 갈래로 갈라진 검끝이 수십 수백 개로 늘어난 듯한 착각에 빠지게 된다.

이십사수가 모두 전개될 무렵에는 세상이 온통 검으로 가득 찬 듯한 느낌이 들었다. 구류검수가 펼칠 때는 분명히 그랬다.

유구는 매화검법을 맞받지 못했다.

권법을 사용하는 자가 무지막지한 행동을 취했다. 허초이든 실초이든 상관하지 않고 무턱대고 타격을 가해왔다. 내공이나 권법의 위력에는 자신이 있는 자다.

유구는 그자도 상대하지 못했다.

일 대 일이라면 몰라도 일 대 삼은 무리였다.

상대는 한결같이 깊이를 추측할 수 없는 고수들이다.

유구가 특히 상대하기 힘든 자는 불진으로 공격하는 복면인이었다.

남만에서 태어나고 자라고 생활한 유구이지만 중원의 불법에 대해서는 어느 정도 알고 있다. 복면인이 들고 있는 불진은 불진 중에서도 상품(上品)인 백불(白拂)이다.

불진이라 모기나 파리를 쫓는 생활 용구에 지나지 않지만 불교에서는 나쁜 것을 털어내는 상징적인 의미로 사용된다.

아무나 소지할 수 있는 것도 아니다.

제석천(帝釋天)이나 천수관음보살상(千手觀音菩薩像)의 지물의 하나로 선종(禪宗)에서 주지(住持)가 설법할 때 위엄의 상징으로써 많이 사용한다.

불진을 들고 있다는 자체만으로도 상대의 신분 내력이 범상치 않음을 알 수 있다. 더군다나 불진 중에서도 상품인 백불인 바에야.

무공도 까다롭다.

불진을 전개하는 무공도 놀랍지만 정작 까다로운 것은 불진 자체다. 도무지 눈이 현혹되어 두 사람을 상대하는 격이다. 짐승의 털로 만든 불진을 그대로 사용할 리는 없고 속에 무엇이 들어 있는 것 같은데.

쉭쉭쉭……!

굳건하기가 쇠와 같은 금강각(金剛脚), 분분히 떨어져 내리는 꽃송이처럼 부드러우면서도 초식의 흐름이 난해한 난화각(亂花脚)…….

유구는 정신없이 각법을 펼쳤다. 공격을 위한 각법이 아니라 수비에 급급한 각법이다.

복면인 세 명은 틈을 주지 않고 몰아쳤다.

유구가 한 발 물러서면 한 발 다가왔고 두 발 물러서면 두 발 다가왔다.

'빌어먹을! 꼭 주공과 싸우는 기분이군. 철벽이야, 뚫을 수 없는 철벽.'

밀마를 보냈으니 살문 살수들이 달려오고 있을 게다. 그때까지만 견디면 된다.

하지만 유구 혼자만의 생각이다. 복면인들도 밀마가 흘렀다는 것을 알고 있다. 그들은 서둘렀고, 복면인 중 한 명이 더 가세했다.

쉬이익!

유구는 세 명의 복면인을 뛰어넘어 달려드는 복면인을 봤다.

그는 승려들이 사용하는 계도를 들고 있다.

'저게 무슨 무공……?'

새로 가세한 복면인이 전개한 무공은 무공으로 볼 수가 없다. 초식이라고는 보이지 않고 무지막지한 살기만 풍겨낸다. 수비는 텅 비었고, 그렇다고 공격에 치중한 것 같지도 않다.

그는 가장 빠른 신법으로 다가올 뿐이다.

유구는 옆에서 쳐오는 매화검을 간신히 피해냈다. 다리를 들어 올려 하반신을 공격해 오는 불진도 피해냈고, 무식하게 힘 자랑만 하는 듯한 주먹질도 피했다.

그때 그자가 눈앞에서 불쑥 모습을 드러냈다.

'어느새!'

복면인들의 공격을 피하느라고 지척까지 근접하는 것도 몰랐다. 아니, 알았다 해도 어쩔 수 없었으리라. 지금 다시 세 복면인이 똑같은 초식으로 공격해 온다 해도 유구가 취할 수 있는 행동은 똑같다.

쒜에엑……!

계도가 허공을 갈랐다.
'빠르다!'
유구는 깜짝 놀라 뒤로 물러서려고 했다. 하지만 그보다 한발 앞서 복부가 화끈거렸다.
눈이 내려 복부를 쳐다보자 제일 먼저 빨간 핏물이 보였다. 그리고 갈라진 복부를 뚫고 내장이 삐져 나오기 시작했다.
'당했군. 한 놈이라도 죽이고 죽어야……'
죽음이 두렵지는 않다. 이제 아부타 곁으로 간다. 눈을 감으면 아부타가 보낸 죽음의 사신이 가마를 대령해 놓고 있을 게다. 한 명이라도 죽이고 죽고 싶은 마음은 암연족 전사들의 투지다.
쉬익!
계도가 허공을 갈랐다.
오른쪽 허벅지에서 극통이 전해졌다.
"제일망, 소림의 이름으로 명한다. 회개하라."
'빌어먹을! 뭐야, 이건……'
다시 계도가 허공을 갈랐다.
"제이망, 무당의 이름으로 명한다. 회개하라."
'시, 십망! 구파일방의 고수들이닷!'
유구는 비로소 상대의 정체를 눈치 챘다. 그래도 한 가지만은 모르겠다. 이들이 왜 복면을 하고 있는지.
"제삼망, 아미의 이름으로 명한다. 회개하라."
계도가 번쩍이고 오른팔이 잘려 나갔다.

유구는 사지육신이 조각조각 잘려 나갔다. 오공도 차례차례 기능을 잃었다. 그전에…… 유구는 절명했다. 복부를 가른 도상(刀傷)이 너무 깊었다.

"물러간다."

유구의 십망이 끝나자 복면인 중 한 명이 말했다.

"고진명(高振明)이 죽었습니다. 이대로는……."

다른 복면인이 이의를 달았다.

뭐라고 했는가? 고진명이라고 했다. 소림사룡 중 한 명인 고진명이 당했다고 했다. 유구가 죽인 자, 그가 고진명이다.

"소림 오선사도 당했다."

"우리는……."

"그만! 잊었나, 삼절기인이 당했어!"

천외천.

이들은 척사(斥邪), 척마(斥魔)의 기치 아래 뜻을 같이한 천외천의 무인들이다.

"……."

이의를 제기하던 무인이 입을 다물었다.

그들은 삼절기인의 죽음을 흘려보내지 않았다. 노가촌에 버려진 삼절기인의 시신을 수습했고 사인을 면밀히 살폈다.

결론은 살문이 의외로 강자들의 집단이라는 것이다.

삼절기인은 암습에 당하지 않았다. 무공에 당했다. 무림삼정 중에 한 사람이 무공으로 싸워 격살당했다.

놀라운 일이다.

이름도 들어보지 못한 무인들이지만, 옛날에는 어땠을지 몰라도 지금은 상당한 고수가 되었다. 특히 암습까지 보태진다면 희생을 무릅써야 한다.

천외천 무인들은 살문을 재인식했다.

아마도 당금 무림에서 살문을 가장 정확히 보고 있는 사람들일 것이다.

살수 한 명을 놓고 명성이 자자한 고수들이 연수를 한 것도, 자신의 싸움에 다른 사람이 끼어드는 것을 묵인한 것도 그 때문이다.

천외천 무인들은 약속했다.

자존심을 버리기로, 명예를 버리기로, 가족을 버리기로, 세상에 나와 얻은 모든 것을 버리기로.

천외천 무인들에게는 수단 방법을 가리지 않고 척사, 척마의 무리를 도륙하는 일만 남았다.

후퇴 명령을 내렸던 복면인이 말했다.

"우리는 급습할 때만 승산이 있어. 암습을 당한다면 전혀 승산이 없어. 밀마가 터졌으니 암습은 예정된 사실. 아쉽지만 이번 공격은 실패다. 물러간다."

복면인 중 한 명이 옆구리가 으스러져 죽어 있는 고진명의 시신을 들쳐 멨다.

"천기신군, 돌아가는 길은 어떻소?"

복면인이 묻자 왜소한 복면인이 대답했다.

"어렵습니다. 나 같으면… 이자가 이렇게 죽어 있는 모습을 본다면 길목을 막을 겁니다. 우리가 어디서 왔는지는 쉽게 알 수 있을 테니까요."

제이로는 길이 없다고 하지만 외길이라고 할 수도 있다. 사람이 발길을 들여놓을 수 있는 곳만 더듬어봐도 알 수 있다.

"길을 열어주시오."

삼현옹, 현운자와 함께 기관진학의 달인으로 평가받는 왜소한 인영, 천기신군이 앞장섰다.

복면을 한 두 여인은 나무 곳곳에 기름을 먹였다.

기름을 먹인 나무 밑에는 불이 잘 붙도록 마른 짚단이며 장작들이 수북이 쌓였다.

향이 타 들어가고 있다.

향이 한 자루만 더 타면 약속한 한 시진이 된다.

마지막 향 한 자루가 다 타도 연락이 오지 않으면 불을 붙이려고 한다. 구파일방 장로들은 반대한 산불이지만 비적마의를 태워 버리기 위해서는 그 방법밖에 없다.

거칠 것이 없을 때도 현정 도인은 미적거리기만 할 것인가.

앳된 음성을 가진 여인이 막 마지막 향을 피우려고 할 때,

"아!"

다른 여인이 입을 가벼운 탄식을 토해냈다.

그녀는 보았다. 맞은편에, 비적마의를 사이에 두고 마주 보고 있는 저편에 살광(殺光)을 폭사하고 있는 기인이 서 있는 것을.

그는 기인이다.

작은 키에 마른 체구, 볼품이라고는 하나도 없지만 두 눈에서 뿜어져 나오는 살광은 보는 이로 하여금 치를 떨게 만든다.

'살문에 저런 고수가 있었다니!'

여인은 놀랐다.

천외천 무인들을 생각해 봤지만 맞은편에 서 있는 왜소한 노인을 제압할 만한 고수가 선뜻 생각나지 않았다.

'살문은 용담호혈(龍潭虎穴)이야!'

기인은 주위를 두리번거렸다. 그리고 누런 소가죽을 찾아냈다.

일개미들이 뜯어 먹어 듬성듬성 구멍이 뚫려 있는 소가죽.

기인은 소가죽으로 상황을 파악해 냈다. 소가죽의 숫자로 비적마의의 숲을 건넌 무인들의 숫자도 알아냈다.

기인이 갑자기 이상한 행동을 했다.

널려져 있는 소가죽을 거둬들이기 시작했다. 그것도 잠시, 어느 정도 거둬들이자 그중 한 장을 비적마의가 있는 곳으로 날렸다. 또 한 장은 좀 더 뒤에, 그리고 또 한 장······.

여인은 기인의 뜻을 알아챘다.

숙적(宿敵) 281

기인은 비적마의의 숲을 건너오려고 한다.

"도, 도망가!"

여인이 소리쳤지만 이미 늦었다.

기인은 신형을 날려 소가죽을 밟고 건너온 후였다. 눈을 밟아도 발자국이 생기지 않는다는 답설무흔(踏雪無痕)처럼 표표하기 이를 데 없는 신법이다.

여인은 자신들이 상대할 수 없는 초절정고수 앞에 섰다는 것을 다시 한 번 깨달았다.

기인이 물었다.

"누구냐?"

"……."

"어디서 온 누구냐!"

"……."

여인들은 도망갈 생각조차도 망각했다.

기인이 손을 쭉 뻗어왔다.

여인들은 피하려고 했지만 현란한 수공 앞에 속수무책이었다.

복면이 찌익 하는 소리를 내며 찢겨져 나갔다.

화사한 아름다움, 그리고 아직 개화(開花)되지 않은 봉오리처럼 상큼한 아름다움.

두 여인의 얼굴이 드러났다.

기인이 좀 더 나이가 많아 보이는 여인에게 물었다.

"다시 한 번 묻겠다. 어디서 온 누구냐!"

"……."

여인은 아랫입술을 잘근 깨물었다. 어떤 일이 있어도 대답하지 않겠다는 의지가 선명하게 드러났다.

쉬익!

기인이 발을 뻗어냈다. 빠르지 않은… 천천히 거리를 좁혀오는… 그래서 더욱 섬뜩한 각법이다.

여인은 기인의 발이 머리 부근에 이르렀어도 눈을 똑바로 뜬 채 지켜볼 뿐 입을 열지 않았다.

퍼억!

둔탁한 소리가 터졌다.

기인의 발은 여지없이 여인의 머리를 가격했다.

여인은 큰 충격을 받은 듯 비틀거렸다. 좀처럼 중심을 잡지 못하겠다는 듯, 술 취한 사람처럼 비틀비틀거리며 두어 걸음 물러섰다. 그러다가 썩은 짚단처럼 풀썩 주저앉았다.

오공으로 피를 흘리고 있는 모습이 심상치 않아 보였다.

"언니! 언니!"

앳된 소녀가 달려가려 했지만 기인의 손아귀에 완맥(腕脈)을 제압당하고 말았다.

"어디서 온 누구냐!"

"몰라요. 몰라요. 모른단 말예요! 언니, 공화 언니!"

여인은 부지불식간에 쓰러진 여인의 이름을 부르고 말았다.

기인의 눈에 살광이 어렸다. 여인이라고 해도 용서하지 않겠다는 의지가 풀풀 피어났다. 그러나… 기인은 잠시 귀를 쫑긋거리더니 살광을 풀었다.

"운이 좋은 계집이군. 잘 듣고 똑바로 전해라. 어디서 온 어떤 놈들인지는 모르지만 앞으로 살문과 너희는 불공대천지수다. 살문이 몰살

숙적(宿敵) 283

하든 너희가 몰살하든 양단간에 결판이 날 게다. 전해라, 나 모진아가 그렇게 말하더라고."

"모진아!"
소림사룡 중 한 명 백천의는 비통하게 울부짖었다.
동생 백천홍이 죽은 것도 원한이 하늘에 닿았는데, 그의 정혼녀인 공화 소저까지 덧없이 죽었다.
"모진아! 용서하지 않겠다! 용서하지 않아!!"
백천의는 이를 부드득 갈았다.
그러나 천외천 무인들 누구도 커다란 고목 위에 왜소한 인영이 허물을 벗기 전의 매미처럼 웅크리고 있는 줄은 까마득히 몰랐다. 그가 복면인들의 면면을 살피고 있다는 것도.

◆第八十八章◆
계주(繼走)

 야이간은 산을 내려오자마자 백화탄금 언동의 주변을 살폈다.
 언동에게 접근하기는 용이하지 않았다.
 진주언가 가주 언위생과 백화탄금 언동, 부녀 간의 사이는 남달리 두터웠다.
 '접근하는 길이 있을 텐데……'
 야이간은 서둘지 않았다.
 진주언가주 언위생은 하후 가주나 다른 장로들처럼 자신이 살수였다는 사실을 알고 있을 게다. 내색을 하지 않을 뿐이지.
 언가주가 보는 앞에서 그의 딸에게 접근할 수는 없다.
 '모든 일에는 반드시 길이 있어.'
 무림장로들과 각파의 문주들이 연일 머리를 맞대고 숙의를 하는 동안 야이간은 언동에게서 눈길을 떼지 않았다.

언동에게는 두 명의 시녀가 있다.

두 명 모두 무공을 상당한 경지까지 익혔다.

그녀들의 몸놀림, 눈빛만 봐도 알 수 있다.

단순한 시녀가 아니라 호법까지 겸하고 있는 듯하다.

언동이 그녀들의 이름을 부르지 않고 '언니'라고 부르는 것으로 봐서 한두 해 같이 있었던 것 같지도 않고.

우선 그녀들의 벽을 넘어야 언동에게 다가설 수 있다. 하지만 무슨 수로 뛰어넘는단 말인가. 식사를 할 때나 잠을 잘 때나 한시도 언동에게서 떨어지지 않는 여인들을.

여인들은 매달 피치 못하게 처리해야 할 일이 있다.

야이간은 시녀들이 언동에게서 떨어지는 순간은 그때뿐이란 걸 알아냈다.

아주 우연한 기회에 시녀 중 한 명이 언동에게서 떨어져 숲으로 들어가는 것을 보았다.

진주의 언가에서라면 자신의 방에서 처리했겠지만 객지에 나와 있으니 불편한 점이 있는 것은 어쩔 수 없다.

여인들은 참으로 이해할 수 없다.

자신만 겪는 일도 아니고 다른 여인들도 다 같이 겪는 일인데 굳이 숨기려고 한다.

다른 사람이라면 몰라도 호법을 책임졌다면 그래서는 안 된다.

도저히 뚫고 들어갈 수 없는, 지하 백 장 깊이에 숨어 있다고 해도 방심하지 못하는 곳이 무림이다.

'달거리를 한다 이거지. 한 명 가지고는 안 돼. 두 명 다 떨어져 나

가야 돼. 방법이…….'
 아무리 머리를 굴려보아도 뾰족한 묘수가 떠오르지 않았다.
 야이간은 침상에 누웠어도 잠을 이루지 못했다.
 어떻게든 언동에게 접근하여 그녀의 환심을 사야 한다. 자신의 명망에 진주언가의 뒷배를 얻으면 최소한 목숨을 잃을까 봐 전전긍긍하는 일은 사라진다. 아니다. 그것보다 더욱 큰 효과를 얻는다. 살수라는 허물을 벗고 정정당당히 무림에 나설 수 있게 된다.
 '그때 그만뒀어야 했어. 삼이도에서 소고를 만났을 때…….'
 소고가 지닌 재력은 상당하다.
 야이간은 재력의 근원을 상당 부분 알고 있고 때가 되면 독차지할 자신이 있다.
 그러나 그것은 훗날의 일, 당장은 언동에게 접근하는 것이 시급하다.
 '두 명을 동시에 떼어내야 하는데… 그것도 언가주가 자리를 비웠을 때. 자리를 비웠을 때라… 그럼 시간은 저녁밖에 없고…….'
 부녀 사이가 각별한 언가 부녀는 취침할 때를 제외하고는 거의 항상 붙어 있다.
 '할 수 없지. 이가 없으면 잇몸이라고, 돌아가는 수밖에.'
 야이간은 신형을 일으켰다.

 칠성당(七星堂)은 칠원성군을 모셔놓은 신당이다. 북두칠원성군(北斗七元聖君), 즉 북두칠성을 말하며 이를 다스리는 인격신을 함께 모신다.
 산골의 무지한 사람들에게 칠성당은 상당한 의미가 있다.

집안의 무사화평과 자녀의 무병장수를 빌기도 하고 아이를 점지해 달라고 빌기도 한다.

크기라야 고작 한두 평에 불과한 조그만 사당.

퇴색한 문을 밀고 들어서면 칠성과 산신의 그림이 모셔져 있다. 또 무병장수를 기원하는 명다리도 많이 쌓여 있다.

야이간은 칠성각 지붕을 뜯어냈다.

언제라도 안으로 뛰어들어 갈 수 있도록 몸 하나 들어갈 구멍을 만 드는 데는 그리 오래 걸리지 않았다.

몸을 집어넣어 확인까지 해본 후 다시 지붕을 얹었다.

이제 발을 살짝만 갖다 대도 지붕은 우수수 무너지게 되어 있다.

준비를 마친 야이간은 칠성각 지붕에 누워 하늘에 떠 있는 별을 바라봤다.

왜 그럴까? 갑자기 소천나찰이 생각나는 것은.

'초라한 늙은이……'

소천나찰에게서 참 많은 것을 배웠다. 무공은 곤륜파에서 익혔지만 소천나찰은 곤륜파에서 익힐 수 없는 것을 가르쳤다.

그중에 하나가 어떤 역경에서도 활로(活路)는 있다는 가르침이다.

저벅! 저벅……!

야이간은 어둠을 뚫고 걸어오는 소리에 의해 상념을 지웠다.

그의 입가에 웃음이 번졌다.

오늘은 기분 좋은 날이지 않은가.

품에서 복면을 꺼내 뒤집어썼다.

관심을 기울이다 보니 시녀의 이름까지 알게 되었다.

키가 크고 마른 여자는 취취(聚聚), 살이 포동포동하게 오른 여자는 앵앵(鶯鶯)이다.

앵앵은 칠성각에 이르자 주위를 살폈다. 두 번 세 번 반복해서 살피고 또 살폈다.

아무도 없다는 걸 확인한 후 칠성각 문을 밀치고 들어섰다.

칠성각 안으로 들어온 후에도 마음이 불안한지 문틈에 눈을 갖다 대고 한참 동안 바깥 동정을 살폈다.

이윽고 완전히 마음이 풀리게 되자 품에서 곱게 접은 광목을 꺼내 제단 위에 올려놨다. 그리고는 바지를 끌어 내렸다.

어둠 속에서 하얀 살덩이가 윤기를 발했다.

'그것참, 겉보기와는 딴판이군.'

야이간은 앵앵의 살결이 보기보다 매끄러운 데 놀랐다.

앵앵은 부지런히 손을 놀려 뒤처리를 했다. 고의(袴衣)를 끌어 내리고 피가 묻은 광목을 깨끗한 광목 옆에 놓았다.

달덩이처럼 동그란 엉덩이가 두 눈 가득히 들어왔다.

'의외로 재미있겠군.'

야이간은 지붕을 떼어내고 안으로 뛰어들어 갔다.

"누, 누구!"

앵앵은 무공을 익힌 무인임에도 이럴 때는 한낱 아녀자와 다를 바 없었다. 더군다나 그녀는 바지와 고의를 내린 상태라 창피함은 고사하고 몸을 움직이는 것조차 곤란했다.

"후후후! 누군 줄 알면 뭐 해?"

"나, 나가! 나갓! 썩 나가지 못해!"

앵앵은 두 손으로 비소(秘所)를 가린 채 고함질렀다.

사람 목소리를 들으니 조금은 안정이 되는 듯하다. 또한 목소리의 주인이 사내이고, 자신의 처지가 있으니 불안한 마음도 있는 것 같다.

"음양화합(陰陽和合)은 만고의 이치인데 뭘 그렇게 매정히 내쫓으려 하시나?"

"이, 이런 때려죽일……!"

쉬익!

야이간은 앵앵이 분기탱천해 말을 하는 도중에 느닷없이 달려들어 일격을 가했다.

슈우욱……!

앵앵도 반격을 취해왔다.

움직임이 제한되고 비소를 환히 드러낸 채 싸워야 하지만 좋은 목적으로 온 사내가 아니니 물리쳐야 하지 않은가.

언가의 권법은 독특한 면이 있다.

살을 단련하고, 뼈를 단련하고, 피를 단련한다.

언가권법을 익힌 사람은 팔이 쇠몽둥이처럼 단단하다.

야이간은 앵앵의 주먹에서 솟바람을 읽었다.

'대단하군! 언가권법… 무시하지 못할 무공이야.'

하지만 행동까지 제약당한 앵앵이 야이간을 이겨낼 수는 없었다. 정상적인 상태였다고 해도 야이간은 강한 고수다.

야이간은 천기신보(天機神步)를 밟아 앵앵으로부터 초점을 빼앗았다. 바지에 두 다리가 묶인 앵앵은 현란하게 움직이는 야이간을 정확히 잡아내지 못했다.

야이간은 허리를 낮게 숙여 앵앵의 비소를 겨냥했다.

순간 앵앵의 얼굴이 붉게 달아오르며 두 손으로 비소를 가렸다. 싸움 중에…….

번개같이 내뻗은 종학금룡수(從鶴擒龍手).

학을 쫓고 용을 잡는다는 절세기학. 수공이라기보다는 금나수(擒拿手)라고 해야 한다.

종학금룡수는 정확히 앵앵의 백해혈(白海穴)을 낚았다.

앵앵의 얼굴이 더욱 붉어졌다. 마혈(痲穴)을 짚여서가 아니다. 전신이 저릿하고 사지가 무력해져서도 아니다.

백해혈이 어디인가! 대퇴부에서 안쪽으로 사 촌(四寸)되는 곳에 있는 마혈이 아닌가.

백해혈과 여인의 비소는 손가락만 내밀면 닿을 거리다.

"지, 지금 뭐……."

"쉿!"

야이간은 허물어지는 앵앵을 안았다.

"말만 많이 들었지 극락에 가본 경험이 없을 거야. 극락을 구경시켜 주지."

"이, 이러지 마! 이러지 마세요. 제발, 제발…… 읍!"

간절히 애원하던 앵앵의 입이 두툼한 입술에 막혔다.

'바지를 내린 여자라… 이것도 재미있군, 아주 재미있어.'

야이간의 손가락이 뱀처럼 꿈틀거렸다.

앵앵은 사지가 무력해져 전신을 샅샅이 누비는 낯선 손을 제지하지 못했다.

지렁이가 기어가는 것 같다. 소름이 오싹 끼친다.

'이럴 수는 없어. 이럴 수는… 이렇게… 이렇게……!'

앵앵의 눈가에 눈물이 맺혔다.

군웅들이 모여 있는 곳에서, 협의지사들이 가득한 곳에서 이런 일을 당할 줄은 꿈에도 몰랐다.

"마음속으로 수를 헤아려. 지금부터 시작해. 하나, 둘… 알았지? 백까지만 세. 그럼 끝날 거야. 아무런 일도 없었던 거야. 악몽을 꾼 거야. 알았어?"

복면 사내의 음성이 귓불을 간질였다.

사내가 바지를 벗었다.

상체에 묵중한 체구가 실리고 곧 이어 끔찍한 파과(破瓜)의 고통이 전신을 엄습했다. 상상도 하지 못했던 거대한 양물(陽物)이 비소를 뚫고 들어왔다.

"아악……!"

아프다. 너무 아프다. 처녀를 잃은 아픔도 크지만 이렇게 당한다는 사실이 더 아프다.

'죽여 버릴 거야! 반드시… 죽일 거야!'

앵앵은 눈을 감지 않았다.

두 눈에서는 눈물이 흘러내리지만 눈을 똑바로 뜨고 복면사내를 쳐다봤다.

복면을 뚫고 사내의 입 냄새가 전해졌다.

"아주 좋군. 좋아. 후후! 너, 정말 처녀였구나? 마혈을 제압하지 않았다면 다리에 힘깨나 들어갔겠어."

'천박한 놈……!'

한때는 사내를 동경했다.

멋진 사내를 그려보기도 하고 같이 정원을 거니는 모습도 상상했다. 요리를 해서 가져오는 모습, 아이를 낳고 행복해하는 모습……. 그러나 이제 모두 깨졌다.

복면인은 처녀만 깨뜨린 것이 아니라 사내에 대한 동경까지도 깨뜨렸다. 동경을 깨뜨린 정도가 아니라 아예 증오하게 만들었다. 앞으로 사내라면 이를 갈게 될 것이다.

사내가 한차례 부르르 치를 떨더니 축 늘어졌다.

앵앵은 토악질을 하고 싶었다.

땀에 젖은 복면에서 풍기는 냄새가 뱃속을 뒤틀었다.

앵앵은 시체처럼 누워 뻥 뚫린 칠성각 지붕을 쳐다봤다.

지붕 너머로 별이 초롱초롱하게 보인다.

사내는 앵앵이 갈아 차리던 광목으로 양물을 닦았다.

"달거리하는 계집을 안아본 건 처음인데…… 좋군. 하하하! 얼마 주면 될까? 여자는 말이야, 몸뚱이로도 돈을 벌 수 있는 거야. 네 음부(陰部)는 괜찮은 편이니 그쪽으로 알아보는 것도 괜찮아. 덕분에 몸이 개운해졌어. 나중에 또 보자고."

사내는 동전 한 닢을 던져 주고 당당히 칠성각 문을 밀치고 나갔다.

차디찬 밤바람이 열린 문으로 몰아쳤다.

마혈은 반 각 정도가 지난 다음에야 풀렸다.

그래도 앵앵은 일어서지 않았다. 하체는 그녀 자신의 피로 범벅이 되어 있지만 일어나 닦을 생각을 하지 않았다.

그녀의 눈빛에 광기(狂氣)가 돌았다.

'죽인다!'

생각은 오직 하나뿐이었다.

한참 만에야 몸을 일으킨 앵앵은 바닥에 떨어진, 사내가 양물을 닦아낸 광목을 주워 피를 닦아냈다.

눈물이 자꾸 쏟아졌다.
'죽여 버릴 거야. 죽여 버릴 거야……'
앵앵의 하체에서는 새로운 피가 맺히기 시작했다. 광목에 쏠려 살갗이 벗겨지며 드러난 핏방울이었다.

야이간은 기분이 아주 좋았다.
오랜만에 여자를 접했기 때문이기도 하지만 앵앵은 정말 명물이다. 마혈이 제압된 상태에서도 꽉 조여오던 힘이란…….
'후후, 앞으로 날 보면 죽이지 못해 안달이겠군.'
앵앵은 뱀의 혓바닥처럼 끝이 갈라진 비수를 줍게 될 게다.
사내가 옷을 입으면서 떨어뜨렸다고 생각할 테고, 복수를 하는 날까지 품에 지니고 있으리라.
여자가 강간을 당한 경우 반응은 두 경우로 갈라진다.
하나는 체념이고 다른 하나는 발악이다.
야이간은 발악을 원했다.
복수의 화신이 되어 달려들기를 원했다.
백화탄금 언동이 목표지 그녀의 발이나 닦아주는 시녀 따위는 안중에도 없다. 오늘처럼 그저 하룻밤 몸 풀이 상대면 족하다.
'이제는 취취 차례인가?'
물꼬가 트이자 선택할 방법이 많아졌다.
이제 앵앵은 끝이 갈라진 비수만 보면 정신 못 차리고 달려들 게다. 언동의 호법이고 뭐고 까마득히 잊어버리리라.
앵앵은 언제든지 떼어놓을 수 있다.
앵앵을 정신 못 차리게 만든 사이 취취를 취하고 앵앵과 취취를 떼어놓고 언동을 취한다.

　언가주가 자신을 벌레 보듯 하니 시간을 두고 마음을 사로잡던가 하는 방법 따위는 소용이 없다.

　속전속결(速戰速決)로 일을 치러야 한다.

　언동의 사위가 되고 소고의 재산을 가진다면 하고 싶은 일을 마음껏 할 수 있다. 하고 싶은 일을…….

　일이 순조롭게 풀려 나가니 더욱 기분이 좋다.

구파일방 장문인들은 현정 도인이 전해온 전서를 받고 침통한 표정을 지었다.

소림 칠십이단승 중 소림 오선사가 열반에 들었다는 소식은 충격 그 자체였다.

소림 오선사라면 중원에 있는 살수 문파 그 어느 곳이라도 멸살시킬 수 있다.

그런데 죽었다.

당시 소림 오선사의 죽음을 가장 정확히 보았던 사람은 절두쌍괴이지만 그들 역시 폭죽을 쏘아 올리고는 죽임을 당했다.

살문에게 뭐라고 할 수는 없다.

자신들을 죽이려 보냈는데 그럼 죽이지 말았어야 옳단 말인가. 하지만 살문의 겁없는 행동이 괘씸하게 생각되는 것은 어쩔 수 없다.

'살문은 강하다.'

인정하지 않으려고 해도 인정할 수밖에 없다.

문제는 강하지만 척결해야 한다는 것에 있다.

비적마의와 천연의 지형, 그리고 곳곳에 매복된 화약과 기관, 무공마저 약하지 않으니 그들을 친다는 것은 여간 어렵지 않다.

현정 도인은 가부(可否)를 요구해 왔다.

살문을 공격할 것인가, 물러설 것인가.

총력을 다해 살문을 공격한다면 몰살시킬 수 있다.

여기서 두 가지 문제가 발생한다.

소림 오선사도 죽인 살문이다. 강하다. 두 사람이 간신히 걸어갈 수 있는 길이고 싸움은 한 사람밖에 할 수 없다고 한다.

많은 희생이 뒤따른다.

어쩌면 상상외로 많은 고수들이 죽을지도 모른다. 시산혈해라는 말이 있는 것처럼 정말 시체가 산을 이루고 피가 바다를 만들지도 모른다.

두 번째 문제는 그렇게 해서 살문 살수들을 몰살시킨다고 해도 십망의 위신은 이미 무너졌다는 것이다.

중원무인들은 구파일방의 능력에 회의를 갖기 시작했다.

엄밀히 따지면 무림인들이 가진 회의는 평양에서 종리추가 혈영신마를 구해갈 때부터 싹트기 시작했다.

여기저기서 구파일방의 진실된 힘은 어디 있느냐는 소리들이 흘러나오고 있다.

살문 살수들이라고 해봐야 고작 이십여 명이다. 그중 무공을 펼칠 줄 아는 자는 십여 명 안팎이다.

적어도 아주 적은 문파다.

솔직히 문파라고 할 수도 없을 만큼 티끌 같은 존재다.

종리추가 있고 혈영신마가 있으니 이 상황까지 달려왔지만, 그만한 문파를 무너뜨리는 데 무림군웅들의 시신이 산이 되게 쌓인다면 그 또한 할 말이 없어진다.

살문과 혈영신마는 희생을 내지 않고 처리해야 한다.

그렇다고 그냥 물러날 수도 없다.

살문과 혈영신마를 제거하지 않는 한 십망은 무너진다.

차후로는 어떤 마인도 십망을 두려워하지 않게 될 것이다. 위협으로 굴복시킬 수 있는 일을 직접 나서서 권각을 놀려야만 처리할 수 있다는 말이다.

구파일방 장문인들은 난처했다.

장문인들이 나설 수도 없다.

장문인이 나서면 한 문파의 존폐가 좌우된다.

이겨도 본전이고 지면 봉문(封門)이다.

결국 살문을 공격할 사람은 구파일방 장로들이나 무림에 명성이 자자한 고수들 중에서 찾아야 한다.

장문인들은 모두 자신의 문파가 개입되는 것을 원하지 않았다.

소림 오선사가 초절정고수이기는 하지만 칠십이단승 중 다섯 명이기도 하다.

그렇게 말하면 무척 많은 사람들 중 일부라고 생각할지 모르지만 소림 무인들의 저변이 넓다는 점을 감안하면 쉽게 상대할 수 없는 무서운 고수들인 것만은 부인하지 못한다.

손속을 겨뤄봐야 승부를 논할 수 있는 고수.

그렇다. 칠십이단승은 하나같이 누가 낫다 못하다 할 수 없다. 그들은 모두 나름대로 정상에 선 사람들이고, 비무를 해보아야만 우열을 가릴 수 있다.

구파일방에도 칠십이단승과 버금가는 고수들이 있다.

그들이 없다면 오늘날의 구파일방은 존재하지 않았으리라.

하지만 보내고 싶지 않다.

소림 오선사가 당했는데 그들이라고 당하지 말란 보장이 없다.

소림 오선사가 죽음으로써 소림사는 막대한 타격을 받았다. 중원무인들 중 성급한 자들은 '소림이 옛날 같지 않다', '소림은 종이호랑이로 전락했다'는 등 온갖 소리를 늘어놓는 사람이 나올 정도다.

죽지 않고 죽일 수 있는 사람.

참으로 곤란한 문제다.

살문은 처리해야 되지만 자신의 문파에서 고수를 내놓기는 싫었다.

장문인들의 심정이 이런데 현정 도인은 어련했으랴.

웬만해서는 알아서 처리했겠지만 사정이 이렇게 되니 어쩔 수 없이 전서를 보내야만 했으리라.

모두 침묵했다.

소림 방장 혜공 선사가 입을 열었다.

"조호이산(調虎離山)입니다. 살문을 팔부령에서 끌어내지 않는 한 힘든 싸움이오. 현운자 노선배께서 최선을 다했는데도 이렇다면 더 끌 게 없습니다."

"……?"

"해답을 제시하지요. 근본부터 파고들자면 잘못의 근원은 저희 소림사에 있습니다. 살문을 제거하지 못한 우(愚)를 범했으니……. 그래서 백팔나한도 보내고 칠십이단승도 보냈습니다만 일이 이렇게 되었으니…….”

장문인들은 혜공 선사를 쳐다봤다.

현재 팔부령에는 소림사의 정수인 백팔나한과 칠십이단승이 머물고 있다.

그들처럼 강한 힘은 없다.

소림 오선사가 죽었으니 복수도 해야 하지 않는가.

칠십이단승 중 아직 육십칠 명이라는 고수들이 있다. 그들이 몰아친다면 살문은 고사하고 살문 할아버지가 나타나도 죽음을 면치 못한다.

어차피 소림사는 위명에 손상을 입었으니 나머지도 소림사가 알아서 해주는 것만큼 좋은 해답은 없다.

모두의 바람이었다.

혜공 선사가 말했다.

"소림은 살문을 처리할 능력이 없음을 자인하오이다."

"방장, 그게 무슨 말씀이시오. 당치 않은 말씀이시오. 소림사가 능력이 없다면 어느 문파가 능력있겠소이까."

종남파 장문인이 말했다.

"소림은 능력이 없으니 물러서겠소이다."

"…….”

너무 뜻밖의 말에 장문인들은 할 말을 잃었다.

"하지만 십망을 빈승이 발표했으니 그에 대한 책임은 지고 물러나겠소이다. 앞으로 삼 년간 소림은 봉문하겠소이다. 봉문을 푼 다음에도 소림은 무림사에 일절 간여하지 않겠소이다."

청천벽력 같은 소리다.

혜공 선사가 말을 이었다.

"소림이 빠지면 십망은 근본이 흔들리는 것. 장문인들께서 허울뿐인 십망을 버리고 진정한 십망을 구성하시기 바랍니다."

혜공 선사의 말대로라면 구파일방은 뿌리가 흔들린다.

십망은 사라진다.

소림을 제외한 아홉 문파는 십망과 버금가는 질서를 창조해야 한다. 그 속에 소림사가 들어설 자리는 없다.

"방장, 그래도 살문과 혈영신마의 처리 문제는 남소이다. 그 문제는 어떻게 해결하실 생각이시오?"

청성 장문인이 물었다.

"팔부령에 틀어박혀 있다면 손댈 수 없소이다. 희생이 너무 크니. 하지만 팔부령을 벗어난다면 반드시 해결하겠소이다. 봉문 중이라도 백팔나한과 칠십이단승은 팔부령에 남겨둘 생각이오이다."

봉쇄를 하겠다는 뜻이다.

장문인들은 다시 깊은 침묵에 잠겼다.

소림사가 빠진 무림의 변화도 고려해 봐야 하고 중원무림인들의 시선도 의식해야 한다.

생각할 것이 너무 많다.

그러나… 소림의 봉문만은 받아들일 만하다.

살문을 봉쇄하겠다고 장담했으니 틀림없이 그럴 게다. 백팔나한과 칠십이단승이 버티고 있다면 살문도 쉽게 뛰쳐나오지 못한다.

모두들 그렇게 팔부령 산골짜기에서 세월을 썩히는 게다.

장문인들은 소림의 봉문을 생각했고, 결과는 나쁘지 않다는 결론을 내렸다.
 무림동도를 일치단결시킬 수 있고 구파일방… 아니, 팔파일방이 여전히 무림의 대세를 쥐게 될 테니까.
 반성도 했다.
 이제는 정말 허울뿐인 십망을 버리고 진정한 십망을 만들어야 한다. 차후 살문과 혈영신마 같은 자가 나타나면 지금처럼 일이 크게 번지기 전에 소리없이 잠재워야 한다.
 "방장, 정말 괜찮겠소이까? 삼 년 봉문은 큰 결단인데……."
 무당 장문인이 위로의 말을 건넸다.

 소림 오선사가 팔부령에서 열반에 들었다는 소문은 날개를 달고 퍼져 나갔다.
 비적마의에 대한 소문도 눈덩이처럼 불어나 집채만한 개미가 사람을 물어뜯는다는 허황된 소문까지 들렸다.
 무엇보다 살문에 대한 소문이 크게 퍼져 살수제일문(殺手第一門)이라고까지 불리게 되었다.
 "살문 살수는 고작 십여 명에 불과하대. 하지만 하나같이 절세의 마공을 익힌 무서운 마두들이라서 모두들 꼼짝 못한대."
 "맞아, 혈영신마도 있다는 소문을 들었어."
 "오죽하면 도문제일가인 하후가 무인도 십여 명이나 죽었을까."
 "세긴 센 모양이지?"
 "상대할 문파가 없다니까 그러네."
 살문은 이미 구파일방의 기침 소리에도 숨을 죽이는 살수 문파가 아니다. 세인들의 머리 속에는 구파일방과 당당히 겨루는 강성한 문파로

각인되었다.

하후가 무인들이 패했다는 것, 비적마의라는 듣지도 보지도 못한 독물을 수족처럼 부린다는 것, 그리고 소림 오선사를 격살했다는 사실이 소문의 신빙성을 뒷받침했다.

그런 와중에 소림이 십망을 해제하고 봉문을 선언했으니 파장은 더욱 컸다.

사람들은 두 사람만 모여도 살문 이야기를 주고받았고 살수가 판치는 세상을 한탄했다.

한탄. 거기서부터 구파일방 장문인들이 생각했던 대로 무림의 판세가 바뀌었다.

무림군웅들은 처음에는 구파일방의 무능력을 탓했지만, 점차 이래서는 안 되겠다는 쪽으로 선회했다. 그들은 여전히 구파일방에 의존했고 더욱 신뢰를 굳혀갔다.

그들은 알고 있다, 소림을 제외한 팔파일방에서는 잠자는 용을 꺼내 놓지 않았다는 사실을.

그들이 세상에 모습을 드러낼 때 살문과 같은 살수 문파는 설자리가 없으리라.

혜공 선사는 방장실에 앉아 불경을 읽었다.

"봉문했습니다."

지객당주 각운 대사가 차분한 음성으로 보고했다.

혜공 선사는 대답하지 않았다.

방장실에는 소림사를 이끌어가는 각주(閣主), 전주(殿主), 원주(院主) 등 이십여 명이 앉아 있었지만 기침 소리도 흘리지 않았다.

계주(繼走) 305

앞으로 삼 년간 소림에는 사람의 발걸음이 끊어진다.

무인은 물론이고 부처님을 뵈러 온 불자조차도 발걸음을 들여놓지 못한다.

소림승도 사찰 밖으로 나가지 않는다. 삼 년 동안.

한참 동안 불경에서 눈길을 떼지 않던 혜공 선사가 각운 대사를 바라보며 말했다.

"각운."

"네."

"그동안 분주했지?"

"……."

"허허! 앞으로 지객당주가 가장 적적하겠어, 각운."

"네."

"부처님의 미소를 보았는가?"

"네."

옅은 미소… 웃음소리를 내지 않는 대자대비(大慈大悲)의 미소.

"정말 보았는가?"

"……."

"보게 되거든 알려주게. 나도 보고 싶네."

방장 혜공 선사는 화두를 내렸다.

삼 년 동안 불도에 더욱 깊이 파묻히라는 무언의 언질도 했다.

말은 각운 대사에게 하고 있지만 방장실에 앉아 있는 모두가 들으라고 한 소리다. 무공을 익히기 이전에 승려의 본분을 찾으라고. 사마(邪魔)를 징치하기 이전에 정심(定心)을 찾으라고.

혜공 선사는 비로소 마음이 편안했다.

풀리지 않던 화두. 십망이 옳은 것인가 잘못된 것인가, 종리추가 악인인가 선인인가 하는 모든 생각이 일시에 풀리는 기분이었다.

부처님의 미소를 이제야 바로 볼 수 있을 것 같았다.

     *   *   *

무림군웅은 밀물처럼 밀려왔다가 썰물처럼 빠져나갔다.

무인들로 득실거리던 팔부령도 이제야 고요를 되찾았다.

시마공을 펼친 채 은신해 있던 혈영신마는 묵직한 발걸음 소리에 청각을 곤두세웠다.

뚜벅! 뚜벅! 쿵!

상대는 발걸음 소리를 숨기지 않았다. 선장으로 땅을 내리찍는 소리도 들렸다.

완전히 몸을 노출하고 걸어온다.

혈영신마는 시마공을 풀고 일어섰다.

무방비 상태로 걸어오는 상대를 암습할 이유는 없었다.

"아미타불!"

찾아온 사람은 소림사의 승려다.

소림승은 공손하게 합장배례(合掌拜禮)를 취했다.

"무슨 일이오?"

혈영신마의 음성은 잔잔했다.

혜지 선사에게 일격을 당해 왼팔을 어깨부터 잘라내야 했지만 그는 여전히 든든했다.

"빈승은 혜명이라 하오. 문주를 뵈었으면 하오만."

'혜명?'

혈영신마는 혜명 선사의 진의를 파악하기 위해 살광을 쏘아냈다.

혜명 선사라고 하면 백팔나한을 이끄는 수장이지 않은가.

혈영신마가 파악한 결과 악의는 없어 보였다.

'악의로 찾아왔다 해도 주공을 상대하지는 못할 터.'

종리추를 믿는 마음은 소림 오선사와의 싸움 이후 더 커졌다. 무림 군웅이 물러간 후에는 새삼 다시 보게 되었다. 무림 역사상 살문이 중원 전체와 싸워 무사한 적이 언제 있었던가.

"쭉 걸어가면 돌아앉은 돌부처가 나올 것이오. 그 앞에 청석이 있는데 거기서 말하시오."

"아미타불!"

혈영신마는 혜명 선사가 뚜벅뚜벅 걸어가는 모습을 지켜보다가 다시 은신했다. 시마공을 펼치면서.

종리추는 혜명 선사와 마주 앉았다.

주위에는 아무도 없었다. 하지만 모두 오곡동에서 귀를 쫑긋 세우고 있을 게다.

오곡동에는 돌부처 앞에 있는 청석으로 올라오는 길이 있다. 청석 밑에서 귀를 기울이면 사람의 대화 정도는 얼마든지 들을 수 있다. 원래 청부를 받던 곳이었으니.

"생각 밖으로 미안(美顔)이시구려."

"용건은?"

"저희 소림사는 봉문했소이다."

"들었지."

혜명 선사는 종리추의 반말에 눈가를 찡긋거렸다. 하지만 곧 평정을 되찾고 말을 이어갔다.

"방장님의 전언이시오. 팔부령에 있는 한 소림사는 간여하지 않겠다. 하지만 팔부령을 벗어난다면 백팔나한과 육십칠단승을 지나가야 할 것이다."

"그것뿐인가?"

"시주께서 부처님의 미소를 보게 되면 좋겠다는 전언도 있었소이다."

"그럼 전하도록."

"말씀하시오."

"나는 약조한 대로 이행한다. 무슨 약조였는지는 방장께서 아실 터이니 생략하고. 그대로만 전하면 돼."

"아미타불! 빈승은 그럼 이만."

"참! 한 가지 더. 살수들에게는 꿈이 있지. 영원히 불가능한 전설로만 전해지는 꿈."

"사무령을 말씀하시는 겐지……."

"사무령."

"……."

"방장님께 전하도록 해. 살문 문주 종리추는 사무령이 되기로 작심했다고."

"아… 미타불."

혜명 선사의 눈썹이 미미하게 떨렸다.

무림 배분상 혜명 선사가 누구에게 하대를 받아본 기억은 가물가물하다. 구파일방의 장문인들조차 혜명 선사에게는 온대를 사용한다.

종리추는 반말을 쓴다.

그가 지금이라도 결심만 하면 살문을 무너뜨릴 수 있는데 면전에서 모욕을 준다.

이제야 이유를 알았다.

사무령.

누구에게도 구속받지 않고, 자신의 뜻대로 행동하며, 새처럼 자유분방하게 세상을 훨훨 날아다니는 존재.

종리추는 문주가 아니라 지존(至尊)이 되려고 한다.

무림은 사무령을 원하지 않는다.

혜명 선사는 종리추의 뜻을 알았고 진한 피 냄새도 맡았다.

종리추는 반드시 팔부령을 내려올 것이고, 정말 수백 수천 명에 이르는 무림군웅과 검을 맞댈 것이다. 사무령이 되기로 작심했다면.

"시주, 예의가 아닌 줄은 알지만 하나만 묻겠소이다. 저희 방장님과는 어떤 약조를 하셨는지……."

종리추는 혜명 선사의 얼굴을 뚫어지게 바라봤다.

눈에서 불길이 활활 타올랐다. 젊음이 지닌 뜨거운 열정이다.

"소림에 갔을 때 십팔나한진을 펼쳤지, 난 싸웠고."

"알고 있소이다."

십팔나한 역시 혜명 선사의 소관이다.

그의 허락이 없으면 전주, 각주들이라도 십팔나한을 동원할 수 없다. 당시 지객당주 각운 대사가 십팔나한을 요청해 왔었다.

아직도 기억하고 있다, 십팔나한진이 무너졌으니까.

"인의도 자비도 없다고 했지. 싸울 때가 되면 싸우겠다고, 소림사와."

"그런 일이 있었소이까?"

혜명 선사는 차라리 웃음이 새어 나왔다.

치기(稚氣)인가? 소림사와 진정으로 싸우고자 한단 말인가?

"명분이 없는 자는 손을 쓰지 않겠다. 십망이 선포될 때는 받겠다. 그리고 후일 다시 만나 차를 마시겠다. 이게 내 약조야."

혜명 선사는 종리추란 사내가 어떤 사내인지 조금은 알 것 같았다.

"이런 말을 하는 이유를 아나, 혜명 선사?"

아무리 그래도 그렇지 조금 기분이 나쁘기는 했다. 나이로 보면 손자뻘밖에 되지 않는 젊은이가 아랫사람 대하듯 하대를 하고 있으니.

"말씀하시지요."

"백팔나한과 육십칠단승이 팔부령에 있는 한 언젠가는 부딪칠 것이기 때문이지. 하나만 알아두기 바래. 그런 싸움이 벌어질 경우 약조는 소림사가 깬 거야."

혜명 선사는 합장을 해 보인 후 돌아섰다.

그는 예감했다, 아마도 종리추와 제일 먼저 싸울 사람은 자신이 될 것 같다는.

종리추는 하늘을 쳐다봤다.

맑고 푸른 하늘이다.

'신세를 졌군.'

소림 방장 혜공 선사.

살문은 강해서 살아난 것이 아니다. 소림 방장 혜공 선사가 물러서 주었기 때문에 살아났다. 혜공 선사가 그 정도도 모르지는 않았을 터. 신세를 졌다, 큰 신세를.

계주(繼走) 311

'너무 약해, 사무령이 되기에는. 더 강해져야 해. 싸울 엄두도 내지 못할 만큼.'

"벽 총관!"

종리추는 벽리군을 불렀다.

살문이 기지개를 켤 때다. 지금 바로, 이 순간부터.

『사신』 제9권으로…